풍등 꽃으로 날다

본도서는 한국문학예술진흥원의 우수 도서로 선정되어
제작비용을 지원 받아 제작하였습니다.

풍등 꽃으로 날다

초판인쇄 | 2024년 8월 20일
저자 | 이도연 **펴낸이 |** 김영태 **펴낸 곳 |** 도서출판 한비CO
출판등록 | 2007년 1월 16일 제 25100-2006-1호
주소 | 41967 대구시 중구 남산2동 938-8번지 미래빌딩 3층 301호
전화 | 053)252-0155 **팩스 |** 053)252-0156
홈페이지 | http://hanbimh.co.kr **이메일 |** kyt4038@hanmail.net
ISBN 9791164871391
값 20,000원

*잘못된 책은 교환해 드립니다.
*저자와의 협의로 인지는 생략합니다.

풍등 꽃으로 날다

이도연

♣ 작가의 말

 인간 존엄을 위한 논고!
 규범과 규칙은 일사불란한 권력의 통제 하에서 자유를 상실하고 개인을 법에 따라 정의한다.
 법은 인간의 굴레를 제한하며 그에 따른 평화를 획득하나 누구나 규범 밖의 정의에 대해 질문하고 답할 수 있어야 진정한 자유의 의미를 찾을 수 있다.

 다수의 규칙은 모두를 하나의 소속감에 존재하는 질서를 의미하지만, 잘못된 이념이나 정치 안에는 개인의 자아와 자유 그리고 개성은 존재하지 않는다.
 계율 속에서 개인의 생각은 무의미한 이단아일 뿐이며 합법을 이탈하고 질서를 교란하는 반사회적 인간으로 정의할 뿐이다.

 종교와 정치나 이념적 사고에서 또 다른 자아를 실현을 위해 고민하고 다른 생각을 하는 것을 제한하는 것은 개인의 권리나 법과 질서 이념 틀 범주 안에 가두어 놓는 행위다.
 체제나 이념은 규정된 틀 안에서 개인의 자유를 부여하고 사회라는 이름으로 관리하고 교화하는 것을 제도권이라고 말하며 올바르지 않은 제도권 하에서 정치나 종교적 모순을 지적하는 일은 기본 체제의 질서를 부인하는 행위로 분류하고 도전하는 위험한 행위로 규정하려는 경향이 있다.

 물론 반사회적 행위로 물의를 일으키거나 폭동 등의 폭력 사태를 유발하는 행위 또한 바람직하지 않다.

평화라는 전제 아래 규범과 윤리 도덕적 잣대와 정치적 개념이 서로 조화를 이루어 개인의 언론을 보장하고 소수자의 의견도 겸허하게 수용하는 자세가 필요하다.
기본적인 개인의 주장과 자아실현을 통찰하려는 행위를 반사회적으로 규정하는 것은 옳지 않다.

자유주의, 민족주의, 제국주의, 공산주의, 민주주의 종교적 이념 등 다양한 사상이 공존 또는 대립하고 있는 지구촌 사회에서 개인의 종교, 사고와 취향, 개성은 사회의 다양성 안에 존재하는 의지이며 표명이다.
모든 나라나 사회단체가 다 그런 것은 아니지만, 철저한 질서와 이념의 범주 안에 가두어 놓는 것은 사회의 다양성과 종교적 자유와 개인의 창의적인 사고를 인정하지 않는 것이며 다양한 인종과 문화가 서로 소통하고 공존하는 것을 저해하는 행위이다.

따라서 인종과 문화 정치사회 전 분야에 걸쳐서 개인의 삶은 존엄하며 보호받을 권리가 있으며 그 가치를 인정받아야 한다.
권력의 힘이나 율법과 계율에 가두어 놓고 종교적 경제적 외교적 무력에 의하여 탄압하는 것은 아무리 훌륭한 대의명분을 내세워도 권력의 속성 안에 가두어 강압적으로 제도화하려는 것은 부당하다.

물체의 속도와 위치를 동시에 정의할 수 없듯이 사람의 생각과 행동은 환경에 의해서 변화할 수 있으며 선과 악 옳고 그름의 이분법적 논리로 구분하는 것은 위험한 사고이며 지극히 권력적이다.

이스라엘과 하마스의 전쟁으로 힘없는 여자와 노약자들이 희생당하고 천진한 어린이들이 7천112명이나 학살을 당하였다는 보도를 접하면서 마음이 아프다.

전쟁은 어떠한 이유와 명분과 상관없이 인류의 비극이자 잘못된 권력이 나은 폭력이자 살육일 뿐이다.

작금의 세계에서 일어나는 정치, 종교, 인종적 차별과 자국의 이익을 위해서 일어나는 전쟁과 살육을 자행하는 적대행위는 중단되어야 하며 어떠한 경우라도 생명의 존엄은 지켜져야 한다.

필자가 이 책에서 말하고자 하는 내용은 법과 규범 또는 운명의 사슬에 메여 기구한 삶을 살아야만 했던 연인들의 이야기다.

운명이란?

자신의 의지와 상관없이 검은 그림자처럼 다가오는 불행이나 때로는 행운일 수도 있겠지만, 그러한 일을 운명이라 말할 수 있다.

그러나 삶에 대해서 말할 때 후자보다 전자에 더 큰 비중을 포함하고 있다. 사전적 의미로 표현한다면 인간을 포함한 모든 것을 지배하는 초인간적인 힘. 또는 그것에 의하여 이미 정해져 있는 목숨이나 처지라고 쓰여 있다.

헬렌 켈러나 베토벤이 시각과 청력을 잃고도 위대한 과학자요 작곡가로 신체적인 장애를 뛰어넘어 초인적인 삶을 살면서 운명을 극복한 것 같은 이야기는 감동적이나 이 글의 주인공들은 기득권을 가지고 있는 특정 집단이나 권력을 소유한 위정자들에 의하여 만들어진 잘못된 법과 제도 규범의 이름으로 여성들에게 희생을 강요하고 또는 미스터리한 힘에 의해서 무병이라는 굴레를 세습해야 하는 어쩔 수 없는 삶을 살아야 했던 여인들의 저항적인 삶을 말하고 싶었다.

강 씨 새댁과 이구지나 유감동 이야기는 가정과 사회에서 버림받고 외면당한 여인의 복수라기보다 성폭행 피해자인 그들이 시대와 구조적 모순에 대한 저항과 사랑 이야기를 시공을 뛰어넘어 현대적 시각으로 재조명하고 싶었다.

 잘못된 법과 제도에 대항하여 운명에 굴하지 않고 살고자 했던 여인들의 이야기로 화련에 대한 고니의 외기러기 짝사랑은 안타까우며 이구지와 노비 천례는 신분의 벽을 뛰어넘어 서로를 위해 목숨을 바친 지고지순한 사랑은 감동적이다.
 유감동의 선택은 버림받은 사랑에 대한 증오와 한풀이가 아니며 결코 음녀일 수 없으며 당 시대의 법질서와 모순을 향한 처절한 외침이었다.
 현실적인 운명을 거부하고 자신의 삶을 살고자 했던 자미 스님과 고니의 이룰 수 없는 애틋한 사랑의 결말은 슬프지만 아름다웠다.
 조선 여인사와 운명의 수레바퀴가 짓밟고 간 무녀의 한 서린 슬픔과 변혁의 시대를 살아온 그녀들의 반란과 복수 그리고 사랑의 서사시를 따라가는 여정이다.

 소설은 주인공 고니와 화련의 이야기로 고니의 외출을 시작으로 전개되었다.
 소설의 구성은 박태원의 소설 『천변 풍경』처럼 고니가 인주 지역의 오래된 도시를 지나는 시간 여행을 통해 바라본 풍경을 기점으로 학창 시절 짝사랑하던 선배 화련과 만나면서 소설 속의 이야기를 연결하여 소설 속에 소설인 액자 소설 형태를 취하고 있다.
 화련의 이야기 속에 등장하는 조선의 여인들이 통치 기반을 목적으로 만들어 놓은 법과 규범에 저항하며 험난하고 질곡된 삶을 살다 간 비운의 여인과 무병이라는 특정한 힘으로 검증할 수 없는 운명 앞에 사투를 벌이는 화련 주변 여인들의 공통점을 하나의 이야깃주머니에 넣어 구성하였다.

·진혼곡
운명의 굴레를 벗어나려는 여인의 숙명 …… 화련의 가족들

·왕실의 여인과 노비
신분을 뛰어넘는 운명적 사랑 …… 이구지와 천례

·잘못된 법과 규범에 저항하는 복수의 화신 …… 유감동

여인들의 파란만장한 삶의 일대기를 그린 대서사시~~~^^

| 차 례 |

1부. 사랑 그리고 운명적인 만남
- 고니…12
- 화련 선배…30

2부. 단 하나의 사랑
- 이구지 결혼의 늪…46
- 사건의 진상…63
- 추국…70
- 성종과 대신들…78
- 자성 대비와 종친들…83
- 이구지와 노비 천례…97
- 우리 딸 준비…103
- 파국…112
- 누구도 내 사랑에 돌을 던지지 마라!…117

3부. 무녀도
- 신의 딸이 된 여자…122

4부. 진혼곡(鎭魂曲)
- 시련의 서막…144
- 먹구름 속으로…148
- 또 다른 삶…152
- 신의 저주…156
- 죽음…164
- 민철과 화련…169
- 무녀의 피…174
- 대물림…178
- 삼대의 진혼곡…181
- 운명의 굴레…190

5부. 승려의 길 자미(慈味)
- 고니와 자미…200
- 자미 스님…210

6부. 복수의 화신
- 유감동…224
- 깨어진 거울…230
- 유감동 스스로 창기가 되다…239
- 음녀라 불리는 여인…251
- 세종의 친국…258
- 판결…265

7부. 풍등
- 비련의 여인…274
- 풍등 꽃으로 날다…285

1부.
사랑 그리고 운명적인 만남

♣ 고니

 며칠째 세상은 빙하기가 온 것처럼 연일 영하의 수은주 기록을 갈아치우고 중국은 이상기온으로 인해 내린 엄청난 폭설로 고립무원의 땅이 되었다고 방송에서 아나운서들이 목소리를 높였다.
 인주에도 한파가 거칠게 몰아쳐 제법 많은 적설량을 기록하며 추위가 요 며칠 정점을 찍었다.
 며칠째 불필요한 외출을 삼가던 고니는 오늘은 시내를 나가야겠다고 생각했다.

 정오의 햇살이 쨍하고 얼어붙은 하늘을 바라보며 고니는 옷깃을 추스르고 문을 나선다. 동장군이 힘을 잃어 살짝 엉덩이를 뒤로 빼고 낮잠을 자는지 평년기온으로 돌아와 생각보다 춥지는 않았다.
 고니는 폭설로 인해 고층빌딩이나 아파트 응달진 곳에 얼어붙어 있는 결빙 지역을 신경 쓰며 걷는다.
 오랜만에 배다리 헌책방 골목이 그리워 주변 구경도 할 겸 잡지나 유튜브에 소개된 책 중에 보고 싶은 것을 메모했다가 시내에 있는 고서점을 가는 중이다.

 요즘은 평년기온으로 돌아온 기온 대신 하루 종일 흐릿하고 심술이 난 노파가 구시렁거리는 듯 구름이 무리를 지어 몰려다니며 눈이 내리거나 비를 뿌렸다.
 비나 눈이 오지 않는 날은 미세먼지로 인해 목이 따끔거릴 정도로 심했다.
 전자제품 진열장에 나를 빨리 데려가시오 하고 목소리를 높이는 대형 스크린 자막에 인주 지역 미세먼지 저감 조치라는 글이 미끄러지듯 흘러가는 것을 보면서 고니는 마스크를 추어올리고 얼어붙은 곳을 피하며 길을 걸었다.

고니는 인주 차이나타운과 개항장에서 역사·문화 해설을 시작하면서 부쩍 한국의 근대사와 승자의 역사 뒤에 숨어서 잘 알려지지 않은 야사나 고문헌에 관심이 많았다.
또한 인주 토박이 선배들과 걸쭉하게 막걸리라도 한잔하는 날에는 변해버린 도시의 옛날 풍경이나 옛 건물이 있던 자리에 관심이 많았다.
"선배님 지금 복합 상가로 변한 자리가 옛날에는 붉은 벽돌로 지어진 경찰서 자리가 아닌가요? 그리고 그 건너에 7층 건물이 있는 자리에는 극장이 있었던 것 같은데 맞아요?"
"야! 고니야 너 또 시작이구나."
백발이 성성한 노 선배가 눈을 지긋하게 감으며 옛날을 회상하며 말했다.
"그렇지 그곳에 붉은 벽돌로 지은 경찰서 담이 그때는 얼마나 높아 보였는지, 그런데 지금은 흔적도 없이 사라지고 대형 상가로 바뀌었으니…"
맞장구치는 선배의 목소리가 높았다.
"야! 높다 뿐이냐! 경찰서 정문에 보초 서는 경찰만 보아도 괜히 무서워 눈을 못 마주치고 쭈뼛거리며 지나갔잖아, 그게다 일제강점기에 울 어머니들이 자식들이 울거나 떼를 쓰면 순사한테 잡아가라고 한다. 하면서 겁을 줘서 그런 거잖아!"
선배님들은 귀찮아하는 것처럼 말하면서도 옛날이야기를 꺼내면 신이 나서 어릴 적 무용담을 서로 질세라 늘어놓았다.
"그 당시 일본 순사가 얼마나 못되게 굴었으면 그랬을까!"
"그리고 금성극장이 있던 곳에는 참 재밌는 일이 많았지, 검표원 몰래 개구멍으로 들어가다 들켜서 두들겨 맞은 때도 있었고! 하하하."
 "야! 종식이네 형이 극장에서 일해서 가끔 공짜로 들어가기도 했잖아!"
 어려운 시절 슬프지만 유쾌한 웃음이었다.

 선배들과 막걸릿잔이 오가는 횟수가 많아질수록 옛날이야기나 무용담이 꼬리를 물었고 지금은 도시의 중심이 된 곳에 하천이 흘러 그곳에서 송사리 잡던 이야기, 물에 빠져 죽을 뻔한 사건도 유쾌하게 이어졌다.
 고니는 선배들의 옛 추억과 무용담 중에 역사가 말하지 않고 책에 나오지 않는 향토 사학적으로 중요한 내용은 꼼꼼히 메모하고 지역 역사박물관에 전시된 사진이나 고증자료들을 첨부하고 사진을 찍어서 정리하며 공부를 열심히 했다.
 역사 문화해설을 할 때 공부한 내용을 역사적 사실과 함께 야사를 재미있게 설명하기도 했다.
 "아! 여기가 옛날에 그런 곳이었어요!"
 "이곳에 오래 살았지만 정말 몰랐어요."
 일제강점기 시절 일본이 만행을 저질렀던 현장이나 미군정 시절에 관한 이야기를 설명할 때면 탐방객들은 흥분하며 깊이 공감하기도 했다.

 평상시 기온으로 돌아왔다고는 하지만 추위 끝에 남아있는 냉기를 바람이 쓸고 다녀서 체감온도는 춥게 느껴졌다.
 지하철을 타기 위해 지하도로 들어서는 순간 훈훈한 공기와 탁한 공기가 비빔밥처럼 섞여서 묘한 냄새와 살짝 답답한 느낌이 공기 속에 풀어지면서 코끝에서 맴돌았다. 평일 오후인데도 지하철에는 사람이 제법 많았다.
 다들 어디로 가는지 분주한 발걸음이 느껴진다. 조급하거나 무표정한 얼굴에서 느끼는 건조함과 저마다 휴대전화에서 무얼 찾으려는지 누가 시킨 것도 아닌데 똑같은 자세로 휴대전화만 뚫어지게 쳐다보는 사람들의 공통점은 이제 자연스럽고 획일화된 도시 전철 안 풍경이다.
 지공선사라는 이름으로 지하철 개찰구에서 삑삑 두 번 울리는 것으로 노인으로 분류된 어르신들의 목적 없는 여행객이 뒤섞여 있다.

 고니는 새로운 것과 지나간 것, 오래전에 지나가서 오래도록 변하지 않아서 오히려 새로운 옛날이야기를 만나러 가는 길은 살짝 밀려오는 기대와 흥분으로 가슴이 콩닥거리며 침목이 헐거워져 덜컹거리는 화물열차의 소음마저도 사랑스럽다.
 동인주 철로 주변에 오랜 세월 자리를 지키고 있는 배다리 책방 골목은 언제 생각해도 정겹다.
 동인주역에서 내려 저마다의 갈 곳을 향해 떠나가는 사람들의 무표정한 발걸음을 비켜서면서 북측광장으로 나오자 넓은 공터에 일월의 햇살이 쨍하게 빛나며 하얗게 쏟아져 내린다.
 화도진 쪽에서 불어오는 찬바람이지만, 북풍이 살랑살랑 목덜미를 간질이는 시원한 느낌에 기분도 상쾌하다.

 광장을 바라보고 우측으로 조금 걸어가자, 혼수 거리라는 커다란 아치가 보인다.
 '은하신전', '바늘이야기' 상점의 간판이 빛바랜 모습으로 세월을 각인하며 자리를 보존 중이다. 재개발 붐에 밀려서 언제 철거될지 모르는 운명이지만, 아직은 정겨운 모습이다.
 저 정도 화려하고 멋진 자수 작품을 만들려면 얼마나 오랜 시간이 걸릴까?
 많은 시간과 공을 들여 한 땀 한 땀 자수를 놓았을 사람의 인내력은 정말 대단한 것 같다. 아름다운 폭포와 강산풍월이 눈에 보이지 않는 바늘 끝에서 씨실과 날실의 조화로 만들어졌다는 것이 놀라울 따름이다.
 빛 고운 자연색이 사각거리며 멋들어진 치마폭에 자수를 놓아 열두 폭 병풍을 이루고 펼쳐졌으니 이 또한 경이로움의 절정이라! 인고의 작업을 견디는 사람의 능력에 감탄사를 보낸다.
 엄마 손을 꼭 잡고 깡충깡충 뛰면서 까르르 웃고 있는 아이의 붉게 상기된 두 볼이 인형처럼 귀엽다.
 고니는 얼마 지나지 않아 개발이라는 이름으로 오래 묵은 상점들도 역사의 흔적으로 사라질 거야! 확신에 찬 생각이 들자, 머리를 어지럽게 흔들었다.
 이런 예감은 꼭 맞는 법이니까!
 골목 어귀나 모퉁이에 재개발 관련 현수막이 바람에 쉿소리를 내며 펄럭였다.
 고니는 마른침을 삼키며 골목을 빠져나왔다.

 과거의 추억을 뒤로하고 발걸음 아래로 펼쳐지는 지난날 삶의 향기와 역사가 주마등처럼 흘러가고 과거의 길은 현재의 새로운 길을 열어가며 일직선으로 난 길 양쪽으로 이삼 층 규모의 상점들이 늘어서 있고 상점들 사이사이로 수 없는 골목이 미로처럼 이어진다. 지난날 번성했던 시장 규모가 짐작된다.
 골목 안쪽 집들은 모두가 일제강점기나 구한말 멋스럽게 지어진 건축물로 벽면에 타일을 붙여 멋을 낸 근대건축물 양식으로 지어진 오래 묵은 건물들로 낡아 보이지만 어린 시절 보아온 풍경 속으로 시선을 잡아당기며 모두가 새롭게 보이는 것들이다.
 물자가 턱없이 부족하던 시절 이곳에 오면 없는 것이 없고 못 구할 것이 없다는, 이른바 인주의 양키물건시장, 도깨비시장 골목이다.

어슬렁거리는 고양이 한 마리가 골목을 배회하며 쓰레기 봉지를 찢어 놓는다.
오래된 상점들과 함께 늙어버린 상인들은 신경 쓸 힘이 없는 노인같이 무관심하고 그 또한 골목의 풍경이 되어 한산한 거리에 휑한 바람만 불어온다.
골목 깊숙한 곳에 자리 잡은 과거 풍경들을 보느라 정신없이 두리번거리며 걷다 보니 교각 아래로 전철이 요란스러운 굉음을 울리며 지나가는 굴다리가 나온다.

전철이 지나가는 다리 아래 배다리 지하상가는 여느 지하상가와 조금 다른 것이 예술인들이 모여 있는 특화된 상가로 앞치마를 두르고 그릇에 반찬을 들고 서로의 공방을 찾는 정감 어린 모습이 보기가 좋다. 아담하지만, 각종 공방이 모여 있어 예술인들이 서로 한 가족처럼 지내는 풍경이 척박한 도시에 오히려 이색적이다.
공예품을 둘러보면서 사람의 손끝에서 나오는 각종 예술품이 정말 신기에 가까워 어쩌면 저렇게 아름답고 신묘한 물건을 만들어 낼 수 있을까? 고니는 참으로 사람의 능력에 감탄하지 않을 수 없었다.

자주 오는 거리지만 항상 주변을 두리번거리고 걷다 보니 누군가 길을 묻는 것도 모른 채 지나가다 돌아본다.
중년여성 두 명이 길을 묻는다. "배다리 헌책방골목 가려면 어디로 가요?"
고니는 엷은 미소를 띠며 "아~ 예 마침 저도 그곳을 가는 중이니 따라오셔요."
마르고 살짝 신경질적으로 생긴 여자가 경계의 눈빛을 보인다. "예! 알았으니 알아서 갈게요."
고니는 선의를 표한 것에 경계한다고 생각하니 세상이 참

흉흉하긴 한가보다, 괜한 쓴웃음을 지었다.
 그냥 알아서 천천히 따라오시다 책방 골목이 나오면 알아서 구경하시면 됩니다.
 꼬리를 밟으며 알아서 오겠지, 하고 다시 길을 걷는다.
 일부러 심술 맞게 알아서라는 단어를 연발하며 말했다.
 내 안에 심술보가 있나 보다.

 배다리 지하상가를 빠져나오자 첫 골목에 배다리 헌책방골목이라는 현판이 눈에 들어온다.
 배다리라는 지명은 배를 댈 수 있는 다리가 있던 곳 또는 여기까지 물이 들어와 배가 들어올 수 있는 곳이라는 마을이라 해서 붙여진 이름으로 제물포 해안 인근에 1883년 개항장이 들어서면서 자연스럽게 생겨난 마을이라는 설명서가 담임선생님처럼 자세하게 알려준다.
 배다리 헌책방골목이 형성된 것은 일제강점기에서 해방되어 일본인들이 헌책을 헐값으로 내다 팔면서 생겨났고, 서울 청계천과 부산의 보수동과 함께 전국 3대 헌책방 거리로 명성을 날렸으며 1960~1970년대에는 20여 곳이 넘는 헌책방들이 들어서면서 호황을 누렸으나 80년대 신간 서적이 쏟아져 나오면서 쇠락의 길을 걸어 오늘날에는 아벨서점, 한미서점, 삼성서림 등 6~7개 정도의 헌책방이 어깨를 나란히 하고 남아있다. 설명은 자세하고 친절했다.

 고니는 헌책방거리에 올 때마다 옛 향수에 젖어 기분이 좋다.
 골목 초입에서 제일 먼저 반겨주는 나비날다 책방의 검은 고양이가 인사를 한다.
 옛 모습을 거의 잃지 않은 아벨서점을 바라보며 청년 시절 이 거리를 누비며 문학전집이나 소설, 시집에 심취해 자주 들락거리던 그 시절이 그립다.

검은색 굵은 안경테를 만지며 머리가 하얀 노신사가 기웃거리는 고니에게 말을 붙인다.
"여기에 자주 오시나 봐요?"
"예 가끔 생각나면 찾아옵니다. 제가 역사에 관한 책을 좋아해서요."
"저는 이곳에 추억이 참 많은 사람입니다. 그리고 이곳에는 고서적도 아주 많아요!"
 노신사는 아스라한 기억을 되살려 아무나 붙잡고 자신의 추억담을 말하고 싶어 하는 사람 같았다.
"그러니까 예전에는…"
 여기까지 말했을 때, 일행인 듯싶은 사람이 "아! 어서 빨리 오세요." 손짓한다.
 노신사는 급하게 자리를 떠나느라고 추억의 꼬리만 나에게 던져 놓고 마지못해 눈인사를 남기고 낙엽이 뒹구는 거리로 바람에 끌려가는 헐렁한 검은 봉투처럼 사라졌다.

 천장 높이까지 쌓여있는 책을 바라보자 책장과 책장 사이 좁은 틈에서 쪼그리고 앉아 묵은 책에서 나는 곰팡내와 먼지 풀풀 날리는 책을 뒤적이던 모습이 아련한 추억을 소환한다.
 누군가의 손때가 묻은 책과 헌책방은 그대로인데 한때 문학을 꿈꾸던 소년 소녀는 어느덧 중년이 되어 주름진 얼굴에 백발이 날리는 초로의 모습으로 정겨운 미소를 띠며 이곳을 다시 방문하는구나!
 그들의 청춘이 아름답다.

 세월 따라 이곳도 많이 변했다.
 '배다리 작은 책방 시가 있는 길'이라는 멋진 간판이 걸려있는 서점에서는 아래층은 서적을 판매하고 2층에는 문화공간으로 차를 마시고 대화를 할 수 있는 공간으로 바꾸어 놓았다.

아벨서점 역시 위층은 소통과 문화의 장으로 만들어 놓았다. 서점 주인장의 신념인 문구가 송판을 넓게 잘라서 멋들어지게 서각을 해서 벽에 걸어 놓았다.

"사람을 기다리고 그들의 가슴을 채워주는 공간을 지키는 것이 책방지기의 행복이자 사명"이라는 말은 오래 묵은 책방 늙은이의 곰팡이 피어나는 구수하고 정감 어린 된장국 같은 감동적 표현이다.

서각과 나란하게 걸려있는 풍경화는 인두로 지져서 그린 불화로 살아 움직이는 것처럼 선명하게 마음에 와 닿았다.

양옆으로 늘어선 각종 서점과 옛 모습이 변하지 않은 풍경들이 오히려 낯설고 새롭게 눈에 들어오며 오래된 건물과 아기자기한 카페, 갤러리, 공방 등은 옛 모습을 최대한 보존되어 있어서 고전적이고 기품 있어 보이는 온화한 현대식 감각으로 주변 상가들과 부드러운 조화를 이룬다.

고니는 공존이라는 단어는 참 맛깔나게 매력적이라는 생각을 했다.

한미서점의 노란색 외벽은 단순하면서도 꾸미지 않은 고전적인 풍경에 드라마 '도깨비' 작가가 직접 찾은 곳이다. 공유와 김고은이 토닥거리는 외부 촬영 장면과 천장 높이 쌓인 책들 사이에서 책을 읽고 있는 공유의 멋진 모습을 촬영한 장소로 알려지면서 드라마나 영화를 통해 이곳이 다시금 주목받게 되었다.

그리고 시는 배다리 헌책방 거리를 역사 문화 마을로 지정하였으나 아직은 한산한 거리풍경이 쓸쓸하기만 하다.

인주 양조주식회사와 인주의 성냥공장 현판이 눈에 들어온다. 이곳 거리에는 헌책방만 있는 것이 아니다. 문화공간으로 동화연구가인 작가님이 직접 책을 읽어주는 '창영당'이 있고 '흙길 도예 공방', '마음이 쉬어 가는 곳', '마을 사진관 다행'

등 다채로운 문화공간이 멋스럽다.

특히 고니가 좋아하는 막걸리 공장인 인주탁주의 효시가 되는 인주양조주식회사의 건물을 바라보면서 아직 막걸리 마시기에는 이른 시간이지만 군침을 삼킨다.

인주양조주식회사는 황해도 출신 최병두가 정미업을 하다가 1926년 인주조선주식회사라는 양조장을 설립하여 인주의 옛 지명인 소성을 따서 소성주라는 이름으로 막걸리를 생산하다 11개 양조회사가 통합하여 1996년까지 배다리에서 탁주를 생산하였으나 막걸리의 주원료인 수질이 좋지 않아 중단하고 지금은 물이 좋아 청천이라, 맑은 내에서 탁주를 만들고 있다.

양조장 앞에는 깡통 로봇이 어린 시절이 생각나도록 만들어져 있으며 내부를 들여다보자 너무 조용해서 문을 닫은 곳인가 생각이 들면서 조심스럽게 커다란 철문 안으로 고개를 돌린다. 안쪽 공장 내부가 양조장 모습을 고스란히 간직하고 있다.

계단 옆으로 올라와서 구경하라는 문구를 보고 까치발을 든 고양이처럼 살금살금 위로 올라가 본다.

직원인지 이곳에서 활동하는 작가인지는 모르나 밝은 미소를 띠며 "천천히 둘러보고 가셔요." "아! 고맙습니다." 고개를 숙이며 고니는 감사를 표했다.

여인의 인사에 주인 없는 집에 들어가는 도둑고양이 같은 느낌이었으나 편안한 마음으로 주위를 둘러보았다.

발효실, 시험실 등 여러 공간으로 나누어 공장의 옛 모습을 보존해 놓았으며 그 시절 사용하던 각종 집기류와 막걸리를 제조하던 설비 등 추억의 물건들을 가지런하게 정리해 놓았다.

미로 같은 건물을 돌아 안쪽으로 들어가 상근 근무자를 만나 설명을 들을 수가 있었다. 문화공간으로 배움을 통한 꽉 찬 만남 스페이스 빔이라는 단체와 몇 개의 문화단체들이 입주해 있으며 인주 지역의 공공성, 지역성, 자율성을 모토로 지역 미술, 문화 예술을 통한 만남과 상생의 장으로 다각적이고 바람직한 도시 공동체를 만드는 역할을 하고 있다고 근무자는 성실한 인형처럼 열변을 토한다.

 고니는 오래 묵은 것들의 변신에서 새로운 활력을 느낀다.
 양조장이 문화예술의 공간으로 재탄생하고 도시 공동체의 모습으로 지역사회에 활력을 주는 공간으로 변신한 것에 따뜻한 정을 느낀다.

 스페이스 빔을 나와 아기자기한 건물들을 구경하며 위로 올라가자 도시 속에 아담한 마을을 형성하고 있는 동화 속 같은 집들이 옹기종기 모여 도시 속의 마을을 이루고 있다.
 입구에 있는 도예 공방을 구경도 하고 기념으로 소품을 하나 사려고 문을 열자, 중년의 기품 있어 보이는 여성 작가님이 눈인사를 보낸다.
 고니는 감동한 목소리로 말했다.
 "작가님 동네가 참 조용하고 평화로워 보이고 예뻐요."
 "그래요. 참 예쁜 곳이지요?" 기다렸다는 듯 말꼬리를 잡아 설명하기 시작했다.
 "꽃이 피는 계절에는 넓은 공터에 눈부시도록 투명한 보라색 천일홍과 꽃잔디를 비롯해 담에는 능소화가 둥실둥실 피어나는 전경이 아름다워요."
 중년의 작가는 지난 계절에 꽃피고 지는 풍경을 그려가며 우수에 찬 표정을 지으며 말을 이었다.
 "사계절 꽃을 정성스럽게 가꾸어 놓아 별천지를 이루고 있는 곳이지요. 겨울은 겨울대로 눈이라도 오면 운치가 있어 좋아요!"
 작가의 미소에도 꽃이 피어나는 것 같다.

고니는 조그만 정자에 앉아 뜨개질하는 여인들의 모습이 그려진다. 도시 속의 또 다른 풍경으로 작고 평화로운 마을의 정적이 자아내는 아름다운 모습을 상상하며 흐뭇한 미소를 지었다.
친절한 작가님의 마음을 담은 따뜻한 국화차까지 얻어 마시고 공방을 나왔다.
"안녕히 가세요. 언제든지 들리셔서 차 한 잔하고 가셔요"
"덕분에 오늘 감사하고 즐거웠습니다."
두 손을 합장해 고개 숙여 인사하고 돌아선다.
중년 여성작가가 흔들던 유난히 길고 하얀 손가락에서 만들어졌을 많은 작품이 들꽃처럼 피어나는 것 같았다.

마을을 돌아 위로 올라가면 3·1운동의 발상지인 100년 역사를 간직한 창영초등학교 건물의 옛 모습을 볼 수 있다는 설명을 들으며 골목을 빠져나온다.
학교 정문 우측 벽에 3·1운동 당시 사진들이 붙어있다.
붉은 담에 붙어있는 벽화와 오래된 역사의 상처 난 흔적을 바라보는 순간 뭉클한 감정이 뜨겁게 올라오고 민중의 함성이 들리는 듯하다.
고니는 역사라는 단어에 너무 민감한 감정을 가진 것 같아 자신이 민족주의자 이거나 역사를 잃어버려 부초처럼 떠돌던 유랑민의 뿌리인가?
비약적인 발상에 순간 부끄럽다고 생각했다.

언덕을 내려와 왔던 방향으로 원을 그리며 돌아 내려오는 길에는 배다리 성냥마을 박물관 벽에 커다란 성냥 그림이 그려져 있는 것이 보인다.
'인주의 성냥공장, 성냥공장 아가씨' 배다리는 인주의 최초 성냥공장인 조선인촌주식회사가 있던 곳이다.

고니는 군대 시절 부르던 노래가 떠오르자, 웃음이 났다.
 저급한 내용인 '인주의 성냥공장 아가씨'를 목청껏 부르며 객기를 부리던 그때 그 시절 어린 여직공들의 힘겨운 노동 현장이 공식적인 것은 아니지만, 어찌 군인들의 사기를 높이는 군가로 변형되어 불려 졌을까?
 시대의 아픔이자 힘없는 나라의 현실이었다.
 하루 13시간 강도 높게 시달리던 우리 누이들의 가슴 아픈 현실을 유린했던 것으로 그 시절 험난했던 질곡의 삶이며 인주의 상처 깊은 흑 역사를 비유하는 상흔일 뿐이라는 생각에 이르자 마음이 뭉클하다.

 성냥박물관에는 다양한 성냥이 진열되어 있다. 지금은 찾아보기 힘든 통 성냥과 당시 휴대하고 다니던 작은 성냥은 젊은 날의 초상 같은 느낌이다. 음악다방 추억과 장발 머리와 일명 도깨비 빗이라는 커다란 빗을 뒷주머니에 꽂고 다니던 것이 멋스러운 시절 작은 성냥은 아날로그가 되었으며 그 시절 클래식이 되었다.
 담배를 피우는 용도 외에도 멋진 카페 분위기를 대표하는 광고용으로 성냥을 나누어 주던 것은 놀라운 발상이다.
 고니도 취미로 성냥을 수집하기도 했던 추억을 더듬어 본다. 왠지 모를 낭만이 느껴진다.
 인주의 성냥공장 아가씨로 불린 옛 시절을 대변하는 붉은 이끼는 녹슨 쇠못이 가슴에 박혀있는 것보다 더 아픈 과거와 이면에는 로맨틱한 아름다움과 그리운 삶의 전경이 공존하는 기억이다.
 이름 있는 명소들 간판과 멋진 문구로 유혹하는 아날로그 추억을 소환한 과거 노포에 빛 바란 현실처럼 재현된 성냥들이 진열된 것을 바라보는 것만으로도 즐거웠다.
 지난날 행복했던 추억을 더듬어 보고 성냥 만드는 과정을 재현해 놓은 것을 바라보며 성냥갑 만드는 부업을 해서 생계를 이어가던 이곳 마을 사람들 모습과 이 일대 사람들에게 성냥공장이 미쳤을 영향을 가늠해 보며 박물관 밖으로 나온다.
 그렇게 힘겹게 먹고살았구나!

 창백한 파란 하늘 아래 이파리를 모두 겨울 속으로 날려 보내고 앙상한 가지를 흔들고 있는 가로수가 오래된 도시의 상징처럼 서 있다.
 헌책이 하늘 높이 쌓여있는 고서점의 진풍경이 역사의 테마 속에 녹아 문화콘텐츠로 자리 잡고 인주 최초의 양조장에서는 누룩 냄새 대신에 각종 문화 행사를 주관하고 도심의 새로운 미래를 위해 역동하는 모습을 전시하는 공간으로 새로운 변신을 하였다.
 거리는 예쁜 찻집과 공방, 문화예술인들의 터전으로 거듭나고 있는 것을 바라보며 고니는 어디서인가 훈훈한 바람이 불어오는 것을 느낀다.
 오랜 역사를 더듬어 거칠어진 숨결을 따라가 본 오늘의 발걸음이 감동으로 밀려온다.
 켜켜이 쌓여있는 지난날 순간을 타임머신 타고 다녀온 것 같은 여행은 짜릿하고 아름다운 추억이 되었다.
 오래 묵은 것들이 또 다른 역사를 만들어 낼 산실이 될 것을 기약하며 서울 인주 간 아침을 밝히며 경인선 철로를 힘차게 달려오는 기차의 요란한 소음에서 개항 140년 인주역사의 힘과 역동성을 느끼며 오늘의 최종 목적지인 단골 서점으로 향한다.

 고니는 신간을 파는 서점보다 중고 서점을 주로 이용한다.
 중고 서점에는 오래된 책을 만날 수 있으며 특히 역사물이나 조선 야사와 인주의 개항에 관한 서적을 만날 기회가 많아서 좋았으며 특히 싼 가격으로 여러 권을 살 수 있다는 것은 쏠쏠한 즐거움이었다.

이층으로 올라가는 서점 입구에는 오늘 들어온 책이라는 커다란 문구와 함께 1,320권 굵은 글씨로 자랑스럽게 간판을 세워 놓았다.

참 하루에도 무척 많은 책이 들어오고 나간다.

누군가의 책장에서 손때도 묻지 않은 상태로 누웠다가 무료해진 주인의 대청소 작전에 폐기물로 전락해 값싼 가격으로 쏟아져 나와 누군가의 책장으로 쉼터를 옮겨 가는구나.

고니는 새삼스럽게 고개를 끄덕이며 계단을 천천히 올라가며 오늘은 어떤 유익하고 튼실한 녀석들을 모셔갈지 설렘이 가득했다.

높고 커다란 유리문을 밀고 들어가자, 책 거치대와 금장을 입힌 책갈피 각종 문구와 다양한 디자인의 책 관련 용품이 오밀조밀하게 걸려있다.

본격적으로 중고 서적이 다시 귀한 대접을 받으며 모셔져 있는 3층으로 올라가자, 헌책에서 나는 독특한 냄새가 짜릿하게 공기를 흔들었다.

얼마 전 이곳 책방에서 주인아저씨의 훈훈한 인상과 분위기에 매료되어 책방 늙은이라는 시를 쓴 것이 올 때마다 생각난다.

책방 늙은이

늙어 주름살이 책장처럼 차곡차곡 쌓인
영감의 누런 치아 사이로
묵은 책들이 벽돌처럼 누워 있다

고서점의 깊숙한 터널에는
곰팡내 나는 책들이 시공의 흔적을 지우며
서로의 언어로 열변을 토하며
줄지어 늘어서고

산 자와 죽은 자
치열한 삶의 흔적들이 켜켜이 쌓여 눕고
책방 늙으니 풀풀 거리는 먼지를 일으켜
책장을 정리하면

잠자던 지성의 언어가
거친 숨소리를 몰아쉬며 흩날리는
활자의 파편이 아우성치며 일어난다

형광등 엷은 불빛 사이로 그들의 혼령이
끝없이 깊은 진리의 무덤에서 깨어나

누렇게 변색 된 표지 위로
세월의 무게를 견디며
학문의 지평을 열어 지혜의 바다를 건넌다.

「전문」

책방 늙은이의 주인공 아저씨는 책 먼지 속에 누런 치아를 내보이며 변함없는 모습으로 손을 흔든다.
"고니 씨 왔어? 요즘 장사가 안돼서 그러니 고니가 책 좀 많이 사 가지고 가슈."
"예! 사장님 그간 잘 계셨지요? 저는 그런데 요즘 힘이 없어서 책을 많이 못 짊어지고 갑니다."
 너털웃음을 터트리며 한마디 잊지 않는다.
 "그러면 머릿속에라도 많이 넣고 가시우."
 언제나 훈훈하고 따뜻한 가슴을 가진 아저씨의 너털웃음에서 책 냄새가 난다.
 "그건 공짜야, 하하하!"
 요즘 책 읽는 사람이 별로 없어서 장사도 잘 안되고 조만간 헌책방도 파지를 처분하는 고물상으로 바꿔야 할 것 같다는 아저씨의 말에 쓸쓸하고 헐렁한 바람이 스며든다.
 마음씨 좋은 중고 냄새가 나는 아저씨의 너스레를 들으며 역사에 관한 서적이 쌓여있는 곳에 쭈그리고 앉아 책 먼지를 털어내며 책장을 넘긴다.
 화련 선배가 뻑 하면 우려먹는 주인공들이자 사극에 잘 등장하는 인물로 어우동의 행적에 관한 책과 역사가 아닌 야사처럼 써 놓은 유감동과 이구지라는 인물에 관한 책이 눈에 들어온다.
 고니는 천천히 탐독하기 시작했다.

"사람을 기다리고 그들의 가슴을 채워주는 공간을 지키는 것이 책방지기의 행복이자 사명"이라는 말은 오래 묵은 책방 늙은이의 곰팡이 피어나는 구수하고 정감 어린 된장국 같은 감동적 표현이다."

♣ 화련 선배

  서점에서 두 시간가량 곰팡이 피어나는 책과 씨름을 했다.
  영웅호걸들의 이야기와 역사에서 말하지 않은 많은 사연과 밀고 당기며 시간을 보내는 일은 고니만이 누리는 즐거움이다.
  승자의 이야기는 역사가 되고 패자의 역사는 전설이 된다는 진리를 기억하며 서점을 나온다.
  순간 지나가는 싸늘한 바람이 1월의 매서운 한기를 느끼게 한다.
  전철을 타기 위해서 상가들이 즐비한 곳을 빠져나와 대로변의 커다란 빌딩을 막 지나려는 순간 익숙하거나 낯익은 그러나 오랜만에 만나는 생소한 얼굴이 앞을 지나쳐 간다.
  어디서 많이 본 얼굴인데, 뒤를 돌아보는 순간 상대방도 나를 알아본 것인가? 동시에 고개를 돌려 눈이 마주친다.
  "어! 화련 선배 맞아요?"
  "어 너는 궁금해 고니!"

  학교 다닐 때 역사 탐방 동아리에서 만나 남몰래 짝사랑했던 화련 선배였다. 화련 선배는 H대 미대 3학년이고 고니는 공대 새내기 1학년이었다.
  특히 화련 선배는 같은 대학 선후배를 떠나서 같은 동네에 살았으며 5학년 때 전학 와서 초등학교도 함께 다니고 이웃에서 어린 시절부터 함께 자란 사이이기도 하다.
  친동생처럼 고니를 아끼고 귀여워하던 화련 선배, 그토록 보고 싶었던 선배 화련 그녀였다.
  소사에 있는 S 여자중학교 미술 선생님으로 재직한다는 소식을 들었지만, 언제부터인가 소식이 끊기면서 홀연히 사라진 후에 거의 십 년 만에 길에서 우연하지만, 극적인 상봉을 했다.

고니는 선배들의 비위도 잘 맞추고 궂은일은 도맡아 하면서 선배들의 귀여움을 독차지하였으나 배고픈 건 참아도 궁금한 건 못 참아! 하면서 질문에 질문을 꼬리를 끝까지 잡으며 선배들에게 질문 공세를 이어갔다.
그때부터 고니의 이름 앞에는 언제나 궁금해 고니라는 수식어가 따라붙었다.
"야~ 아! 화련 선배 정말 반가워요, 이게 정말 얼마 만인 거지요?"
"그래 그러니까. 십 년이 넘어가면 강산이 변한다니까 너를 만나는구나, 하하하!"
여자답지 않게 호탕하고 밝은 성격의 소유자인 화련 선배는 늘씬한 몸매에 서글서글한 눈을 가진 시원한 여자였다.
"선배, 십 년이면 강산이 바뀐다는 말은 호랑이 담배 피우던 시절 이야기고 요즘은 삼 년이면 강산이 변한다고 해요. 그래서 삼 년 고개도 있잖아요? 아셔요?"
"야! 고니 따지냐?"
"그러니까 강산이 세 번에 세 번도 더 바뀐 시점에서 선배를 만난 거지요. 하하하."
"고니 너 많이 컸다. 귀여운 녀석. 하긴, 학교 다닐 때 귀여운 얼굴은 어디 가고 지금은 좀 징그럽다. 호호호."
"어휴! 선배 여전, 여전하구나!"

"야! 고니야 이럴 게 아니라 이 형님이 지금 배가 많이 고프다. 그런고로 밥이나 좀 사주라!"
"밥? 지금 시간이 몇 시인데 밥을 아직 못 먹었어?"
"이런 궁금해 같은 녀석, 몇 시고 뭐고 아침은 고사하고 어제 저녁도 못 먹었어!"
"어휴! 당최! 뭔 소린지. 그럼 어여 밥 먹으러 갑시다. 뭘 드시고 싶으세요?"
"야 고니야! 서민이 순댓국이면 최고지 따끈한 국물에 밥 말아서 쐬주 한잔 걸치면 금상첨화고! 하하하!"
"낮술에는 어미 아비도 몰라본다는데 낮술을 먹어요?"
"야! 고니 네가 뭘 몰라서 그러는데, 낮술이 가성비가 좋아요! 조금만 마셔도 기분이 좋아지걸랑! 하하하"
 시원하게 웃는 화련 선배의 마른 얼굴에서 짙은 그늘이 바람처럼 스치고 지나간다.
 곱고 세련된 이미지의 얼굴이 말라서 그런지 눈이 안으로 쑥 들어가 그늘이 지고 광대뼈가 조금 도드라져 보이긴 하지만 여전히 미인 얼굴형이다.
 길 건너 사거리에 토종시골 순댓국 간판이 오래 묵은 청국장처럼 걸려있는 음식점으로 삐걱거리는 나무문을 밀고 들어간다.
 순댓국집 특유의 비릿하고 구수한 냄새가 어우러져 묘한 냄새가 먼저 반긴다. 뛰어난 인간의 적응력은 금세 후각을 마비시켜 익숙한 순댓국 냄새만 남기고 잡냄새는 시원한 깍두기 냄새와 버무려지면서 사라졌다.
"이모 여기 순댓국 두 그릇 하고 소주 한 병 주셔요!"
 고니가 마음이 훈훈해 보이고 살집이 튼실한 중년 아주머니에게 주문하자, 화련 선배가 끼어들어 소리친다.
"순댓국 하나는 얼큰한 맛 곱빼기 특식으로 주셔요!"
 고니가 어이없는 표정으로 화련을 쳐다보자, 화련이 씨~익 웃으면서 "야! 고니 밥 많이 먹는 여자 처음 봐?"
"응~ 응~ 아니 그건 아니지만, 히히."
 고니는 옛날 생각이 나서 헛웃음을 웃었다.

화련 선배는 언제 어느 때나 씩씩하고 전투적이었다.
"밥 많이 먹는 사람은 그만큼 일도 많이 해야 해 그게 공평한 거야! 그런 고로 나는 여자로서 몸매 관리도 해야 하므로 밥은 적게 먹으니 적게 일하는 거고, 킥킥킥. 이건 농담이고! 하하하. 그리고 우리 사회에서 누구나 자유로운 공기를 호흡하고 빛나는 이 땅에서 공평한 삶을 누릴 권리가 있다고! 예수님도 '진리가 너희를 자유롭게 할지어다.'라고 하셨어, 이게 무슨 뜻인 줄 알아? 생각이라는 게 있으면 좀 깨어있으라 이 말이야, 고니 짜아샤!
 특히 남자 여자 성으로 나누어 놓고 이분법적 사고를 가지고 나누는 편견은 사라져야 하는 거야! 지금이 조선 시대도 아니고, 그건 몰상식의 극치야~~! 아니, 조선시대라고 해도 이건 아니지!"
 "화련 선배 지금, 이 시대에 누가 남녀 차별을 해요?"
 "얘가 뭘 모르는구나, 취업 현장에서 차별받고 어렵게 바늘구멍을 뚫으면 직장에서 승진이다, 근무지 이동이다, 차별이 여기저기 널려있다고 사회 구석구석 밑바탕에 좀비처럼 숨어있는 성차별이 얼마나 많은 줄 알아?
 고니 너는 아직 멀었어, 멀었다 고라, 남자들이란!
 아직도 성차별하는 인간들이 존재한다는 것은 불행한 시대를 사는 미개인이고 비극인 거지!"

 화련 선배는 지극히 남녀 성차별에 대해 울분을 토하는 페미니스트이며 글로벌 시대에 맞게 사회적 구조와 보다 근대적인 민주주의를 위해서 노동운동을 통해 현실을 개혁하고 시대의 주인공인 우리 청년들이 앞장서야 한다고 주장하는 전투적인 노동 운동가였다.
 특히 술에 취하면 울분을 터트리며 남녀평등을 주장하고 주사를 부리기도 해서 남자 선후배들이 모두 도망가고 끝까지 남아있던 고니가 떡실신이 된 화련을 부축해서 택시를 태우고 바래다준 일이 한두 번이 아니었다.
　그렇게 용감하고 전투적이던 화련 선배가 십 년 만에 나타나서도 성격은 여전히 변하지 않은 것 같아 마음이 놓였다.
　"고니야 오랜만에 만났으니 이 누나가 한 잔 따라 줄게 자! 한 잔 받아라!"
　화련은 고니에게 술 한 잔을 따라 주고 연이어 두 잔을 원샷, 원킬을 외치며 시원하게 들이키고는 순댓국을 허겁지겁 먹어 치웠다. 정말 몇 끼를 굶은 사람처럼 보였다.
　순식간에 제법 양이 많은 순댓국을 입에 쓸어 담듯 먹어 치우고 소주 두 병을 한 방울도 안 남기고 깔끔하게 처리했다.
　마치 모든 것을 빨아드리는 성능 좋은 진공청소기와 마주 앉아있는 것 같았다.
　조금은 쑥스러운지 웃음기 있는 얼굴로 "야! 고니야! 이제 살 것 같다. 휴~~우"
　포만감이 느껴지는 긴 숨을 몰아쉬었다.

　고니와 화련은 토종시골 순댓국집을 나와 한겨울과 동떨어지게 예쁘고 아기자기한 꽃이며 분재가 가지런하게 놓여있는 이층 창가를 바라다보며 들꽃 카페 계단을 천천히 올라갔다.
　카페 안은 보기보다 넓고 들꽃 향수를 뿌렸는지 꽃향기와 커피 냄새가 적당히 어우러져 코끝을 스치는 공간을 지나 구수한 커피 향이 고여 있는 창가로 걸어갔다.
　오후의 한적한 시간이라서 그런지 두 테이블 외에는 사람들이 별로 없었다.
　커튼 사이로 하오의 햇살이 고즈넉하게 뿌려지는 창가에 햇살을 손등으로 받으며 자리에 앉았다.
　고니는 자리를 잡고 앉은 화련을 바라보다 다시 일어나 주문대로 가면서 물었다.

"뭐 드실래요? 선배!"
"응! 나는 아메리카노, 찌~인하게!"
"예 알았어요," 잠시 후에 번호가 적혀있는 호출기가 온몸을 부르르 떨면서 신호를 보낸다.
 진한 커피 향이 느껴지는 아메리카노와 시나몬 가루가 뿌려져 있는 카푸치노의 구수한 냄새가 마음을 평화롭고 느긋하게 만들었다.

 고니는 상아색 바탕에 들꽃이 그려져 있는 우아한 분위기를 풍기는 커피잔을 들어 한 모금 마시고 내려놓으면서 화련에게 진지하게 물었다.
"그래 화련 선배, 뭐가 그리 바쁘셔서 밥도 못 드시고 돌아다니는 사연 좀 들어 봅시다?"
 몇 초간 물에 잠긴 듯 어색한 정적을 깨며 화련이 고니의 눈을 똑바로 쳐다보았다.
"사연이라, 사연, 후후후~~~"
 생각에 잠기듯 살짝 눈을 감았다 뜨면서 독백하듯이 말문을 열었다.
"그래~~에, 참, 십 년이라는 시간이 사람을 참 많이도 변하게 만들었구나."
 화련이 3학년 2학기에 접어들면서 학내 소요가 극에 달하고 화련이 학내 노동운동의 간부직까지 맡아서 더욱더 열정적으로 데모에 가담했다.
 그해 겨울 찬바람이 살갗을 파고드는 추위와 아픔을 감수하면서 최루탄 가스를 열심히 마신 덕에 중심인물로 분류되어 지명수배를 피해 여기저기 전전긍긍하다 한 후배의 하숙집에서 발각되어 고문당하는 등 고초를 겪고 우여곡절 끝에 풀려났다.
 오랜 시간 끌려다니면서 취조를 받아 정신적으로 육체적으로 극도의 피로감에 시달려 학교생활을 지속하기 어려워 휴

학하고 어머니 고향인 강릉에서 요양하면서 정신적인 혼란과 허약해진 몸을 달래며 허송세월로 보냈다고 했다.

그 후 1년 6개월의 은둔생활을 마치고 다시 서울로 돌아와 다니던 H대 미대를 그만두고 지난날의 모든 것을 청산하고 새로운 인생을 살아보고자 B대 사범대학으로 편입하여 졸업 후 소사에 S 여자중학교에서 미술 교사로 근무했다.
"그래! 화련 선배. 거기까지는 군대 제대 후 복학해서 다른 선배한테 가끔 소식을 들어서 알고 있었어, 그런데 그 이후로 통 연락도 안 되고 소리 소문 없이 사라졌다고 선배 동기들이 말하더라고."

"고니야 너 울 엄마가 무당이었던 거 알지?
내가 그때도 그림에 소질이 있어서 부적을 그려주면 엄마는 부적을 손님들에게 팔고 나한테 용돈을 조금씩 쥐여 주곤 했었지, 그때는 그게 얼마나 좋았던지! 후후."
"알지요!"
고니가 학창 시절 선배 집에 놀러 갔을 때, 아무도 없을 때면 항상 잠겨있는 문이 있었고 아주머니가 계실 때면 혼자서 중얼거리며 주문을 외우고 있는 모습을 자주 보곤 했었다.
어느 날 호기심에 잠겨있는 문의 자물쇠를 잡아당기자 힘없이 자물쇠가 툭, 하면서 열리기에 도독 고양이처럼 살금살금 안으로 들어가서 불을 켜는 순간 하마터면 놀라서 오줌을 쌀 뻔했다.
아니 정확하게 말하면 오줌을 지렸다.
포악하게 생긴 귀신 그림과 백발 할아버지가 호랑이 등에 올라타고 커다란 칼을 휘두르는 형상의 그림이 얼마나 무서웠던지 지금도 그때 생각하면 소름이 으스스하게 돋는다.
그런데 한 번 보고 두 번 보니 나중에는 아무렇지도 않아서 가끔 군것질 생각이 나면 신당에 몰래 들어가 재단에 놓여있는 과자나 사탕을 한 봉지씩 훔쳐 먹는 재미가 정말 꿀맛이었다.
 나중에 안 사실이지만, 내가 살금살금 신당에 들어가 고양이 짓하는 것을 아주머니가 알고도 모르는 척했다는 걸 선배한테 들은 기억이 난다.

"아니 그런데 그게 뭐 어쨌다고요?"
"그치! 그게 문제였지, 아주 큰 문제."
 화련은 갑자기 생각하기 싫은 것이 생각이 나는 양 뭔가 쫓기는 사람처럼 불안한 표정을 지으며 미간을 찡그렸다.
 눈동자가 풀리는 듯하기도 한 묘한 얼굴이었다.
"아휴 답답하게 무슨 소린지 알아듣게 말을 좀 해주셔요?"
 한동안 침묵하던 화련 선배가 정적을 깨며 격앙된 목소리로 화가 난 사람처럼 소리를 지르듯이 말문을 열었다.
 갑자기 눈동자의 초점이 흔들리는가 하더니 안광에서 불을 뿜어낼 것 같이 고니를 쏘아보며 한 옥타브 높은 목소리로 말했다.
"야! 고니야! 너도 그러고 보니 전주 이가 맞지?"
"그래요 당연, 전주 이가 효령대군파일걸 아마! 그런데 이 상황에서 지금 그게 무슨 상관이야! 선배!"
"고니야! 너 지금 이러고 다닐 때가 아니야! 정신 차려!"
 느닷없는 화련 선배의 호통에 어안이 벙벙해진 고니는 "도대체 무슨 소리를 하는 거야 선배! 정신은 선배가 차려야 하는 거 아니야?"
 이상한 느낌을 받은 고니도 정색하면서 화련 선배에게 목소리를 높였다.
 갑작스러운 큰 소리에 건너편 탁자에 앉아있는 젊은 남녀가 호기심 어린 눈빛으로 건너다보고 있다.

화련 선배는 배낭처럼 짊어지는 가방을 열더니 두툼한 서류 뭉치를 꺼내 들었다.
한 귀퉁이는 헤지고 바래서 너덜거렸다. 서류는 A4 크기로 족히 이백 장 정도는 되어 보였다.
서류에는 한문과 한글이 빼곡하게 쓰여 있거나 이름에 줄을 그어서 지우거나 이름 옆에는 볼펜으로 무언가를 꼼꼼하게 적어놓았다.
글씨 아래쪽에는 붉은 도장이나 낙관이 찍혀 있는 것도 보였다.
"아니 도대체 그 서류가 뭔가요?" 고니는 따지듯 다급하게 물었다.
화련은 묻고 있는 고니가 한심하다는 표정을 지으며,
"이건 말이야 이 씨 집안의 뿌리를 찾아다닌 나의 흔적으로 조상과 조상의 대를 따라 올라가면서 추적한 족보와 호족 등 초본이나 관련 문서야!"
화련은 자랑스러운 표정을 지으며 서류를 쓰다듬었다.
"아니! 그래서 그걸 가지고 뭘 어쩌자고?"
"어쩌다니 이 한심한 친구 고니야! 이 씨 왕조 조상의 뿌리를 찾아서 조선왕조 재산인 경복궁이나 덕수궁 각종 문화재로 지정된 재산을 돌려받아야지!"
고니는 갑자기 가슴이 답답하고 말문이 막혀 가슴을 쓸어내렸다.

"아! 화련 선배! 어찌 된 영문인 거야? 선배야말로 정신 차려 이게 가당키나 한 말이냐고~~오!"
"야! 고니, 너는 두 눈으로 이걸 보면서도 모르겠어? 그 유적이나 왕궁들은 모두 이 씨 가문의 재산이니 당연히 돌려받아야지."
고니는 더 이상 할 말을 잃어 한참을 침묵하며 고개를 숙이고 꽃무늬가 그려진 찻잔을 만지작거렸다.
 화련도 숨을 고르듯 눈을 감고 뭔가 중얼거리고 있었다.
 그 옛날 아주머니의 얼굴이 겹치며 아! 화련 선배가 무병에 걸렸나 보다.
 엄마의 혼이 화련 선배에게 내려와 저리되었구나!
 한 서린 뿌리의 기록과 근원은 무엇이란 말인가! 고니는 어두운 터널에 홀로 앉아있는 것 같은 느낌에 온몸에서 기가 빠져나가는 허탈감에 몸이 떨렸다.
 화련 선배가 지난 십 년간 겪어왔을 사연이 찬바람이 살갗을 찌르는 아픔처럼 밀려왔다.

 깊은 생각에 잠겨있는 고니의 잠을 깨우기라도 하듯이 화련의 목소리가 깊은 심연에서 울리듯 나직하게 들려왔다.
 "야! 고니야~~ 야! 고니~~~ 야 고오니~~~~"
 화련의 목소리는 점점 크게 진동하면서 고막을 흔든다.
 화들짝 놀란 사람처럼 눈을 뜨고 화련 선배의 얼굴을 쳐다보았다.
 미간을 찡그리며 고통스러워하는 표정은 간데없이 맑은 표정을 지으며 "고니야 무슨 일이 있어?" 하고 천진한 아이의 표정으로 묻는다.
 "아니 화련 선배, 좀 전에 조선 왕실의 재산을 되찾아야 한다면서요? 선배, 십 년 만에 나타나서 무슨 소리예요?"
 화련은 눈을 동그랗게 뜨고 말하는 고니를 쳐다보다 아차 하는 표정을 지으며 고개를 숙여 땅이 꺼질 듯 한숨을 쉬며 말한다.
 "아! 내가 그랬구나, 또 그랬어! 그런 말을 했어! 미안하다 고니야! 사실 이런 말을 하면 고니가 어찌 생각할지 모르지만 나도 모르게 이야기하다 느닷없이 신기가 내려와 나를 힘들게 한다. 엉뚱한 소리나 하고, 그리고는 기억을 잘못해!"

화련은 지난 시간의 필름을 재생하듯이 말했다.
 "S 여자중학교 미술 선생을 하다가 어느 날부터 몸이 피로해지고 가끔은 정신을 놓기도 하면서 아이들한테 나도 모르게 이상한 행동을 한 모양이야. 처음에는 아이들이 결혼을 안 한줄 알고 노처녀 히스테리라고 수군거리곤 했지만, 그때는 대수롭지 않게 생각했어.
 시간이 지나면서 상태가 점점 나빠져서 학부모들한테 민원이 들어오고 도저히 교편을 잡을 수가 없어서 학교에서 권고사직을 당했다."라는 말을 화련은 역사책 페이지를 넘기듯 담담하게 말했다.
 "거기다 무병이 걸려서 이상한 행동을 하는 나를 이해 못하는 남편은 이혼을 요구했고, 나도 남편한테 못 할 짓이다 싶어 결국 이혼했지. 나로 인해 생긴 파경이니 돈 한 푼 못 받고 일방적인 파혼을 당했지!"
 "아니 화련 선배! 시훈 선배하고 이혼한 거야? 시훈 선배하고 그 정도밖에 안 되는 사랑이었어?"
 화련 선배하고 시훈 선배는 학내에서도 유명한 커플이었다.
 모두가 부러워하는 커플로 화련 선배의 서글서글한 눈빛에 키 크고 몸매 좋은 서구적인 미모까지 갖추었지, 시훈 선배의 남자답게 선이 굵은 얼굴과 조각 해놓은 것 같은 멋진 외모에 성격 좋고 집안까지 빵빵해 부러움을 사는 커플이었다.
 무엇보다도 화련 선배를 마음에 두고 있는 고니지만 연상의 선배라는 점과 어릴 적부터 보아온 동네 누나로 마치 어린 동생 취급받는 고니로서는 두 사람을 바라보며 가슴앓이 냉가슴을 앓았었다.
 시훈 선배에 대한 부러움과 질투를 느꼈지만 표현할 수 없는 짝사랑이었다.

 화련은 깊게 한숨을 쉬며 말을 이어갔다.

"그래 우리의 사랑은 거기까지이었던 것 같아! 하긴 알 수 없는 신열이 오르면 몇 날 며칠을 앓아누워 백약이 무효하고 정신을 차렸다 싶으면 엉뚱한 돌발행동을 하는데 누가 배겨 나겠어? 난 시훈 씨 원망할 수가 없지!"
 화련의 자조적인 목소리가 모든 것을 체념한 듯 힘이 없다.
"그 뒤로 무엇에 홀렸는지 각종 역사 서적을 들추고 전국을 돌아다니면서 이 씨 왕조의 자료는 물론 엄마 강 씨의 전남편이지만, 얼굴도 모르는 강릉 아버지 집안의 등초본을 떼고 정사건 야사건 고문서를 닥치는 대로 수집하고 돌아다녔지! 퇴직하면서 받은 퇴직금도 이제는 얼마 남지 않아 하숙방에서 하루하루 풀칠하면서 힘겹게 살고 있다."
"그럼 아까 그 서류는 버리지 왜 가지고 다니세요?"
 고니는 채근하듯 말했다.
"아! 그게, 이상하게 그걸 안 가지고 다니거나 버리려고 하면 자꾸 악몽에 시달리며 옛날 사람들이 나타나 끝없이 소리를 지르고 못살게 하는 꿈을 꿔! 그다음 날은 어김없이 신열이 나고 며칠을 앓아눕고 그래서 버릴 수가 없었어!"
 고니는 말을 들으면서도 도무지 믿기지 않았다.

 영화나 책에서 보거나 말만 들었던 것이 현실처럼 이야기를 듣다니, 그것도 그렇게 예쁘고 활발한 화련 선배에게서.
 고니는 고개를 세차게 흔들었다.
 무병이라는 것이 정말 무서운 것이로구나!
 화련은 모든 것을 체념한 듯 하얗게 질린 낮달 같은 표정으로 마치 자신에게 주문을 걸듯이 중얼거렸다.
"조만간에 엄마를 모시던 무녀의 신딸이 되기로 했어, 강릉으로 가게 될 것 같아! 너도 옛날에 우리 방학 때 역사 동아리 모임에서 가본 적 있잖아, 초당마을 근처 민박집! 그 근처가 울 엄마 고향이잖아?

울 엄마를 모시던 신딸이 그곳에서 신당을 하고 있어서! 아마 두 달 뒤 12일이 길일이라 그때 내림굿을 할 것 같아. 고니야, 우습지? 내 인생."
 "글쎄, 화련 선배. 뭐라고 할 말이 없다."
 두 달 뒤 12일… 고니는 주문을 외우듯이 두 달 뒤 12일을 중얼거렸다.
 "그냥 몽둥이로 뒤통수를 맞은 기분이야."

 그토록 보고 싶고 짝사랑했던 화련 선배를 십 년 만에 만나 이렇게 황당한 이야기를 듣게 될 줄이야, 고니는 차라리 꿈이었으면 좋겠다는 생각이 들었다.
 가련한 여인의 일생, 조선시대 노비 신분을 대물림하듯 무병을 유전처럼 이어가야 한다니 옛날에는 못 배우고 힘없는 사람들이 지푸라기를 잡는 심정으로 믿는 것이 무당이니 뭐니 해서 샤머니즘적 토속신앙이라고 생각했는데 어찌 대학까지 나오고 당차고 똑똑한 그녀가!
 이 땅에 민주화다 여권신장을 위한 페미니즘 운동에 앞장서며 학창 시절을 보낸 화련 선배가 결혼생활에 실패해 이혼당하고 무녀가 되다니 기가 찰 노릇이었다.

 한 시절 여권신장에 대해서 울분을 토하던 화련 선배의 말이 귓가에 쟁쟁하다.
 "조선의 신분제도와 가부장적 사회에서 이 땅의 여인들이 얼마나 힘겨운 삶을 살아왔는지 알기나 해?
 성리학, 홍살문, 여인의 정조, 칠거지악이라는 허무맹랑한 굴레에서 신음하던 조선 여인들 절규가 들리지 않냐?
 명나라 법전인 대명률에 근거해서 만들어진 여인들의 숨통을 조이던 법이지!
 너 성종이 왜? 앞에 성자가 붙어있는 줄 알아?

칠거지악이니 뭐니 하는 것들과 조선 여인들의 바깥출입을 못 하게 하고, 여기가 아랍도 아닌데 외출할 때는 쓰게 치마를 뒤집어쓰고 다니게 만든 훌륭한 법인 경국대전(經國大典)을 완성해서 성종이라는 거지. 기가 차서! 다 물어다 개나 주라고 그래!

 여자는 한번 결혼하면 죽을 때까지 남편을 섬겨야 하고 남편이 일찍 죽어도 청상과부로 평생을 살아야 하는 여인들 말이야!

 여자도 감정이 있고 느끼고 생리적 욕구가 살아있는 사람이라고!"

 화련의 몸에서 참을 수 없이 용솟음치는 열정이 분출하는 것 같았다.

 "조선 사회를 발칵 뒤집어 놓은 사건으로 양반가에 딸로 태어나 소박을 맞고 스스로 기녀가 되어 신분을 가리지 않고 놀아난 유감동이나 어우동의 조선 사회를 향한 복수나, 성종의 두 번째 왕비이며 연산군의 어머니로 투기와 저주 등 부도덕하다는 이유로 사약을 먹고 죽어간 폐비 윤 씨 사연도 그렇고, 특히나 태종의 손녀딸이자 양녕대군의 서녀였던 이구지의 지고지순한 슬픈 사랑을 음란죄로 유린한 사회의 통념과 제도는 정말 말도 안 되는 시대의 비극이었던 거야! 남성들의 시선으로 바라보고 법과 질서라는 개념을 철저하게 남성 위주로 만들어 놓은 제도권에서 희대의 성 스캔들로 몰아가며 조선시대 대표적인 음란한 여성이라는 오명의 꼬리표를 붙여 죽음으로 몰아간 가련한 희생자들이었을 뿐이야!

 이 땅에 남자들이 아닌 척, 너그러운 척, 하면서 가면 뒤에서 편견의 탈을 뒤집어쓰고 사회의 주류를 이루며 아직도 시대착오적인 사고를 하고 있다는 것이 더 분하고 답답할 뿐이다."

 고니는 화련의 목소리가 아직도 선명하게 들리는 듯하다.

지금이 조선시대도 아니고 누가 남녀평등을 이야기하는 것이 오히려 더 구시대적 편견이라고 말할 때면 아직도 시대착오적 잔재가 알게 모르게 우리 사회 구석구석 뼈에 사무치도록 깊이 자리하고 있다고 열변을 토로하던 화련 선배였다.

화련이 핏대를 세우며 술잔을 들어 페미니즘을 외치던 여전사의 용감함은 어디로 갔단 말인가? 자신의 운명 앞에 무너져야 하는 나약한 이혼녀와 무녀가 있을 뿐인가?

아~~~ 화련 선배!

대물림해서 무녀가 되어야 하는 미스터리한 현실 앞에 모든 꿈을 접어야 하는 기구한 운명의 장난 같은 현실이 실감 나지 않는다.

고니는 무녀가 되어야 하는 화련 선배의 사연을 들으며 그녀가 부르짖던 여권신장과 사회질서의 근간을 흔들어 강상의 죄를 물어 희생당한 지난날의 여인들에 관한 이야기로 밤을 지새우던 시절 그녀의 목소리가 아직도 생생하게 들리는 환청을 느낀다.

고니는 아까 서점에서 열심히 들여다보던 조선왕조실록 『여인야사』라는 책의 내용을 더듬어 본다.

유감동, 어우동, 폐비 윤 씨, 사방지, 대갓집이나 구중궁궐에서 자신들의 운명을 거부하고 자유롭게 살고자 했던 여인들과 한숨으로 세월을 보내다 이슬처럼 사라진 여인들 운명적인 삶이 안쓰럽게 느껴진다.

또한 지고지순한 사랑을 하다 시대의 희생양으로 사라진 왕실 여인 이구지의 사랑과 생애가 무녀 화련 선배와 겹치면서 밑그림처럼 그려진다.

2. 단 하나의 사랑

♣ 이구지 결혼의 늪

 들판에 유채꽃이 만발하고 아지랑이가 따사로운 햇살을 받으며 아른아른 올라오는 봄날에 경기도 광주 작은 고을에 날라리와 장구 노랫소리가 들판 가득 울려 퍼진다.
 온 고을 사람들이 다 모인 자리가 떠들썩하고 근래 보기 드문 혼례식 잔치마당이 벌어져 사람들이 먹고 마시며 흥겹다.
 보릿고개를 힘겹게 넘기고 있는 시골 마을에 간만에 감칠맛 나는 전에 고깃국이 상에 오르고 육전이며 기름진 냄새로 안 먹어도 배가 부를 정도로 요란하다. 각종 과일에 치자 열매나 진달래 자연색으로 물을 들인 주황색, 파란색, 분홍색 한과를 비롯해 알록달록한 빛깔 나는 과자며 사탕이 넘쳐나고 어깨춤을 추는 사람들과 덩달아 신이 난 아이들이 볼이 미어 터지듯 먹을 것을 우물거리며 동네를 뛰어다녔다.
 그도 그럴 것이 오늘이 왕실 종가의 딸 현주 이구지의 혼사 날이다.

 현주 이구지가 누구던가 여염집 규수도 아니고 왕실의 여인으로 위로는 상왕 전하이신 태종 이방원의 손녀요 비록 서녀이기는 하나 아버지는 양녕대군으로 정실에게서 나은 3남 4녀와 여러 첩에서 나은 6남 10녀 중 8번째 서녀로 옹주 다음 가는 현주의 직위를 부여받아 왕가의 종친부에 이름이 올라가 있는 당당한 왕실의 일원이었다.
 왕실의 예의와 법도에 의해서 행하는 혼례행사라 왕실의 종친부에서 주관하고 왕실의 일을 주관하는 절차에 격식을 갖추고 혼례청을 설치해「주자가례」의 예법에 따라 거행하는 결혼식이니 성대하기 그지없었다.

조그만 시골 마을에 왕실과의 혼례라니 이 얼마나 대단한 잔치 인가, 당연히 온 마을이 풍요로운 잔치 마당인 것은 당연하다.
"우리 구지, 예쁘기도 하구나!" 딸 구지를 바라보는 어미 달이의 눈에서는 대견하고 기쁜 마음에 이슬이 눈가를 촉촉이 적셨다.
"마님 정말 아씨가 한 떨기 모란꽃 같사옵니다."
유모도 감탄에 마지않아 덩달아 한마디 거들고 나선다.
구지는 그리 빼어난 용모는 아니지만 수수한 미모에 어려서부터 궁중 예법을 익히며 자라온 탓에 의젓하고 기품 있는 자태에 꽃단장을 해놓으니, 꽃같이 곱기는 하였다.
"구지야! 네가 비록 서녀이기는 하나 엄연히 너의 핏줄이 왕실의 피임을 잊지 말아야 할 것이며 그에 걸맞게 행동해야 한다. 종친부에 누가 되지 않도록 하고 사람들에게 흠 잡히지 않도록 조심 또 조심해야 할 것이야, 어미 말을 명심하도록 하여야 할 것이다."
구지는 마지못해 말하듯 작은 목소리로 대답하였다.
"네~~ 어머니."
"아이고 아씨! 그런데 새색시 표정이 왜 그렇게 오뉴월 내리지도 않는 서리처럼 차갑게 얼어있어요? 얼굴 좀 피셔요. 아씨."
유모는 걱정스럽게 구지의 등을 토닥이며 말한다.

드러내놓고 즐거워하지는 않더라도 구지의 심기는 별로 편치가 않았다.
"참, 아버님도 너무 하시지 광주 시골 마을의 별좌가 뭐야, 별좌가! 그렇다고 가문이 대단한 것도 아니고, 어휴 속상해."
현주 이구지는 이름 없는 지방의 별좌에게 시집보내는 아버지 양녕대군이 원망스러웠으나 지엄하신 부모님의 명이니 어찌할 도리가 없었다.

그도 그럴 것이 별좌는 장부를 대조하고 조사하여 잘못된 것을 수정해서 기록 관리하는 정(종)6품의 관직에 해당하기는 하였으나 관록이 인정되지 않는 무록관의 벼슬로 녹봉도 주지 않는 자리이기도 하다.

공신이나 양반의 자제들에게 음서제(蔭敍制)를 통하여 벼슬을 할 수 있는 길을 열어주고자 했던 관직이라 정직인 녹관만큼 대우를 받지 못하였다.

특히나 정직참상녹관의 자리는 3~4년만 근무를 해도 1급씩 승급을 해주었지만, 무록관의 별좌는 6~7년을 근무해도 승급하기가 어려운 자리로 격이 떨어지는 당하관의 관아에만 있는 것으로 허울 좋은 벼슬이었다.

그렇다! 구지의 남편 권덕영은 광주 고을의 별좌 벼슬을 하고 있는 그저 그런 시골 향민 출신 양반 집안 자제였다. 그런 집안으로 시집가는 구지의 마음이 편할 리가 없었다.

구지의 마음하고는 아랑곳하지 않고 온 산으로 들에 피어나는 들꽃이 흐드러진 봄날이 가고 있었다.

펑펑 터지는 봄의 전령들
수다스러운 몸짓으로 노란색 산수유에 물이 오르고
검은 돌담 사이 살구나무 앵두꽃
방실방실 몽우리를 틔운다.

먼 산 능선에서 불어오는 바람
골목 돌담을 쓰다듬고 지나면
조그만 화단에 자운영 꽃봉오리
한두 개쯤 떨어트리고
마을 안쪽을 지나 순한 바람이 초례청에 고이고

바다가 밀고 당기는 물길이
뭍의 안쪽 깊이 닿으면
바다인지 강인지 구별이 되지 않는 풍경
물길 따라 여지없이 봄의 표정이 피어오른다.

초례청이 차려지고 결혼식이 거행되었다.
 사모관대를 멋지게 차려입은 신랑이 도착하자 초례청 주변이 떠들썩하면서 저마다 신랑에 대한 평판과 외모 등에 대해서 아녀자들의 수다와 농이 이어지고 본격적인 혼례 분위기가 무르익어 갔다.
 구지는 고개를 숙여 신랑을 볼 수 없었지만, 귀는 열려있어서 사람들의 입방아를 들으며 궁금증이 더했다.
 구지의 붉은 원삼이 더욱더 붉어 보였고 머리에 구슬과 꽃무늬 등으로 장식한 화관에서 떨잠이 햇살을 받아 유난히 반짝거렸다.
 신랑, 신부의 혼례를 상징하는 기러기를 전달하는 전안례(奠雁礼)가 이루어지면서 신랑, 신부가 초례청에 입장하고 맞절의 순서가 진행되는 교배례(交拜礼)를 마치자, 합환주를 나누어 합근례(合巹禮)의 예를 통해서 부부의 연을 맺어 혼인 서약을 하고 백년해로할 것을 다짐하는 절차가 끝났다.
 이제 두 사람은 정식으로 혼인하였음을 알리는 행사가 마무리되고 초혼을 치르는 합방 절차만 남겨놓았다.
 초례를 치르는 첫날밤에 신랑 권덕영은 술에 취해 곯아떨어져 구지의 원삼 족두리마저 제대로 벗겨주지 않은 채 잠이 들었다.
 이구지는 첫날밤부터 무시당한 기분에 울화가 치밀었다.
 방 한 구석에서 눈물을 흘리며 끓어오르는 분노와 알 수 없는 수치심을 삭이고 첫날밤을 치른 다음 날, 아무 일 없었다는 듯 일어나 서방님을 맞이하였다.
"서방님 밤사이 잘 주무시었습니까?"
 권덕영은 신부의 아침 문안에 미안하기도 하였지만 쑥스러운 표정으로 "부인도 잘 잣소?" 하고는 밖으로 나가버렸다.

 초례를 치른 이후 구지는 권덕영의 게으름과 향촌에서 머물며 말직인 6품 별좌의 자리에 만족해하는 행실이 마음에 들지 않았다.
"서방님, 학문에 더욱더 정진하시어 중앙관직에도 나아가시고 좀 더 높은 곳에 뜻을 두시는 것은 장부의 기개요! 큰 뜻을 품어 세상에 나아가 의미 있는 일을 하시어야지요?"
 권덕영은 적반하장으로 버럭 성을 냈다.
"이보시오 부인, 부인이 비록 왕실 종친의 피를 물려받았다고는 하나! 어찌 지아비를 훈계하고 가르치려 하는 게요?"
"서방님 어찌 그런 말씀을 하시옵니까? 천부당만부당한 말씀입니다. 그저 서방님이 향촌의 별좌 자리에 만족해하는 모습이 대장부로서 부당하고 큰 뜻을 품어야 하나 그리하시지 않으니 답답해 드리는 말씀이지요!"
"듣기 싫소! 지금 왕실의 뒷배를 믿고 나를 졸장부 대하듯 하는 거요?"
"서방님 뒷배라니요, 무슨 그런 말씀을…."
"내 일찍이 더 높은 곳으로 승차하려 했으나 사정이 여의찮아 그런 것이요! 그리고 향촌이든 궁이든 다 나랏일 하는 것은 매한가지라 부인은 관여치 마시오!"

 권덕영은 처음부터 이 혼사가 마음에 들지 않았다.
 지체 높은 왕실의 핏줄이라 부담스럽기도 하고 함부로 말할 수도 없었거니와 혼례를 치르자마자 자신의 하는 일에 감 놔라! 대추 놔라 하는 것이 귀찮고 짜증스러웠다.

권덕영과 구지는 시간이 갈수록 관계가 멀어지기 시작했다.
"서방님 어찌하여 안채에 들지 아니하시고 한데 잠을 주무시고 돌아다니십니까? 부부란 결혼을 하면 합방하여 아이를 낳고 기르는 것이 위로는 조상님들께 효도하는 것이며 아래로는 다복한 가정을 이루어 대대손손 번영을 누리는 것이 이치이오나 서방님께서 내당에 들지 아니하시니 이것은 옳지 않사옵니다."
"부인 지금 뭐라 하시는 말씀이요? 왕실의 자손답지 않게 투기를 하는 게요?
 부끄러운지 아시오, 부인! 아녀자가 야심한 밤에 사랑채까지 와서 잠자리를 보채는 것은 무엇 하는 짓이요?
 여인이 품행이 방정치 않고 음란하게 남자를 밝혀 합방을 강요하는 것이요?"
"서방님 음란이라니요? 응당 부부의 도리를 말하였을 뿐인 것인데 어찌 말씀을 그리하십니까?"
"성현의 가르침에 이르기를 지아비는 하늘이라 하였건만, 어찌 부인은 지아비를 가르치려고 드는 것도 모자라 말대답을 또박또박하는 것이요! 장인이신 양녕대군이 그리 가르쳤소?
 그 아비에 그 자식이라더니 왕실의 어른이면서도 주색잡기에 방탕하게 여생을 그릇되게 사시더니! 여인이 음탕하게 남색을 탐하려 그리도 안달인지, 내 남이 알까 부끄러워 얼굴을 들지 못하겠소!
 내 앞으로 부인을 보지 않을 것이니 그리 아시오."
"서방님 결혼한 부부가 합방을 하는 것은 인륜지 대사인 자식을 낳음이요 당연한 이치를 말하는 것이거늘 어찌 선친이신 어버이를 운운하며 욕을 보이시는 것입니까?
 저를 욕보이는 것은 참아도 부모님 욕보이는 것은 저도 참을 수가 없습니다."
"나로 하여금 그리 만든 것은 부인이요?"

둘 사이에 팽팽한 긴장감이 한겨울 서릿발 같았다.
 구지는 권덕영의 말에 억장이 무너지고 가슴이 답답하여 미칠 것만 같았다.
 내 이러려고 혼례를 올렸던가! 당장이라도 보따리를 싸고 친정으로 돌아가고 싶었으나 이제 와서 어찌해 볼 도리가 없었다.

 권덕영은 매사에 옳은 말하는 구지를 어찌할 수도 없고 구지의 말을 따르자니 알량한 자존심이 상하고 귀찮은 일이 많은지라 내당에는 얼씬도 하지 않으면서 구지를 철저하게 외면하기 시작했다.
 아! 무정한 세월이요, 물오른 나뭇가지에서 짙푸른 녹음이 우거지고 꽃피는 계절을 넘어 숲에는 온갖 새들 지저귀고 벌레 소리가 귀청을 흔들며 봄은 또 다른 계절로 달려가고 봄은 흐드러진 꽃과 짙은 녹음이 지천으로 숲을 흔들고 뻐꾸기 목울음 소리가 메아리를 부르며 숲에 쌓여가는 계절이 익어가고 있었다.
 구지의 눈에 보이는 술렁이던 숲의 바람이 벙어리가 되어 말이 없는 사이에 앞마당에 서성이던 구름도 햇살 속으로 스며들어 뭉게구름의 민낯을 감춘다.
 적막함이 앞마당 돌탑을 누르던 정오의 햇살이 마음을 더욱 더 무겁게 하는 시간 속을 흐르고 오후는 무모하게 익어가고 봄밤에 구지의 몸도 마음도 홍시처럼 뜨겁게 달아올랐다.
 이구지의 봄은 그렇게 가고 있었다.

 그러나 밤이나 낮이나 구지가 기거하는 내당에는 잔일을 하는 여종만 드나들 뿐이고 언제나 고요와 정적만이 흐르는 암흑 아닌 암흑이 되었다.
 권덕영의 무관심과 철저한 외면에 구지의 속이 타들어 가고 애간장이 녹아내리면서 깊어 가는 봄밤에 저 홀로 구름 속을 흘러가는 창백한 달처럼 쓸쓸하고 외로움이 깊어만 갔다.
 하루 종일 내당에 있어 답답한 마음에 저잣거리나 강나루에 가서 바람이라도 쏘이려 마음먹고 조용히 내당을 나왔다.
 봄바람이 살랑살랑 불어와 꽃이 만발하고 산벚꽃이 한겨울 함박눈처럼 펑펑 터지는 봄날은 나른하고 아름다운 별천지였다.
 만물이 생동하며 물이 올라 파릇파릇 이파리를 피워내고 저마다 아름다운 빛깔로 들꽃을 품에 안은 들판을 바라보며 왠지 모르게 가슴이 두근거리며 꽃 멀미가 났다.
 구지는 눈을 감았다.
 차라리 아무것도 보이지 않으면 좋을 것 같은 느낌이 들었다.
 자기 내면에 이런 감수성이 있다는 것이 부끄럽기도 하고 마치 바람에 흔들리는 흥분이 가슴을 달뜨게 하였다.
 눈을 감으면 감을수록 몸 안에서 꿈틀거리는 알 수 없는 황홀함이 화산처럼 폭발해 버릴 것 같아 눈시울이 뜨겁게 달아올랐다.
 구지는 집으로 돌아가야겠다고 마음먹었다.
  활시위처럼 팽팽하게 부풀어 오르는 마음을 진정하며 돌담을 끼고 돌아가려는데 커다란 느티나무 아래 유생들이 경연을 즐기며 서로 시를 지으며 주거니 받거니 하였다.

우수도 지나고 꽃물이 터지는 경칩이라
목 길게 빼고 먼 산 바라보면
갈색 능선에 꽃물이 오르고
들판에 풀잎 사이
명자꽃 복사꽃 애기똥풀 지천으로 피어나니
봄날에 고개 내미는 초록을 상기하며
봄 햇살 맑은 웃음 지어본다.

다음 유생이 이어 봄을 찬양한다.

먼 산에 지천으로 피어나는 연분홍 진달래 곱기도 하지
봄바람 산들산들 불어오건만
이내 마음 흔드는 봄은 언제쯤이나 오려는가?
봄아! 봄아! 내 기다리던 봄아 어서 오너라!
봄 마중 가자!

유생들은 서로의 시와 문장을 칭찬하고 운을 띄우고 글을 지어 봄날을 칭송하였다.
어쩜 하나같이 준수한 외모에 저리도 반듯하게 생겼을까! 구지는 누군가 자기를 쳐다보는 것도 모르고 넋을 잃고 유생들을 바라보고 있었다.
순간 작은 돌멩이 하나가 날아와 돌담에 부딪히는 소리에 화들짝 놀라 돌이 날아온 방향을 쳐다보자, 유생 둘이 킥킥거리며 웃고 있었다.
"어느 대가의 시종인 줄 모르나 몰래 훔쳐보지 말고 이리 와서 함께 놀아보시게."
"어딜 아녀자가 남정네들 노는 것을 훔쳐본단 말이냐?"
순간에 일어난 일이라 어찌할 바를 몰라 허둥대다 뛰다시피 하여 자리를 벗어났다.
뒤에서는 유생들이 뭐라고 말하며 희롱하는지 아무 소리도 들리지 않았다.
아니 세상에 이게 무슨 망신인가! 봄바람에 취해 이리하였나? 자신이 생각해도 기가 막히고 말문이 막혔다.
"아니, 아씨 마님! 어딜 다녀오셔요? 소리 없이 나가셔서 얼마나 걱정했는지 아셔요!"

"아니다 아무것도 아니야! 내 속이 답답하여 저잣거리에 가서 필요한 물건도 좀 사고 잠시 바람을 쏘이러 다녀온 것뿐이다."
"어휴~~우 마님! 필요한 것이 있으면 소인한테 말씀하시지 그랬어요! 그런데 왜 이렇게 숨차하시며 뛰어 들어오셨어요? 마님!"
 시종 말비의 말에 마치 도둑질하다 들킨 사람처럼 얼굴이 붉어지고 민망하여 고개를 돌리며 말비를 밀쳐내듯 말하였다.
"아니다. 별일 없으니 나가 보거라"
 말이 끝나기 무섭게 바삐 내당으로 뛰어 들어갔다.
 내당에 들어가서도 흥분되고 숨이 가쁜 것도 있었지만 부끄러워 진정하는데, 한참이 걸렸다.
 구지는 이날에 일이 훗날 음탕한 여인의 행실로 죄목이 되어 실록에 올라가리라고는 상상도 못 하였다.
 유생들의 낭랑한 목소리에 이끌려 그 들이 춘희(春喜)를 즐기는 장면을 잠시 구경하였을 뿐이요, 길 가던 차에 마주친 풍경을 대하였을 뿐인 것을 그것이 죄가 될 수는 없는 일이었으나 억울한 시대적 잣대였다.
 잠시 눈길 한번 주었을 뿐인데 음란한 여인으로 낙인찍는 하나의 죄목이자 사례가 된 것이다.
 벌 나비가 꽃을 보고 잠시 흔들리는 마음도 죄가 되는 세상, 아녀자들에게는 그런 세상이었다.
 넓고 깊은 집 내당에 기나긴 밤은 깊어 가고 무심한 계절은 담장 너머 속절없이 흘러가고 있었다.
 언제나 침묵 속에 고여 있는 물 같이 고요한 내당에 시종 말비와 사람들의 목소리가 뒤엉켜 숨이 넘어가는 소리로 마님을 부르는 소리가 들린다.
"아씨 마님! 마님! 마아~~~님! 큰일이 났사옵니다."

"아니! 무슨 큰일이 났다고 이리도 경망스럽게 큰 소리를 내는 것이야, 어서 진정하고 대체 무슨 큰일이기에 소란을 떠는 연유나 말해 보거라."
"지금 소인이 진정할 때가 아니굽쇼!"
여종 말비가 숨을 참지 못해 더듬거리며 말했다.
"글씨 서방 마님이유! 퇴청하시다가서리 그게 저어 그 강나루 옆에서 낙상하셔서 목을 다치셨다 했든가, 아무튼 크게 다치셨다고 합니다요."
"뭐라? 그럼 지금 서방 마님은 어찌되셨느냐?"
"예! 지금 천례랑 다른 종들이 달려가서 모셔 오고 있다 하옵니다."
"어허! 어쩌다가, 어찌 이런 변이 있단 말인가!"

구지는 비록 자신에게 등을 돌리고 있는 지아비이지만 시집 온 지 얼마 되지 않아 이런 변고를 당하는 건 싫었다.
싫든 좋든 잘해주고 못 해주고를 떠나서 지아비가 다쳤다고 하니 걱정 근심이 태산 같아서 대문 앞까지 나가 종 천례가 서방님을 모셔 오길 기다렸다.
장정들이 웅성거리는 소리가 들리고 천례가 앞에서 들것을 잡고 뒤 사내와 함께 걷지도 못하는 서방님을 떠메고 나타났다.
"아이고! 서방님 이게 어찌 된 변고란 말입니까?"
구지가 울음 섞인 목소리로 권덕영의 다친 부위를 살피며 물었다.
내당에 이부자리를 깔고 권덕영을 뉘어 놓고 그사이 말비를 보내 의원을 모셔 오라 일러서 때맞추어 의원이 달려왔다.
진맥을 하고 다친 부위를 살펴보던 의원이 고개를 살래살래 흔들었다.
"아씨 마님 서방 마님의 상태가 몹시 위중하옵니다. 다친 부위가 머리에서 아래로 신경이 흘러 온몸으로 통하는 목 부위에 크게 손상을 입은 듯합니다. 하여 실로 위중함이 이를 데 없습니다."

 의원은 마치 사형선고를 내리듯 떨리는 목소리로 힘없이 말했다.

 권덕영은 말에서 떨어지면서 머리가 벽에 부딪히며 고개가 꺾이는 바람에 목이 부러진 상태여서 전신을 제대로 가누지 못하고 가쁜 숨을 쉬면서 겨우 목숨이 붙어있는 듯했다.

 권덕영은 구지에게 무언가 말하려 했지만, 목소리가 목구멍을 넘지 못하고 숨만 깔딱거렸다.

 구지는 이 와중에도 이 사람이 도대체 무슨 말을 하려 했을까! 미안하다고 말하려 했을까! 아니면 원망하는 말을 하려했을까!

 이렇게 말하든 저렇게 말하든 구지의 머릿속은 실타래가 엉켜 들었으며 거미줄에 걸린 파리처럼 사지에 힘이 빠지고 넋이 빠져나가는 것 같았다.

 시집온 지 일 년도 되지 않아 이제 이 젊은 나이에 서방님한테 냉대 받으면서 살아 온 것도 서러운데 청상과부 소리를 듣고 평생을 살아가야 하는가! 만감이 교차하였다.

 결혼 전에 왕실의 딸로 안온하고 평화로운 나날을 살아왔건만, 시집와서 이런 불상사를 접하니 난감하고 한심한 생각에 남편 권덕영을 향한 원망도 들었다.

 구지는 마치 깊은 물속이나, 빛이라고는 하나 들어오지 않는 깊은 동굴에서 영원히 빠져나오지 못하는 어둠의 길을 걷는 것 같았다.

 깊은 장탄식으로 방구들이 내려앉을 듯 한숨을 쉬었다.

 서방님의 시간이 얼마 남지 않은 것 같으나 그래도 살아생전에 최선을 다해서 간병하고 좋다는 약제를 다 사들여 먹이고 노력을 기울여 서방님을 간호했으나 지는 해를 돌이킬 수 없고 지나가는 바람을 잡을 수는 없었다.

봄날은 가고 오는데
길고 긴 밤 동이 틀 줄 모르고
부엉이 슬피 우는구나

원앙도 한 쌍이라 서로를 사랑하고
봄날에 꽃들도 저마다의 자태로 피어나 것만
피기도 전에 지는 꽃이야

저 홀로 청상이라
찬바람은 가슴에 스며들고
담 너머 이웃에 여인의 옷깃 스치는 소리

이내 신세 가여워라
길고 긴 밤 나 홀로 청상이라
가슴앓이 깊어만 간다.

솟은 대문 위로 권덕영의 죽음을 알리는 누런빛 근조 등불이 달리고 대문 앞에는 둥근 대나무 쟁반에 밥 한 공기와 짚신과 엽전 몇 개가 저승 가는 노잣돈을 대신하여 놓여있었다.
  왕실의 여인으로 태어나 한미한 가문으로 시집와서 원앙의 한 쌍처럼 살지는 못할지라도 부부답게는 살아야 했지만, 그마저도 여의찮아 서방님의 냉대로 과부 아닌 과부로 살아야 했다.
  그러나 이제 꽃다운 나이에 진짜 청상이 되었다. 서럽고도 서럽다. 그리 황망하게 가려고 미워하고 냉대 했나 이제 와 원망한들 무슨 소용이 있을까!

그래도 서러운 것은 어쩔 수가 없나 보다.
이구지는 망자의 혼령이 이승을 달리했으니, 원혼일랑 구천을 떠돌지 말고 옥황상제 아련하고 극락왕생을 기도하고 기도한다.

이구지는 신열이 불처럼 뜨겁게 달아올랐다.
부부지간이면서 부부가 아닌 것으로 살아온 나날들 권덕영의 냉담과 허무한 죽음 앞에서 지나온 순간들이 일거에 무너지면서 서로를 팽팽하게 당기던 현이 툭 하고 끊어진 순간처럼 세상의 모든 소리는 잠들어 버린 것 같았다.
느닷없이 불어온 바람으로 꺼져버린 촛불 신세가 되었으며 생사의 순간 암흑천지가 되어 한순간 모든 삶이 분리된 허탈한 상실의 순간을 맞이했다.
느슨하게 풀어진 모든 것과 보이지 않는 막막함이 가슴을 억누르고 아득한 절벽 아래로 추락하는 무기력이 순간에 찾아온 낙마로 인한 사형선고를 받은 남편이다.
그래도 남편이라고 의지하던 사람을 떠나보내야 하는 슬픔은 괴로운 것이다.
누군가 살아가면서 느꼈을 좌절의 순간들, 산 사람은 살아야지 절박한 죽음 앞에서 들어야 하는 빈곤한 위로는 도움이 되지 않았다.
결혼의 실패와 좌절로 인한 미래에 대한 불신 시대는 슬프다.
시집온 지 얼마 되지 않아 냉담으로 살아와 특별한 정을 느낄 수도 없었던 남편 권덕영의 죽음보다 박복한 자신의 처지가 더 한심하였다.
앞으로 살아갈 일이 막막하다.
모든 것은 산자의 숙명이라는 것을 이런 고통에서 벗어날 수는 없는가? 물음표가 꼬리를 문다.
해탈의 경지에 이르면 답을 찾으려나, 비우고 또 비우면 남는 것은 무엇이고 채워지는 것은 무엇일까?
 깊은 잠이 들면 영원히 사는 것인가? 비루한 육신과 빈약한 정신을 향한 고뇌에 찬 화두 앞에 구지는 힘겨운 줄다리기를 한다.

 그러나 정작 슬프고 가여운 것은 이팔청춘 꽃다운 나이에 청상이라니 이내 신세가 더욱더 가여워 눈물이 마를 날이 없는 것은 어찌할 수 없는 심정이다.
 눈물이 앞을 가리며 넋두리하고 박복한 신세를 한탄했다.
 "마님 송구스러운 말씀이지만 너무 마음 아파하지 마셔요! 솔직하게 말해서 서방님이 냉대만 허시구, 잘혀준 적도 한번 없었잖아요! 이제 아씨 마님 건강도 돌보시어요!"
 "천례야, 그래도 그리 말하는 것이 아니다. 내 서방님이었는데 어찌 박절하게 말할 수 있겠냐!"
 휘영청 밝은 달 별빛도 산란한 하늘을 하염없이 바라보는 구지에게 노비 천례가 그것도 위로랍시고 걱정하며 말한다.
 언제나 구지 주변에서 묵묵하게 불편함을 보살펴 주는 충복 노비 천례에게서 사람 사는 따뜻한 연민의 정이 느껴지는 건 어쩔 수 없었다.
 떠난 사람은 말이 없다.
 아침노을이 강물에 몸을 씻어 뽀얗게 살이 올라 떠오르며 빛나는 아침이 밝아 왔다.
 노을은 산맥의 정수리와 구름을 물들이고 강가를 맴돌던 물안개는 숲을 지나 계곡 사이로 스며들어 새들은 맑고 투명한 소리로 어제와 다름없이 노래한다.
 하루가 깨어나는 아침은 언제나 경건하지만, 남은 시간을 살아내야 하는 힘겨운 사람들은 장례 절차로 분주하게 아침을 준비하고 있었다.
 어제와 다름없이 아무 일 없었다는 듯 사랑 한 번 주지 않은 남편 권덕영과 앞으로 구지에게 닥쳐올 파란만장한 삶의 전주곡을 예견하며 이별을 위해 만장이 바람에 펄럭인다.
 망자의 혼령을 위로하고 배웅하는 요령 소리가 들판에 울려 퍼지는 날 이구지의 남편 권덕영은 꽃다운 나이에 청상이라는 꼬리표를 달아주고 저 홀로 황망하게 소리 없이 떠났다.

"봄바람이 살랑살랑 불어와 꽃이 만발하고 산벚꽃이 한겨울 함박눈처럼 펑펑 터지는 봄날은 나른하고 아름다운 별천지였다.

만물이 생동하며 물이 올라 파릇파릇 이파리를 피워내고 저마다 아름다운 빛깔로 들꽃을 품에 안은 들판을 바라보며 왠지 모르게 가슴이 두근거리며 꽃 멀미가 났다."

♣ 사건의 진상

조선왕조실록이 기록하기를 「이 씨의 이름은 구지인데, 양녕대군 첩의 딸이다.
권 씨의 지어미가 되어 부도(婦道)에 순종하지 아니하므로 권덕영이 이 씨의 뜻을 알아 동거하지 아니하였다.
이웃집이 있어 유생이 모여 글을 읽는데 이 씨가 자주 내왕하면서 알음알음하여 유인하니 여러 유생이 대가의 시비라고 생각하고 이따금 돌을 던지며 희롱하였음이라 그러나 조금 후에 이 씨가 왕실의 여인이라는 신분을 알아차리고는 다시 오지 아니하였는데 이제 과연 구지의 음란함에서 비롯하여 패망하였다.」

성종은 광주 지방에서 올라온 상소를 접하고 심히 머리가 복잡하고, 처결하는데 곤혹스러워 손으로 머리를 받치고 골몰하였다.
1475년 12월 22일 성종 6년 편전이 소란스러워 어찌 된 영문인지 성종이 내관들에게 물으니 "전하 종친의 대군들께서 전하를 알현하고자 찾아왔나이다. 이를 어찌할까요?" 하였다. 이에 성종이 "어서들 듭시라고 하라!" 하자 편전의 마루가 흔들리듯 대군들이 몰려든다.
밀성군 이침, 의성군 이채, 옥산군 이제, 보성군 이합이 성종을 알현하며 아뢰기를 "경기도 광주 지방에서 양녕의 서녀 구지의 일로 소란스럽고 종친에게 민망한 일이 있어 전하를 찾아왔나이다." 하였다.

옥산군 이제가 상황을 설명하였다.

"작금의 주인공 현주 이구지는 위로는 상왕이신 태종 이방원의 손녀딸이요, 이 나라의 큰 어른이신 양녕대군의 딸로 그가 살고 있는 광주지역에 풍문이 실로 맹랑하옵니다.
그 고을의 못된 풍속과 어지러운 풍문만으로 인하여 현주 이구지와 집에서 기거하는 사노비 천례가 간통하여 딸을 낳아 기르고 있다는 허황되고 거짓된 소문이 돌고 있습니다.
사람들이 근거도 없이 남에 말하기를 좋아하는 연유로 사특한 말로 풍속을 어지럽혀 사헌부까지 나서서 추국하는 일이 벌어졌사옵니다."
밀성군 이침 아뢰옵니다.
"이는 실로 참담한 일로 정확한 물증도 없거니와 왕실의 일임에도 불구하고 전하께 자초지종을 보고도 제대로 하지 아니하였습니다."
종친들이 하나같이 입을 모아 아뢰기를
"전하! 또한 여염집의 일과 왕실의 일은 규범과 법도에 따라 구별하여 살펴야 함에도 전하와 종친에게 어떠한 상의도 없이 감히 왕실의 여인을 추국한다는 것은 법도에 크게 어긋나는 일이옵니다. 따라서 사간원과 사헌부가 행하고 있는 작금의 사태는 전하께서 종친을 자애하는 마음을 해하려는 일이며 왕실을 능멸하는 일이라 아니할 수 없사옵니다.
특히나 권덕영의 처조카인 학림정이 이 씨 구지의 억울함을 호소하며 상소를 올려 구지의 죄가 없음을 분명하게 밝혀 달라고 하였음에도 불구하고 전하께서는 종친의 여식이니 국문은 하지 말고 사노비 천례만 다른 곳으로 옮겨 살게 하라는 명을 내린 줄로 아옵니다."
"허나! 전하! 그러한 처결은 많은 사람에게 의구심을 일으켜 오히려 권덕영의 처 이 씨가 노비 천례와 간통하였다는 것을 인정하는 것이니 그 또한 바람직한 처결이라고 볼 수 없습니다."
"그렇다면 짐이 처결을 잘못하였다는 뜻이요?"

"그러한 뜻은 아니 오나 잘못된 풍문으로 왕실과 전하의 체통이 땅에 떨어질까 두렵사옵니다. 전하 성은이 망극하오나 이 사건을 재고하여 주시옵소서!"
"재고하여 주옵소서!"
 성종은 이구지의 간통이 사실이라 할지라도 저들이 우려하고 바라는 바를 알 것 같았다.
"종친들께서 하나같이 이 사건으로 인하여 왕실 스스로가 신분 질서를 혼란스럽게 하며 성리학의 나라인 종신들의 근간이 휘둘릴까 심히 우려하는 것임을 안다. 그렇다면 종친들께서는 이 사건을 어찌하면 좋겠소?"
"전하! 지금 당장 사헌부에 명하시어 모든 추국을 중지하고 신망이 두터워 총명하고 어진 신하로 하여금 광주지역으로 파견하시어 철저한 진상규명을 명하시는 것이 옳은 줄 아뢰옵니다."

"그런데 짐이 참으로 답답하고 궁금한 것이 하나 있소!"
"전하 하문하시옵소서!"
"경들이 아는 바와 같이 짐이 이 씨의 간통 사건에 관하여 권덕영의 처조카 학림정에게 상소를 받아 읽고 전결하여 내용은 알고 있으나, 그렇다면!
 도대체 누가 광주의 일을 사건화 하여 왕실의 딸과 노비의 해괴한 간통 사건을 터무니없는 풍문으로 종실을 능멸하고 짐의 심기를 어지럽힌 것이오?"

 밀성군 이채가 한발 나서서 그간의 전모를 소상히 설명하였다.
"전하 풍문 사건의 발단은 이렇사옵니다.
 종무시는 종실의 잘못을 바로잡고 잘못된 것을 규탄하거나 공론화하는 첨정이 있어 옳고 그름을 가리는 중앙정부의 실무담당 기관으로 종무시 첨정 허계의 보고로부터 발단이 되었사옵니다.

종무시 첨정의 아들이 광주에 일이 있어 내려가 일을 끝마치고 민정을 두루 살피는 가운데 해괴한 소문을 들었다고 하여 아비인 종무시 첨정 허계에게 말하였습니다."

"아버님 소자 광주에서 일을 무사히 마치고 돌아왔습니다."
"오호라 그래 수고가 많았구나! 피곤할 터인데 어서 가서 쉬도록 하라!"
"예! 아버님 그런데 긴히 드릴 말씀이 있사옵니다."
"그래 그 말이 무엇이더냐?"
"예! 다름이 아니오라! 소자가 광주에 있을 때 그곳 고을에 요상하고 언짢은 소문이 파다하여 사람들의 입에 오르내리는 것이 영 개운치 않습니다.
그곳에 양반가의 아녀자가 집에서 부리는 종놈과 간통하여 딸을 낳아 기르고 있다고 하였습니다. 소자도 먼발치에서 보았는데 비단옷을 가벼이 입고 살찐 말을 타고 거드름을 떨고 길을 가는 것을 보았습니다.
소자는 그냥 어느 대갓집 양반의 행보 정도로 알고 대수롭지 않게 여기었는데 주변의 사람들이 손가락질하며 이르기를 '야! 저기 종 천례가 지나간다.' 하여 다시 보았습니다.
아무리 살펴보아도 종의 행색이 아닌지라, 손가락질하며 입을 맞추는 자들에게 물어보았습니다.
아니 여보시오들! 아무리 보아도 양반 나리 같은데 어찌 종놈이라고 말들을 하시는 게요?"
"어허! 이 동네 양반이 아니신 모양이구만? 저그 뭐시냐 허문, 여그 동네 사는 사람들 중에 아는 사람은 다 알고 있는 사실이구먼요! 저 종놈 이름이 천례라고 허지요!
즈그 집 영감마님이 죽고 나서 바로 아씨 마님 허고 붙어먹었다니께요! 그것도 모지라 비단옷을 입고 말을 타고 돌아다니는 것 아니요! 시방!

영감마님이 살아계실 쩍부텀도 거시기 혓다는 말도 있씅께이!"
"어허 참! 때가 어느 때라고 이 사람아, 말 조심혀! 괜히 확실하지도 않은 말을 막 허면 쓰나!"
"너미 집 마나님 치마폭 사정까정 어찌 알 것 능가 말이여. 킥킥킥. 얼마나 눈꼴사나운지,"
"시상이 글씨 말세여! 말세랑게!"
"아 시상이 어지러우닝께 별일이 다 있는 거 아니여! 시방!"
"아~~ 나도 어디 호박이 덩굴째 굴러들어 오는 과수댁 좀 안 생길랑가!"
"예끼 이 사람이 관아에 끌려가 치도곤을 당해야 정신을 차릴껴어? 그딴 소릴 허덜 마시게!"

"늙은이 젊은이 아낙 할 것 없이 모두가 종 천례를 향해 말하기를 주저하지 아니하고 어떤 이는 부럽다고 말하며 너스레를 떨기도 하였습니다."
"어허! 그 말이 사실인고? 어찌 그러한 해괴한 소문이 난무한단 말이냐! 얼마 전 양반가의 아낙으로 기녀가 되어 여기저기 추문을 뿌리고 남정 내들을 유혹하여 세간을 떠들썩하게 만든 여인이 있어 사사당하는 일이 있었건만, 내 직분이 직분이고 보니 이를 그냥 간과할 수만은 없겠구나!
 내일 궐에 등청하면 사헌부 장령 이숙문 대감께 보고를 드리고 이 일을 어찌할지 의논해야겠구나!
 그래 수고 했다 어서 건너가 쉬도록 해라!"
"예! 아버님 소자 물러가겠습니다."

다음날 종부시 첨정 허계는 편전에 들러 아침 조강을 마치고 서둘러 사헌부 장령 이숙문을 따라갔다.
"장령 대감 긴히 상의할 일이 있습니다. 잠시 말미를 좀 내어주시지요?"
 "어허! 첨정께서 어인 일로 나를 다 보자 하시는 게요? 왕실에 무슨 일이라도 있는 게요?"
 첨정이 왕실이나 종친에 관한 업무를 담당하는 것으로 미루어 왕실에 무슨 일이 있느냐 묻는 것이었다.
 "그런 것은 아니고 다름이 아니라!"
 허계는 사헌부 장령인 이숙문에게 어제 아들에게서 들은 대로 광주에서 일어나고 있는 소문에 대해서 말하였다.
 "어허! 그게 무슨 소리요, 반상의 법도가 지엄하고 엄연하거늘 양반가의 아녀자가 부리는 종놈하고 간통하다니 그것이 말이 된단 말이오? 이런 괘씸하고 발칙한 일이 있는가, 내 이런 말도 안 되는 일이 있나!
 내 당장 경기도 관찰사에게 서찰을 보내 이 일을 소상히 알아보라 이르겠소!"
 이숙문은 마치 자기 집안일인 양 흥분하며 침을 튀기어 말하였다.

 이숙문은 집무실에 들러 첨정 허계가 말한 내용을 공문서로 작성하고 경기도 관아로 급히 파발을 띄우라고 역참에 일렀다. 광주 지역에 말도 안 되는 괴이한 소문이 돌고 있어 풍속이 흉흉하고 민심을 어지럽히는 일이 있다고 하니 경기도 관찰사 예승식은 조속한 시일 내에 진상을 규명하고 그 소문의 진원지와 사실 여부를 소상하게 파악하여 사헌부로 알려주기를 바란다.
 "사헌부 장령 이숙문"
 서찰을 받은 경기도 관찰사 예승식은 광주목사 문수덕에게 사헌부에서 내려온 문서에 자신의 당부와 진상규명을 하여 예정된 시일 안에 처결하고 보고 할 것을 첨언하여 관찰사의 수결을 하고 또다시 광주로 파발을 보냈다.

"그곳에 양반가의 아녀자가 집에서 부리는 종놈과 간통하여 딸을 낳아 기르고 있다고 하였습니다. 소자도 먼발치에서 보았는데 비단옷을 가벼이 입고 살찐 말을 타고 거드름을 떨고 길을 가는 것을 보았습니다."

♣ 추국

 광주 관아에 횃불이 오르고 주야를 가리지 않고 추국장이 세워졌다.
 광주목사 문수덕은 공문을 접한 뒤에 소문의 진상을 가리기 위해 기찰을 풀어 소문의 진원지를 확인하는 한편 소문의 내용을 파악하기 위하여 입소문을 낸 사람들을 하나둘 잡아들여 추국하였다.
 소문은 소문의 꼬리를 물어 풍문을 입에 담은 사람들 수십 명이 추국장으로 끌려왔으며 서로를 대질신문하여 그 본거지를 추문하였다.
 입소문의 근원지를 추적함에 얼마 전 말에서 낙상하여 시름시름 앓다 회복하지 못하고 죽은 느티나무골 양반댁으로 한때 종6품 별좌를 지낸 권덕영의 처 이구지와 그의 종 천례가 당사자로 드러났다.

 광주목사 문수덕은 권덕영이가 죽은 이후에 부임하여 그때까지만 하더라도 이구지가 왕실의 여인이라는 사실은 까맣게 모르고 양반가의 아녀자로만 알고 있었다.
 문수덕은 기찰포교들에게 명을 내렸다.
 "이 씨 부인은 양반가의 여인이니 사실 여부가 드러날 때까지 잡아들이지 말고 일단은 그의 주변 인물들과 시종들을 잡아들여 추국하도록 하라!"
 그 집의 여종 팔월이를 잡아들여 추국하였다.
 관아의 추국장에 기세등등한 장졸과 각종 고신을 위한 도구들이 준비되어 있고 곤장을 치는 형틀도 눈에 보이자 팔월이는 새파랗게 질린 입술을 질끈 깨물었다.

눈에 보이는 모든 것이 두렵고 무서웠다.

순간 하늘에서 벼락이 내려치듯 등을 후려치는 몽둥이세례가 살을 파고들어 뼈를 토막 내는 통증이 전신에 밀려왔다.
"네 이년, 지금부터 묻는 말에 추호도 거짓이 있어서는 안 될 것이다. 네가 죽고 사는 것은 너의 그 세 치 혀에 달렸으니 그 혀를 올바르게 놀려야 할 것이야! 알겠느냐?
그래야 너는 이곳에서 두 발로 걸어 나가든 아니면 거적에 말려 나갈 것이다."
세차게 몽둥이질하고 으름장을 놓아 팔월이는 사시나무 떨듯하며 목구멍에서 나온 말이 무슨 말을 하는 줄도 모르고 무조건 살려 주세요. 살려 주세요! 애원하였다.

추국관의 목소리가 천둥처럼 들려왔다.
"이 씨 부인의 집에 너와 함께 기거하는 종 천례가 있으렷다. 그 천례가 장가를 들어 딸이 하나 있다고 들었다.
그 딸이 종 천례의 딸이 진정 맞는 것이냐? 또한 그 딸의 어미가 누구이더냐? 아는 대로 소상히 이실직고하라!"
"예, 예 나으리~~ 어느 안전이라고 거짓을 고한단 말입니까! 예 천례에게 틀림없이 딸이 하나 있고말고요! 그 딸은 틀림없이 천례의 딸이 맞구먼요!"
"그렇다면 천례 딸의 어미는 누구이더냐?"
"예 천례의 어미는 말비라고 하는 중인 출신의 종입니다요! 천례와 혼인하여 마님 댁에서 기거하며 허드렛일을 하며 함께 살았습니다."
"그러면 그 말비는 지금 어디 있느냐?"
"그…그것은 잘 모르구요. 천례의 딸 준비를 낳고 얼마 지나지 않아 도망을 쳤구먼요."
"네 말이 추호도 거짓이 없으렸다."

"에구 참말입니다. 지가 무덜라고 거짓부렁을 하겠습니까! 그저 살려만 주시어요."
 팔월이는 눈물 콧물이 범벅이 되어 발을 동동 구르면서 사실이라고 소리쳤다.

"그래, 그렇다면 내 한 가지만 더 묻겠다. 그러면 어찌하여 그런 해괴한 소문이 나도는 것이냐?"
"소인이야 그것까정은 모르지요! 다만, 마님께서 천례의 딸 준비를 가엽다고 하시며 워낙 예뻐하시어 다른 몸종의 젖을 먹여 키우게 하시고 수시로 내당에 들여 귀여워하시니 그런 소문이 난 것이 아니것어요!
 안방마님께서 젖먹이 천례 딸 준비가 태어난 지 얼마 되지도 않아 어미를 잃었으니까 얼마나 가엽냐고 하시며 겁나게 정성을 쏟았다고요! 참말로 예뻐하시었어요! 이것은 전부 참말입니다요."

"그렇다면 종 천례는 그 집에서 어찌 생활하고 있더냐?"
"예! 사실 참으로 그것이 소인도 조금 이상하기는 했어요! 안방마님께서는 안채에서 주무시구요, 종 천례는 늘 안채 마루에서 먹고 자고 했어요. 한 가지 또 요상시러운 것은 소인들은 부뚜막이고 어디고 걍 아무 그릇에다 밥을 묵는디, 마님께서 천례는 따로 음식 그릇들을 챙기시고 항시 밥상에다가 우덜하고 먹는 반찬하고는 색다르게 챙기시곤 하셨어요."
"뭐라! 그것은 납득하기 어려운 일이로다. 어찌 그런 것이냐? 어찌 종놈의 밥상을 마님이 신경을 쓰고 또 그것도 모자라 그릇까지 따로 쓴단 말이냐!"
"소인이야 나리께서 보고들은 대로 말혀라 혀서 솔찍허게 다 말한 것뿐입니다요! 왜 그런 것은 소인도 모르는 일이라니까요!"

"참으로 알 수 없는 일이로다, 거~~~참!"
 추국관은 이 사태가 무엇인지 종잡을 수가 없다고 생각했다. 딸은 천례의 자식이 맞고 어미는 도망한 말비의 딸이 확실하다고 하면서 천례의 딸에게 잘해주는 것은 어린것이 가여워 잘해준다고 치더라도 종 천례를 안채 마루에서 먹이고 재우면서 특별대우를 한다는 것은 도무지 납득이 가지 않았다.

 그렇지만, 팔월이의 진술도 확보한 상태이니 핵심 인물 중 하나인 노비 천례를 잡아들여 추국하였다.
 "네 이름이 무엇이더냐?"
 "예! 느티나무골에 사는 노비 천례라 하옵니다."
 "너에게 딸이 하나 있다 들었다. 그 딸이 네 딸이 맞는가?"
 "예 틀림없이 제 딸이 맞습니다요."
 "그러면 네 딸의 어미는 누구이더냐 거짓 없이 아뢰어야 할 것이다."
 "예! 그것은 저의 처인 말비의 여식이옵니다."
 "그러면 너의 처인 말비는 지금 어디에 있는지 말하라."
 "어이구 나으리, 제가 싫다고 도망간 년을 제가 어찌 알겠습니까요. 참말로 몰라요 진짜라니께요."
 허긴 천례의 말에도 일리는 있었다.
 고신을 하고 계속되는 질문에도 천례는 모든 사실을 부인하였다.

 문제는 달아난 말비를 찾아서 추국하면 어느 정도 실마리가 잡힐듯한데 달아난 말비를 어찌 찾아야 한단 말인가!
 그다음 날부터 광주 관하에 상금이 걸려있는 방을 내걸고 기찰포교를 풀어 길목을 지키며 의심 가는 곳은 탐문수사를 시작했다.
 얼마 뒤 저잣거리 왈패들에게 들려온 소식통에 의하면 산속에서 숯을 만들어 파는 자들이 모여 사는 비렁골에 낯선 여인이 숨어들어와 살고 있다는 제보를 받고 은밀하게 기찰포교를 풀어 급습했다.

 비렁골은 해협산 계곡 깊숙하게 들어선 화전민들이 모여 사는 마을로 뒤에는 수십 미터의 절벽이 병풍처럼 펼쳐있고 들어가는 입구는 호리병처럼 좁아 마치 무슨 도적들의 산채와도 흡사했다.

 그곳으로 도망간 말비는 체포되어 광주 관아로 압송되어 추국과 고신을 받았다.

 추국관은 지엄하게 꾸짖어 낮지만 무거운 목소리로 말비의 추국을 시작하였다.

 "너는 어찌하여 시집간 아낙이 서방을 버린 것은 물론이요, 아직 젖도 떼지 않은 어린 핏덩이를 버리고 달아난 것이냐? 어찌하여 부부지간의 연을 끊고 딸을 낳아놓고 인륜지도를 버리고 매정하게 종적을 감추었느냐? 사실대로 고하지 아니하면 살아남지 못하리라!"

 벌벌 떨고만 있던 말비가 고함치듯 말하였다.

 "지가 말이여! 지가요! 억울해서 도망쳤다니까요! 아니지요! 정확허니 말혀서 도망친 것이 아니라 쫓겨났다니까요!

 그라고요! 천례헌테 시집을 가긴 혔는디, 아! 이놈 서방인지 이방인지 허는 천례가 나하고 놀아주길 허나 하물며 잠자리를 같이 허기를 허나, 허구한 날 마님 뒤를 졸졸 따라다님성 혼자되신 아씨 마님이 불쌍혀서 자기라도 지켜드려야 한다며 마님 뒤에 강아지 꼬랑지처럼 항상 붙어 다니는 겁니다. 그라구 거시기 얼굴 코빼기는커녕, 그도 모자래서 마님은 안채에서 주무시고 천례는 마루에서 먹고 자는디, 기가 차서 말이 안 나온다니께요.

 아! 글씨 워떤 시러배 언년이 그 꼴을 보고 산당가요. 그려서 한바탕 허고 나와 버렸어요!"
"그렇다면 천례의 딸 준비는 너의 딸이 맞는 것이렷다."
"하이고 사또 으르신 고것을 말씸이라고 허시요~~오! 지가 아까도 말씸 드린 것처럼 천례에게 시집가서 두어 달 만에 쫓겨난 마당에 원제 임신을 허고 새끼를 낳는단 말이랍니까? 고것은 당치도 않는 말씸입니다요!"
"그래 그 말이 추호도 거짓 없는 사실이렷다? 만일 너의 말 중에 어느 것 하나라도 거짓이라면 살아남지 못할 것이다."

 지금까지 증좌와 추국의 결과를 본다면 틀림없이 이 씨 부인과 종 천례가 간통하여 딸을 낳은 것이라고 광주목사 문수덕은 확정적인 결론을 내렸다.
 광주목사 문수덕은 경기도 관찰사 예승식에게 올릴 보고서를 작성하였다.
 지난날 광주 관하 별좌를 지낸 권덕영의 처는 집안에서 부리는 종 천례와 간통하여 딸을 낳은 것으로 추정되는바, 이 씨 부인의 자백만이 남았습니다. 이에 조사 내용을 보고합니다.
 추국한 결과를 소상히 기록하여 문서를 작성하여 수결하고 이제 증인과 물증이 있어 이 씨 부인을 잡아들여 자백 받을 터이니 다음 조처를 관찰사께서 하명을 하여 주십사하고 파발을 띄워 기별을 넣었다.

 기별을 받은 경기도 관찰사 예승식은 어찌하여 내가 다스리는 관하에서 이런 패륜적이고 불미한 사건이 일어났는가 싶어 화가 치밀어 오르고 자칫 잘못하면 자신에게 불똥이 튈까 염려하여 불쾌한 마음에 미간을 찡그렸다.
 그런데 조사 내용을 읽어 내려가던 관찰사 예승식은 하마터면 서찰을 떨어뜨릴 뻔하였다. 이 씨 부인의 죽은 남편이 지난날 광주 관하에서 별좌를 지낸 권덕영이라는 이름을 발견한 것이다.

별좌 권덕영! 권덕영! 그가 누구이던가? 그의 처가 왕실의 여인으로 그것도 상왕이신 태종의 손녀딸이요 양녕 대군의 딸이 아니던가?

"오호라 이것 큰일이로다."

예승식은 등에서 식은땀이 흐르고 손이 벌벌 떨렸다.

이 사건을 임의로 처리했다가 왕실의 종친들이 들고일어나 잘못되는 날에는 목숨이 열 개라도 모자랄 일이었다.

일단 광주목사 문수덕에게 급히 기별을 넣어 이 씨 부인이 왕실의 여인이며 고신을 하거나 잘못 추국하면 불똥이 어디로 튈지 모르니 절대로 모든 추국을 중지하고 조속히 이 씨 부인을 풀어주라 하고 별도의 지시가 있을 때까지 기다리라 명하였다.

왕실의 여인을 보고도 안 하고 잡아다 추국을 하였으니!

예승식은 좌불안석이 되어 사건의 전말을 사헌부 장령 이숙문에게 급히 파발을 띄워 알렸다.

"비렁골은 해협산 계곡 깊숙하게 들어선 화전민들이 모여 사는 마을로 뒤에는 수십 미터의 절벽이 병풍처럼 펼쳐있고 들어가는 입구는 호리병처럼 좁아 마치 무슨 도적들의 산채 와도 흡사했다."

♣ 성종과 대신들

　이른 아침부터 편전이 대신들의 목소리로 소란스럽고 서로 의견이 분분하여 제대로 된 답을 내리지 못하였다.
　성종의 머릿속은 거미줄처럼 복잡하게 얽히고설키어 심기가 편치 않았다.
　어제 경기도 관찰사 예승식으로부터 올라온 공문을 기본으로 하여 주석을 달고 현주 이구지에 관한 조서를 꼼꼼하게 검토하고 내용을 정리하여 사헌부 장령 이숙문은 주상전하께 상소를 올린 것이다.

　"전하 이는 동서고금을 통틀어 있을 수 없는 일이 옵니다. 주상전하 앞에서 입에 올리기도 민망하고 송구하오나 왕실의 여인이 부리는 종과 사통하여 아이를 낳아 기르다니요! 이는 천부당만부당한 일이옵니다. 종묘사직에 누가 되고 왕실의 체통이 땅에 떨어질까 우려되옵니다."
　사헌부 장령 이숙문이 목소리를 높였다.
　"전하 통촉하여 주시옵소서! 이는 간통과 사통을 넘어서 강상의 죄로 다스려 엄벌에 처해야 할 사안이옵니다."
　공조 참의 박원종이 말하였다.
　"증인과 증좌가 비록 있다고는 하나 그 내막이 확실치 아니하고 권덕영의 처 이 씨 부인의 자백이 아직 없사오니 추국을 하여 그간의 죄상을 정확하게 살피어 조사함이 마땅하옵니다."
　성종은 종친의 일이 커지는 것을 원치 않았으며, 따라서 심사숙고할 필요가 있었다.
　"짐이 일찍이 권덕영의 처조카 장계를 보고 받고 확실하지도 않은 사안이 소문에 소문을 더하여 일이 커지고 말이 많아질 것이 저어된 바 있다.
 내게는 할머니뻘 되는 이 씨 부인을 추국함은 있을 수 없는 일이며 사달의 근원인 종 천례를 먼 곳으로 유배하려 하였으나 사실 여부도 모르는 체 그러한 처결을 하는 것은 옳지 않다는 종친들의 의견을 수렴하였다.
 있지도 않은 일을 있는 것과 같이 소문만 무성하다 하여 조용히 처결하라 일렀거늘 경들은 이제 와서 새로이 이 일을 거론하여 왕실과 종친의 체통을 떨어트리려 하는 것은 무슨 연유란 말인가?"
 "전하 사안이 매우 엄중하옵니다. 이일은 한성에도 빠르게 퍼져가고 있어 사간원에서도 이 사건을 공론화하여 재조사하여야 한다고 의견을 모아 전하께 간언을 드리고자 함입니다."
 이때 대사간 정갈이 입을 열었다.
 "전하! 천한 백성의 여인이나 사대부의 여인이라도 간통하면 엄격하게 처벌하는 것이 이 나라의 법도이옵니다. 더군다나 왕실에서는 더욱더 모범이 되어 엄중하게 지켜야 하지 않겠습니까?
 이는 왕실의 문제뿐 아니라 이 나라 모든 백성이 지켜야 하는 미풍양속의 근간을 흔드는 중차대한 사건으로 철저하게 조사해야 할 사항입니다.
 따라서 소신들이 종묘사직의 굳건함과 성리학의 나라인 조선의 풍속을 바로잡아 이 나라 조선의 백년대계를 바로 세우고 전하의 위신을 높이기 위한 충심이오니 헤아려 주시옵소서!
 하물며 권덕영의 처는 종실의 여인으로 부리던 노비와 간통하여 세상에 알려진 것은 참담한 현실이며 이는 강상죄에 관계되는 일로 추국하여 사실을 명명백백(明明白白)하게 밝혀야 함이 온당한 처사라 할 수 있사옵니다."

 성종이 발끈하여 대사간 정갈에게 말하였다.

"그래, 그리도 이 나라의 종묘사직과 왕실의 지엄함을 알고 종친의 위신을 생각하는 경들이 왕실과 종친에 관한 일을 짐에게 보고도 제대로 하지 않고 풍문만으로 탄핵하고 종친의 딸을 추국하여 공론화하는 것은 옳은 처사인가?"
 성종의 보령이 이제 17세의 미력하지만 당당하게 소신을 말하고 원로대신들에게 서운함을 드러냈다.
 "그대들이 그렇게 짐의 위신과 체통을 생각하였다면 이럴 수는 없는 것 아니겠소?"
 성종도 지지 않고 노기 가득한 표정으로 원로 신하들을 노려보았다.
 "전하, 성은이 망극하나이다!
 하지만 전하 신들이 부족하고 경망하여 실수는 하였사오나 그것은 전하를 향한 충심이었사옵니다.
 기실(其實) 풍문이 돌기 시작하였을 즈음에 조속히 일을 마무리하여 풍속을 안정하기 위해 경기도 관찰사 예승식과 광주목사 문수덕이 일을 서두른 점은 있사오나 이는 전하의 언관(言官)을 받아 직책을 수행하는 관리로서 행할 도리를 한 것이옵니다.
 또한 광주목사 문수덕은 광주관아 별좌 권덕영이 종실녀 현주 이구지와 혼인한 이후에 부임하였사옵니다. 문수덕이 부임하였을 당시에는 권덕영은 말에서 낙상하여 목이 부러져 시름시름 앓다 죽고 난 연후였는지라 이 씨 부인이 종실의 여인인 줄 미처 몰랐사옵니다. 미리 알았다 하면 마땅하고 당연히 주상전하께 보고하여 하교를 명받았을 것입니다."
 "전하 신들의 불경을 통촉하여 주시옵소서!"
 대사간 정갈도 물러서지 않고 간언하였다.
 "하나 작금의 사태는 세상 사람들이 왕가의 종실 여인 이구지가 노비와 간통한 것에 대하여 절대 헛소문임이 아닌 것을 알고 있사오나 이구지가 죄를 면한 것은 왕실의 허물을 덮기 위함이라는 것을 한성을 비롯하여 모든 백성이 알고도 남음이 있습니다.
 이것이 거짓된 소문이라면 이러한 풍문을 잠재우기 위해서라도 조속히 하교하시어 면밀하게 조사하여 의구심의 뿌리를 뽑아 결론짓는 것이 타당하옵니다.
 하여 강직하고 총명한 신하로 하여금 다시 조사하게 하시옵소서!"
 "조사하게 하시옵소서!"

 성종의 한숨과 장탄식이 깊어만 갔다.
 "내 일찍이 말하였거니와 노비 천례를 다른 곳으로 유배를 보내어 소문의 진원지를 없애려 하였으나 종친들이 말하기를 그리하면 종실 여 이구지와 노비 천례의 간통 사실을 왕실 스스로 인정하는 경우가 되어 그곳 백성들의 의심을 더욱 키우는 결과라 하여 그리하지 못하였거늘 그리 하다면 경들은 어찌 처결하는 것이 온당하다 여기는 것인가?"
 성종은 왕실과 종친에 관하여 허물이 되는 일이 세상에 알려지는 것이 싫었으나 대간들이 입을 모아 주청을 하니 한발 물러서 대간들의 의견을 구하였다.
 종부시 첨정 허계가 앞으로 나와 간언을 하였다.
 "전하 대사간 정갈의 말과 같이 조속히 조사관을 임명하시어 조사케 하시고 그 연후에 처결하심이 합당한 줄 아옵니다. 또한 이구지는 태종 상왕의 손녀로 이미 그의 남편 권덕영이 사망하였으므로 일단 외방에 기거하지 말고 한성으로 옮겨 살게 하시면 천례는 광주에 그냥 있어도 될 듯합니다."

 사헌부 장령 이숙문이 좀 더 강경하게 의견을 말하였다.
 "전하 이번 소문의 진상과 관계없이 비천한 노비의 신분으로 모시는 주인과 종 사이에 오명을 남기게 한 점 죽어 마땅하오며 온 나라에 퍼진 소문이 거짓이라 하더라도 노비 천례는 문제가 있는 자이오니 평안도나 함경도 오지의 관노로 보내어 결국 죽게 하심이 옳은 줄 아뢰옵니다.
 그리하여 반상의 도리와 법도의 지엄함을 보여주옵소서!"
 여러 대신들의 의견이 서로 다르고 의견이 분분하여 편전에서의 공론은 끝날 줄 모르고 이어졌다.
 "경들의 의견이 서로 맞지 아니하고 다르니 처결하기가 쉽지 않은 듯하다. 하여 이일은 왕실과 종친의 일이기도 하며 짐이 아직 정사에 미력하고 부족함이 많아 왕실의 어른이신 대왕대비인 자성 대비께서 수렴청정(垂簾聽政) 중이시니 자성 대비께 아뢰어 결정을 내릴 것이니 경들은 그리 알고 오늘은 물러가 짐의 전교를 기다리라!"
 "전하 성은이 망극하여이다."
 대신들은 우르르 몰려 나가며 작금에 사태를 한탄하고 강상의 도리를 운운하며 물러갔다.

♣ 자성 대비와 종친들

 대왕대비인 자성 대비는 선대왕이신 세조비 정희왕후로 성종이 보위를 상속받은 지 얼마 안 되고 보령이 이제 17세로 모든 정사에 관여하며 수렴청정 중이었다.
 성종은 종친의 일을 제대로 수습하지 못하고 이러한 사태를 미연에 방지하지 못한 것에 대하여 자책하며 자성 대비전으로 발길을 옮겼다.
 가을비가 뿌리고 지나간 것인지 쓸쓸함이 가득한 궁중의 후원에 낙엽이 비에 젖어 이리저리 날리고 있었다.
 세월이 참으로 빨리도 가는가 보다. 얼마 전까지만 해도 짙푸르게 하늘을 가리던 나무들이 이파리를 날리며 으스스한 한기를 몰고 다녔다.
 바람은 새 소리만큼이나 요란하게 나무를 흔들고 정적에 쌓인 구중궁궐에 주인인 양 소란을 피웠다. 원로대신들과 기싸움을 한 탓인지 등에는 땀이 후줄근하고 착잡한 심경에 성종은 눈에 보이는 것들조차 아름답게 보이질 않았다.
 대비전 지붕 위에 구름이 몰고 다니던 흔적이 완연한데 천년 노송이 자성 대비처럼 위엄 있게 가지를 뻗어 전각 위에서 호령하듯 내려다보고 있다.

 "대왕대비 마마 주상전하 듭시옵니다!"
 "오호라, 어서 듭시라 일러라!"
 "대왕대비 마마 강녕하시었사옵니까?"
 "그래요. 주상이 매일 아침 문우를 들고 알뜰하고 살뜰하게 보살펴 주셔서 잘 지내고 있고말고요! 어째 지금은 편전에 들 시간인데 여기까지 발걸음을 하시었소? 주상."

"예! 대비마마 그렇지 않아도 대비마마께 조언을 구할 일이 있어 편전에서 조강을 마치자마자 바로 이리로 달려왔사옵니다."

"그래! 조언이라! 그리 급하게 달려온 연유가 뭐요? 주상"
"근자에 이르러 왕실의 종친에 관해 말하고 다니는 한심한 무리에 의하여 그릇되고 좋지 못한 소문에 대한 공론이 사헌부와 사간원 그리고 종부시에서 올라와 대신들과 논의를 하였사옵니다.
 대신들의 의견이 분분하여 대비마마의 고견을 물으려고 찾아왔사옵니다."
"그래요, 종실에 관한 일이라고요?"
"그렇다면 의당 종실의 종친들과 의논하여 조용히 처리해야 하거늘 어찌 대신들이 들고 일어난다는 것이요? 그것도 종부시라 하면 모를까, 사헌부와 사간원까지 나서서 공론화한단 말입니까? 대체 그 해괴한 내용이 무엇이오? 주상. 주저하지 말고 말씀을 하세요?"

 성종은 그간에 경기도 광주에서 일어난 이구지와 노비 천례의 간통 사건 전말에 대하여 자성 대비에게 소상하게 말했다.
"뭐요? 주상 그것이 참말이란 말입니까?"
"왕실의 여인이 다른 양반가의 사내와 간통했다 해도 문제가 심각하거늘 노비라니요! 노비? 이런 황망한 일이 어디 있단 말입니까? 그것이 이 나라 왕실에 종친의 여인으로서 가당키나 한 말입니까?"

 위엄과 기품을 잃지 않던 자성 대비의 미간이 구겨지고 손끝을 파르르 떨며 노기 어린 표정으로 점차 바뀌어 갔다.
"그렇다면 지금 간통에 관한 증좌와 자백을 받았다는 것이요?"

"대왕대비마마 아직 진술자들의 말이 맞지 않아 결정적인 증거는 미비한 상태이오며 이 씨 구지의 자백을 받지 못하였사옵니다."

"뭐요? 이런 한심한! 그렇다면 결정적인 증좌도 없이 풍문으로만 떠도는 이야기를 가지고 조정 원로대신들이 모여 편전에서 공론을 벌이고 왕실의 여인을 추국장에 불러들였단 말이요? 지금 그것이 말이 되는 소리요, 주상?

주상께서는 그런 사태를 보고만 계신 것이요? 무얼 하시었소?"

자성 대비의 분노에 찬 목소리가 높아 대비전의 문풍지가 바람에 떨 듯이 흔들렸다.

"이는 대신들이 전하와 왕실을 가벼이 여기고 능멸하려는 처사요! 이 사태를 그냥 좌시하지 않을 것이요. 이 사건의 취조와 공론의 발단이 종부시 첨정의 아들이 광주에서 소문을 듣고 올라와 애비인 종부시 첨정 허계에게 고(告)하면서 발단이 되었단 말이요?

그런 소문이 있다면 의당 나와 종친들에게 먼저 기별하여 상의했어야지 사헌부나 사간원에 일러 공론화하였단 말이 아닌가! 이는 일부러 왕실과 종친을 능멸하고 흠집을 내려 한 것과 무엇이 다르단 말이요, 주상 아니 그렇소?

어 허 참! 이런 변고가 있단 말인가? 아니 되겠소! 주상!"

자성 대비는 무릎을 치며 노발대발하였다.

"김 상궁 지금 당장 종친들을 대비전으로 모두 들라 이르게!"

"예~~ 대왕대비 마마 분부 받들겠사옵니다."

김 상궁이 대비전의 문을 열고 나가자, 바람이 꼬리를 물고 불어와 가뜩이나 가을비가 내려 찬바람이 일렁이는 판에 대비전의 공기는 찬 서리가 내리는 한겨울이나 다름이 없었다.

"주상께서는 대전으로 돌아가 계세요! 내, 종친들과 상의하여 적절한 처결을 일러줄 터이니 그리 아시고 너무 고심하지 마시고 물러가 계세요!"
 대전으로 향하는 성종의 마음은 무거웠다.
 왕의 자리에 앉아 있으면서 이만한 일 하나 의지대로 처리하지 못하고 대왕대비 마마의 전결을 받아야 하는 처지가 무력하고 한심했다.
 말뿐인 일인지하 만인지상의 자리였다.

 자성 대비의 명을 받고 달려온 대군들의 발소리가 대비전에 소란스럽게 울렸다.
 제일 먼저 의성군 이채가 달려오고 밀성군 이침과 옥산군 이제를 비롯한 왕실의 종친들이 대비 전에 알현했다.
 자성 대비는 왕실의 어른으로 위엄을 갖추어 말을 꺼냈다.
 "다들 종친과 종사를 위한 일들이 바쁘실 터인데 내가 이리 급하게 부른 연유는 종친들도 익히 들어서 알고 있는 바와 같이 태종 선왕의 손녀요 양녕 대군의 서녀인 현주 이구지의 일 때문에 이리 모이시라 일렀습니다.
 왕실의 여인과 노비의 간통이라니 이는 있을 수도 없고 있어서도 안 되는 불미한 소문이 떠도는 것은 나의 부덕이요! 내가 종실의 어른으로서 덕이 부족함이요 종실의 여인들을 잘못 단속하여 발생한 일로서 선대왕들과 종묘사직에 얼굴을 들 면목이 없소!
 그리고 한때 양반가의 여인이 남편으로부터 버림을 받았다 하여 스스로 기녀가 되어 음탕한 방법으로 반상을 가리지 않고 간통을 저질러 온 나라를 음란한 소문으로 시끄러웠던 적이 얼마 되지 않았소이다. 그러나 지금 왕실에서까지 이러한 불미스러운 소문이 난다는 것은 있을 수 없고 있어서도 아니 되는 거지요!

종친들께서도 아시다시피 이러한 불미스러운 일이 생기는 것을 경계하여 두 달 전에 왕의 어머니인 소회 왕후께서 중국의 『열녀전』과 『소학』 등에 나오는 글들을 본받아 여성이 지켜야 할 도리에 관한 책을 지어 널리 알리고 아녀자들이 읽고 행하도록 하였습니다.
 그럼에도 불구하고 이제는 왕실의 여자가 그것도 자신의 종복과 간통하였다는 풍문이 돌고 있다니 참으로 어처구니가 없는 일이 아닐 수 없소! 이것은 왕실의 체통을 땅에 떨어트리는 일은 물론이거니와 종친들께서는 이런 일이 세간에 오르내리기 전에 막았어야 했거늘 도대체 무엇들을 한 것이오?"
 자성 대비는 격노하여 종친들을 다그쳤다.
"대비마마 저희 불찰을 나무라소서! 송구하기 이를 데 없사옵니다."
"이제 와서 그런 소리를 한들 무슨 소용이 있겠소! 대체 어떤 위인들이 이처럼 참담하게 왕실의 치부를 밖으로 드러내려 공론화한단 말입니까?
 이미 도성 안에 소문이 파다하게 돌고 있다 하니 이 사태를 어찌 수습하는 것이 좋단 말이오, 종친들께서는 의견을 말해 보시오!"
 종친들은 저마다 의견을 제시하였으나 별반 특별한 의견이 나오지 않고 서로의 입장과 생각만으로 말만 많았다.

 그러나 대부분의 의견이 어떠한 형태로든 왕실이 흠집이 나는 것은 피해야 하니 결론적으로 작금의 사태를 현주 이구지의 문제가 아니라 왕실 종친들과 상의도 없이 조사를 명하고 본 사건의 발단이 되어 뭇사람들 입에 왕실의 험담을 오르내리게 한 허계를 탄핵하는 쪽으로 중론이 모아지고 있었다.
"허계는 왕실의 역린을 건드린 바와 다름이 없소! 이번 기회에 왕실을 허술하고 우습게 보는 자들에게 왕실의 지엄함과 권위를 세워 본때를 보여야 합니다."
 종친들은 저마다 흥분하여 목소리를 높였다.

 자성 대비가 종친들의 허물에 대해 입에 오르내리는 것을 싫어하는 기색을 보이자, 종친들은 하나같이 이구지의 죄에 대한 진상조사와 처결 문제보다 왕실과 종친을 음해하고 욕보였다는 이유로 허계에게 화살을 돌렸다.
 종실에 관한 사건을 경거망동하여 문제를 일으킨 당사자인 종부시 첨정 허계를 봉고 파직하여 왕실을 욕보이는 일이 없도록 하자는 것으로 결론이 났다.
 종실의 입장에서는 궁여지책이요 어떠한 경우라도 왕실에 흠집이 나는 일을 막고자 했던 자성 대비의 뜻이기도 하였다.
 사건의 본질을 흐리려는 적반하장의 결과였지만, 종친들 입장에서는 허계의 행위가 괘씸하고 종실을 보호하려는 어쩔 수 없이 내린 궁여지책이었을 뿐이다.
 도성 안 사람들의 입에 오르내리는 풍문을 허계의 잘못으로 돌리면서 엉뚱한 방향으로 사건의 이목을 끌게 하려는 방편이기도 했다.

 성종은 예문관 응교 이맹연을 대전으로 들라 했다.
 "전하, 예문관 응교 이맹연 입시이옵니다."
 "어서 오라! 짐이 오늘 허무맹랑한 풍문으로 왕실과 종친들을 욕보인 종부시 첨정 허계를 단죄하고자 한다. 이는 대왕대비 마마의 뜻이기도 하거니와 짐의 생각이기도 하다.
 경기도 광주목에서 발생한 종실의 이구지와 노비 천례에 관한 옥사를 처음 거론 했던 허계를 추포하여 국문하라! 풍문만으로 종실의 사람을 추국하고 왕실의 이름을 욕되게 한 허계의 죄를 단단히 물어 다시는 이러한 일이 발생하지 않도록 징치하도록 하여야 할 것이다."

"예! 전하. 신 예문관 응교 이맹연 명을 받들겠습니다. 사건의 진상을 철저하게 조사하여 허계의 오만함과 왕실의 위엄을 가벼이 여긴 죄를 단죄하겠나이다."

이러한 처결이 아침 승정원 기별지를 통해 각 대신들의 집과 삼사와 각 관할 전각으로 통보되자 대신들은 크게 동요하였다.
"어찌 전하께서 이런 얼토당토않은 처분을 내리신 연유가 무엇인지 모르겠소이다."
"아마도 대왕대비이신 자성 대비와 종친들의 의견 아니겠소? 이는 그대로 간과해서는 아니 될 일이요."
"각 기관의 신료들과 유생들에게 상소를 올리라 하여서라도 잘못된 관행은 막아야 합니다."
"다들 서두릅시다."
"모두 대전으로 들어 주상을 뵙고 다 같이 간언을 드립시다."
이는 이구지와 천례의 사건은 뒷전이고 대간들과 종실의 기싸움이 되어버린 꼴이었다.

한 해가 저물어 가는 겨울 대전의 하늘은 차갑게 얼어있었으며 찬바람이 대신들의 도포 자락을 흔들어 냉기가 궁전의 분위기를 싸늘하게 냉각시켰다.
대사간 정괄을 비롯한 대신들은 대전으로 몰려갔다.
대사간 정괄이 임금께 한발 나아가 다소 흥분한 목소리로 간언을 드렸다.
"전하! 대사관 정괄 아뢰옵니다.
종무시 첨정 허계의 국문은 타당하지 않사옵니다. 종부시가 무엇을 하는 기관이옵니까? 전하의 명을 받들어 왕실과 종친의 잘못을 감찰하고 그들의 잘못을 바로잡아 전하의 명을 더럽히지 아니하며 온 백성들에게 종실이 귀감이 되도록 하는 직분을 맞아 처리하는 기관이옵니다.
 그러하거늘 그 기관의 첨정 허계를 징치하는 것은 온당한 처사가 아니옵니다. 허계는 자신의 직분과 전하께서 명하신 소임을 충실하게 행하였거늘 그를 옥에 가두는 일은 아니 될 일입니다.
 또한 이러한 사태가 앞으로 대신들의 언로를 막고 결과적으로는 전하의 눈과 귀를 막아 오히려 전하를 욕되게 하는 처사이옵니다."
 "통촉하여 주시옵소서!"
 "경들은 들어라! 짐은 언로를 막자는 것이 아니다. 경들이 작금의 풍문에 관하여 의견들이 분분하고 허계는 짐에게 보고도 하지 아니하고 사헌부와 의논하여 종실녀를 탄핵하고 추국하였다. 하니 내 허계를 문초하여 사건의 발단에 대하여 조사하고자 함이거늘 언로를 막다니 그런 뜻은 아니니 경들은 내 마음을 알라!"
 "전하 아무리 그러하다 하더라도 천례의 죄상에 대하여 아직 구별하지도 아니하였는데 오히려 허계의 죄를 먼저 묻는 것은 부당하옵니다."
 "통촉하여 주시옵소서!"
 대신들은 입을 모아 허계를 국문하는 것은 온당하지 않다고 입을 모았다.
 성종도 물러서지 않고 목소리를 높였다.
 "경들은 짐의 마음을 헤아려 들어라! 짐은 허계의 직분과 사명에 관해서 이야기하려는 것이 아니다. 허계는 응당 이구지 등을 문초함에 있어서 전후를 살피어 신중히 처리해야 함에도 불구하고 경거망동하여 풍문만으로 종실의 여인을 추국하였다. 이러한 사안을 짐에게 보고도 하지 않고 추국하는 것은 신하된 자로서 도리를 다한 것이냐? 경들은 말해보라!"

사헌부 장령 이숙문이 앞으로 나왔다.
"전하 아뢰옵기 황송하오나! 종부시 첨정 허계와 광주목사 문수덕은 애초에 이 씨 부인이 왕실의 여인인 줄 모르고 행한 일이 오며 추국하는 과정에서 경기도 관찰사 예승식이 이를 주시하여 사헌부와 종부시에 보고하였사오니 그 점에 대서는 전하께서 성은을 베풀어 주심이 마땅하옵니다.
 허계의 국문을 멈추어 주시고 다시 감찰사를 파견하여 면밀한 조사를 통하여 올바른 처결을 내릴 수 있도록 하여 주시옵소서."
"통촉하여 주시옵소서, 전하!"
"듣기 싫다. 내 더는 긴말을 하여 종묘사직과 종친을 욕보이고 싶지 않으니, 경들은 물러가시오!"
"전하! 아니 되옵니다. 통촉하여 주시옵소서!"
 대신들이 워낙 강경하게 나오는 터라 성종은 고개를 저으며 깊은 한숨을 내쉰다.
 깊은 바다 심연에 가라앉은 심경은 수심에 빠져 어찌할 줄 몰랐다.
 대신들의 의견을 수렴하자니 종실에 흠이 생기는 것은 물론 자성 대비가 진노할 것이니 참으로 답답하였다.
 그렇다고 막무가내로 대신들의 의견을 무시할 수 있는 것도 아니었다.
"내 경들의 뜻을 알겠으니, 추후에 다시 논의토록 할 터이니 물러들 가라!"

 성종은 내전에 들어 밤잠을 이룰 수가 없었다.
 이 사태를 어이할지 고민하다 광주에 사람을 보내 결말을 지어야겠다는 생각에 이르렀다.
 밤은 깊어 가고 달빛도 구름에 가려 잠자는지 빛을 잃었고 삼각산(북악산)에 뭇 새들은 잠들어 고요한데 어디서 날아온 소쩍새 한 마리 밤새워 구슬피 울어 고요한 궁궐의 밤을 심란하게 흔들었다.
 다음 날 아침 밤사이 구슬피 울어 구중궁궐에 홀아비와 청상보다 못한 내시와 궁녀들이 모여 사는 궁인들의 애간장을 녹이던 소쩍새도 사라지고 파란 여명을 밀어내며 아침노을이 붉게 물들어 새날이 밝아 왔다.
 대신들은 어제 마무리 짓지 못한 이구지와 허계의 일에 관하여 논의하고자 하였다.
 "경들은 들어라! 내 밤사이 경들의 충언을 깊이 새겨들어 이번 사건을 면밀하게 조사하고자 한다.
 이번 사건을 조사함에 있어 허계의 추국을 예문관 응교 이맹연을 감찰관으로 임명하여 처리하게 하였는바, 현지에 이맹연을 파견하여 그간의 풍문과 사실 여부를 파악하게 한 연후에 권덕영의 처 이 씨의 일과 허계의 처결 문제를 결정하고자 한다. 경들은 그리 알라!"
 "주상 전하 성은이 망극하여이다."

 성종은 조강이 끝난 후에 은밀하게 예문관 응교 이맹연을 편전으로 다시 불러들였다.
 "신 이맹연 주상전하의 부름을 받고 입실하였사옵니다."
 "오! 어서 들라!"
 "예! 전하!"
 "경은 이리 가까이 오라!"
 성종은 이맹연을 가까이 불러 나직한 목소리로 명을 전달하였다.
 "경도 아시다시피 요즘 왕실의 일로 조정이 매우 시끄럽소! 일을 크게 벌여 좋을 것도 없고 왕실의 일인지라 대왕대비 마마와 의논하여 조용히 처결하려 하였건만 대신들이 저리 소란을 피우니 어쩌겠소! 경이 광주관아로 내려가 이번 사건의 진상을 좀 소상히 알아 오라! 그리고 경은 나의 심중을 헤아리리라고 믿는다.

 현지에 내려가 노비 천례의 일을 살피되 분명하게 해야 할 일은 딸아이를 낳았다는 말비를 그냥 지나쳐서는 안 될 것이다. 반드시 자백 받아 이 일을 마무리하도록 하라!"

 "예! 전하의 의중을 심히 헤아리고도 남음이옵니다. 이른 시일 내에 종 천례에 관한 조사를 마무리하여 어지러운 전하의 심기와 종실을 평안케 하겠사옵니다."

 성종은 드러내놓고 이야기하지 않았지만, 이맹연과 일종의 밀약을 한 것이다.

 이맹현은 어명을 수행하는 감찰의 신분으로 급히 광주 관아로 내려가 추국을 시작하였다.

 관련자들이 줄줄이 불려 들어오고 추국장의 밤도 대낮같이 밝혀놓아 분위기가 살벌하여 죄가 없는 자들도 벌벌 떨며 무서워하였다.

 형장에서는 고신에 의하여 연일 비명과 울음소리가 관아의 담장을 넘고 뼈가 부러지고 피가 터지는 냄새로 진동하였다.

 이구지와 천례의 주변 인물들을 조사하고 노비 천례와 대질 신문을 하였으나 천례는 끝까지 아무 말도 하지 않았다.

 이맹연은 급기야 달아난 말비를 잡아다 고신하고 엄하게 추국하여 그간의 정황과 사실 여부를 파악하여 정리하였다.

 성종 7년 1월 18일 북풍한설이 들판과 숲을 지나 거리는 온통 매서운 한파로 얼어붙고 있었다.

 궁으로 돌아온 이맹연은 조강에 출두하여 성종과 대신들 앞에서 그간에 조사한 경위에 대하여 상소를 올리고 자세한 내막을 보고하였다.

 "전하, 신 이맹연 그간에 광주에 내려가 이 씨 부인과 노비 천례 사건의 진상을 조사하고 돌아와 보고를 드리옵니다.
 관련자 40여 명을 불러 추국하고 때로는 서로 대질 신문하여 풍문에 대한 실토를 받았으며 또한 천례와 주변 인물들에 대하여 면밀히 조사하였으나 풍문에 대한 결정적인 사실 여부를 발견할 수 없었사옵니다. 특히 천례의 딸을 낳았다는 어미 말비를 추국하였사온데 천례의 딸 준비는 자기 딸이라고 명백하게 말했사옵니다."
"무어라! 그렇다면 어찌하여 일전에 광주목사 문수덕이 추국할 당시에는 자기 딸이 아니라고 거짓 증언을 하였다는 말이냐?"
"신이 그 점에 대하여 심히 추국하였사온데 말비가 모든 사안에 대하여 실토하였사옵니다."

 말비가 말하기를 "소인은 처음에는 광주 관하 관노에게 시집을 갔사온데 어찌하다 보니 남편의 사촌과 간통하게 되어 그것이 드러나자 소박을 맞고 도망쳐 그 이후에 다시 천례에게 시집을 갔사옵니다. 그런데 천례가 이 사실을 알고 수시로 타박하고 심술을 부리며 소인을 못살게 하여 딸 준비를 낳은 지 두 달 만에 달아난 것입니다."
"그렇다면 어찌 처음과 말이 다른 것이냐?"
"그것은 두려운 나머지 그리하였사온데, 소인이 거짓을 한 것은 남편을 배반하고 달아난 죄를 물을까 두려워서 거짓을 아뢰었나이다. 죽을죄를 지었습니다. 살려만 주십시오!"

"사건의 진상이 이러할진대 현주 이구지는 무고한 풍문에 의하여 추국당하고 고통스러운 나날을 보냈습니다.
 말비의 진술을 미루어 보아 그간의 내용은 모두 허무맹랑한 거짓으로 드러나 더 이상 죄를 물을 수 없었사옵니다. 전하."
 순간 대전이 술렁이며 대신들은 당황하거나 황당하다는 표정을 지었다.

사헌부 장령 이숙문이 나서서 말하였다.
"전하 이것은 무엇인가 잘못된 진술이옵니다. 어미라고 말했다는 말비가 어찌 처음에 고신 한번 제대로 하지도 않았음에도 불구하고 처음과 끝의 말이 다를 수 있사옵니까? 이는 납득할 수 없는 잘못된 처사이옵니다."
"그렇다면 이맹연의 조사가 잘못이라도 되었다는 말이더냐? 경은 그 입 다물라!"
"전하 이 사건은 광주는 물론이고 한성에도 많은 사람의 입에 오랫동안 오르내린 것으로 모두가 의심함으로 추호도 의혹이 없어야 하옵니다. 의심이 사라지도록 투명하게 의혹을 밝혀야 하옵니다."
"통촉하여 주시옵소서!"
"경들은 들어라! 이 사건은 여기서 결론이 났으니 더 이상 거론하지 말라!"
"전하 그러하더라도 풍문을 일으킨 노비 천례를 귀향이라도 보내는 것이 마땅하온 줄 아뢰옵니다."
"경은 지금 뭐라 하는 게요? 일전에도 말하였거니와 그리 처결하면 이번 풍문을 사실화하고 인정하는 꼴이 되니 그 또한 아니 될 일이로다. 앞으로 이 일에 대하여 더 이상 왈가왈부하는 자가 있다면 왕실을 음해하고 종친을 욕되게 하고 허술하게 보는 것으로 간주하여 엄히 다스릴 것이다."
 오랫동안 밀고 당기던 사안의 결론이 났다.
 성종의 추상같은 하명에 대신들도 더 이상 어찌할 수가 없어 모두 대전에서 물러갔다. 왕실의 종친들에게 흠집이 나지 않으려는 성종의 의지와 왕실의 입장이 다분히 개입된 사안인 듯했지만, 대간들의 입에서나 풍문도 가라앉아 왕실의 딸 현주 이구지의 이름도 잠잠해 지는듯했다.

"밤은 깊어 가고 달빛도 구름에 가려 잠자는지 빛을 잃었고 삼각산(북악산)에 뭇 새들은 잠들어 고요한데 어디서 날아온 소쩍새 한 마리 밤새워 구슬피 울어 고요한 궁궐의 밤을 심란하게 흔들었다."

♣ 이구지와 노비 천례

 한차례 폭풍이 몰고 간 이구지의 내당 뜰에 봄기운이 몽실몽실 올라오고 분홍빛 꽃망울이 터지는 봄소식이 전해지고 있었다.
 내당에서 조용조용 남여의 말소리가 들렸다.
 "부인, 미안하오! 미천한 나 때문에 고귀한 신분인 당신이 고초가 말이 아니었소 정말로 미안하오! 내가 이 은혜를 어찌 다 갚아야 한단 말입니까?"
 "서방님! 어찌 그런 말씀을 하십니까? 누가 뭐라 해도 당신은 이제 어엿한 저의 낭군님이십니다. 세상이 손가락질해도 저는 서방님을 지키고 준비를 예쁘게 키워 시집을 보내렵니다. 이제 우리 영원히 사랑할 것을 맹세하고 약조하였으니 다른 생각하지 마시고 서로를 바라보며 아끼며 살기로 합시다."
 "부인! 나 또한 영원히 당신만을 사랑하겠소! 고마워요."
 부부의 대화는 조용조용 했지만 눈물겨웠다. 사랑의 밀어를 나누고 있는 사람은 다름 아닌 구지와 천례였다.

 두 사람은 권덕영이 죽고 두 해 전부터 야릇한 감정의 싹을 틔웠다.
 이구지의 남편 권덕영 상을 당하자, 시댁에서 냉대와 기울어 가는 집안 살림을 여자 혼자 끌고 가는 일은 쉽지 않았다.
 당장 식솔들과 먹고사는 일도 그렇고 얼마 되지 않는 논이나 밭을 가꾸거나 소작을 주는 것부터 어느 것 하나 쉬운 일이 없었다.
 어려운 일이 생길 때마다 노비 천례는 말없이 일을 거들어 해결해 주었고 이구지가 몸살이 나서 병치레라도 하는 날이면 천례는 지극정성으로 약재를 구해오고 수발을 들어주었다.
 사람의 이치가 그러하듯이 언제나 지극정성인 천례에게 구지는 고마운 마음이 들었고 시간이 지나면서 연정의 싹이 꽃을 피우기 시작했다.
 아직 혈기 왕성한 두 사람은 어느 순간 서로의 눈길이 마주칠 때면 자신들도 모르게 가슴이 뛰고 뜨거운 눈빛이 오갔다.
 "천례야, 너의 정성이 참으로 고맙구나!"
 "아닙니다요, 마님. 저는 아씨 마님만 고생하지 않는다면 무엇이든지 할 수 있습니다. 요즘 몸이 많이 쇠약해지셔서 힘들어하시는데 빨리 털고 일어나셔요!"
 천례의 눈에서 눈물방울이 떨어져 방바닥을 적셨다.
 천례를 바라보던 구지의 눈에서도 이슬이 맺히며 뜨거운 마음이 알 수 없는 곳에서 끓어 올라오며 천례의 손을 지긋이 잡아끌었다.
 "에구 마님 어째 이러신다요? 남들이 보면 어째요? 소인이 어찌 감히?"
 "괜찮다 천례야, 내 너의 마음이 내 가슴에 와 닿는구나!"
 천례는 황송한 마음도 잠시 온몸에서 열기가 뻗치고 피가 한곳으로 몰리며 정신이 아득해졌다.
 끓어오르는 욕정을 삭히기에는 역부족이었으며 두 사람은 너무도 젊었다.
 달빛도 부끄러워 구름 속으로 숨어들고 슬피 울던 소쩍새 울음도 다정하게 들리는 밤이 깊어져 가고 바람이 나뭇잎 흔들리는 소리에 취하고 두 사람의 끊어질 듯 이어지는 깊은 사랑의 밀어 소리가 폭풍우가 몰아치듯 거세게 하얀 밤을 밝혔다.

 두 사람은 뜨겁게 서로를 애무하며 눈물을 흘렸다.
 눈물의 의미를 서로 알고 있어서 사랑하지만 말할 수 없는 애절한 슬픔이 밀려왔다.

서로를 가만가만 들여다보았다.
 아무에게도 보여주지 않았던 마음을 단단하게 무장한 심장이 힘겹게 뛰거나 슬픔 또는 분노로 폭주해도 위선의 포장으로 몸을 가리고 서로의 마음을 보여줄 수가 없었다.
 구지는 지엄한 왕실에서 철저하게 법도를 배우고 훈육을 받았다.
 아무렇지 않은 척 넘어져도 울지 않았으며 눈물은 약한 사람이 흘리는 거라고 눈물은 아둔한 자가 흘리는 사치라고 오래전에 아버지는 말했다.
 힘들어도 흘리지 못하는 눈물이 가득 고인 눈은 언제나 슬픔이 가득했지만 또 웃었고 아프다고 말하는 것은 바보 같은 짓이라고 배운 이후 점잖고 의젓한 아이에서 어른이 되었다.
 규범과 굴레를 숙명으로 알고 살아온 세월이 무상하여 뜨거운 슬픔이 거세게 밀고 올라와 눈물샘이 터져 버린 날 오늘 비로소 자유인이 되었다.
 터지고 찢어진 눈물주머니를 꽁꽁 동여매려고 안간힘을 썼지만, 끝내 터져버린 눈물이 강물을 이루는 허무함 뒤에 구지는 진정 사랑이라는 이름으로 새롭게 태어나 이제는 서로를 향하여 아프면 아프다고, 슬프면 슬프다고, 외로워서 도움이 필요하다고, 손을 잡아 달라고 말하며 나를 위해 울어줄 수 있는 사람이 생기고 용기가 생겼다.
 구지와 천례는 신분의 벽을 넘어 위선의 알에서 새롭게 깨어나 진정 세상과 관습으로부터 자유롭게 살리라 다짐했다.

 그러나 마음을 굳게 먹고 다짐하여도, 영원한 사랑을 하리라 마음먹어도 높은 현실의 벽 앞에 천례의 상처 난 영혼의 등을 보는 것은 구지의 마음을 아프게 했다. 그러나 파도가 끝없이 밀려와 바위를 때려 파랗게 멍이 들어도 구지의 마음속으로 밀려오는 사랑의 물결은 걷잡을 수 없었다.

구지와 천례의 사랑의 밀어는 새로운 세상에서 만나는 감동이었으며 한편의 은밀한 서사시 같은 사랑이 이어졌다.
 두 사람의 사랑의 감정은 밤바다에 드르누워 있는 짙은 어둠 사이로 파란 등지느러미를 밀고 오는 파도처럼 거침이 없었다.
 파도의 등을 미는 바람은 대양 너머에서 파도의 등을 타고 파도의 등을 밀어 무한의 바다를 건너오는 사랑의 속수무책 앞에 두 사람은 위선의 탈을 벗어버렸다.
 갈등과 망설임이 때로는 조바심에 애를 태웠으며 긴 여정 끝에서 하얗게 부서지며 철썩철썩 비명을 지르며 한순간에 물거품이 되는 파도처럼 끝없이 달려왔다.
 한줄기 파도가 코끝으로 밀려와 콧등이 시큰거렸다.
 천례가 일터에 나가 늦도록 돌아오지 않으면 구지는 조바심이 났다.
 한나절의 시간일지라도 이별의 시간은 짧고 그리움은 길어 밀려오고 밀려가는 파도의 등을 바라다보는 마음은 언제나 안타까웠다.
 노비라는 신분의 벽에서 느끼는 두려움이리라!
 가슴의 상처를 보이지 않으려는 천례의 등에서 슬픈 감정이 숨김없이 드러난다.
 남자의 등은 그런 것인가 보다.
 등 푸른 지느러미를 가진 어류의 등에서도 대양을 넘어온 외로움이 일어나고 깊은 심해의 어둠에서 애간장을 녹이는 마음이 소리 없이 침강할 때면 남자의 등 뒤로 쓸쓸하게 멀어지는 파도는 외로움이 먼바다를 향해 천천히 지워지듯 잠들었다.
 "사랑하고 또 사랑합니다. 부인."
 "서방님 저 또한 영원한 지아비로 섬기며 사랑하겠습니다."
 천례의 등을 바라보는 구지는 늘 마음 한구석이 아리고 아팠다.

썰물로 멀어지다 밀물로 돌아와야 하는 숙명을 거슬러 많은 날을 바라보기만 할 뿐 신분의 차이로 인하여 말하지 못했던 세월이 일거에 무너져 내렸다.
 그날은 걷잡을 수 없는 사랑의 감정이 밀려오는 밀물이었다. 왕가의 여인 이구지와 노비 천례는 그렇게 하나가 되었고 서로를 향한 진정한 사랑을 맹세하며 애틋하고 아련한 사랑이지만, 진정으로 서로를 연모하며 영원하게 행복하길 꿈꾸는 달콤하고 나른한 깊은 잠에 빠져들었다.
 이구지와 천례의 신분을 뛰어넘은 고귀한 사랑과 함께 그해의 겨울도 깊어 가고 있었다.

 그해 겨울 두 사람은 뜨거운 꿈을 꾸었다.
 기러기의 완강한 날갯짓으로, 밤사이 지구 밖을 한 바퀴 돌아 시베리아 툰드라 설원에 서 있는 풍경이 펼쳐져 세상이 마법 속에 갇혀 얼음 궁전으로 순간 이동한 것 같았다.

 백화로 피어난 눈송이가
 눈부시게 꽃망울 터트리면
 계곡 돌아드는 개여울도 온통 봄날 산벚꽃 같은
 함박눈으로 뒤덮였다

 겨울은 점차 춘삼월 풍경과 겹치며
 사춘기 소년 같은 두근거림
 산내들 눈과 꽃송이들 춤추는 무희는
 포근하고 찬란했다

 설원은 온통 무중력상태처럼 고요하고
 눈 덮인 순결 위로

얼어붙은 강을 건너온 사내 숨결이
거칠게 내려앉았다

산자락에 걸린 하오의 마지막 햇살이 빛을 튕겨내며
창으로 들어오는
나른한 여인의 그림자처럼
풍만하고 고혹적인 자태가 드리워진다.

꿈을 꾸었다
순간의 절정에 몸을 떨고
깊고 끈질긴 애무에 몸을 뒤트는 오르가슴
비현실적이고 선명한 아름다움

그해 겨울
폭설이 등골을 타고 오르는 쾌감을 느끼며
뜨거운 입맞춤은 짜릿하고 달콤했다.

♣ 우리 딸 준비

 한차례 비가 머물고 간 하늘이 강물 위에 구름을 띄우고 푸르른 계절은 빛으로 반짝거렸다.
 짙푸른 녹음 사이로 맑은 햇살이 쏟아져 내리고 새소리는 요란하게 나뭇가지 사이를 오가며 이파리를 흔들고 가을이 오고 겨울을 지나 또 봄, 여름, 가을, 겨울 계절은 변함없이 행복하고 아름답게 흘러갔다.
 구지는 천례와 함께 살아온 12년간 지난날들이 아름다웠다.
 세간의 이목이 두려워 자신을 감추고 살고 싶지 않았으며 천례와의 사랑이 사람들의 축복을 받을 수 없을지라도 신분의 벽을 넘어서 서로를 사랑하고 아끼며 살아왔다.
 깨끗한 의복에 맛난 음식을 먹으며 지아비와 함께하는 것은 기쁨이며 천례의 순박하고 맑은 미소는 구지의 삶에 커다란 위로가 되었고 하루하루가 구름과 꽃밭을 거니는 즐거운 나날이었다.

 천례와 꿈결같이 살아온 세월이 어언 12년이 흐르고 그사이에 딸 준비도 어여쁘게 잘 자라 어엿하고 과년한 처녀가 되었다.
 "서방님 우리 준비가 참 예쁘게도 잘 자랐어요!"
 "모두가 부인께서 금이야 옥이야 잘 키워준 덕분이오! 참으로 고맙기가 이를 데 없소!"
 "무슨 말씀이십니까? 준비라고 하면 끔찍하게 귀여워하고 예뻐하시는 당신 때문이지요! 하하하."
 "어이구! 그 말도 지당한 말씀입니다!"
 "당신이 너무 오냐오냐 키워서 다 큰 처녀가 선머슴처럼 버릇이 없어요!"
"그 또한 부인 말씀이 맞는 거 같아요!"
 구지와 천례의 알콩달콩 행복한 대화가 담장을 넘어 마을 어귀 느티나무에까지 걸렸다.
"그래서 말입니다. 서방님? 우리 준비를 마땅한 남편감을 찾아서 시집을 보내야 하는데 걱정입니다. 솔직하게 말해서 천한 집에 시집보내 고생시킬 수는 없지 않습니까?"
"그러게요, 부인 참으로 걱정입니다."
 준비의 미래에 대해서 두 부부의 고민이 깊어져 갔다.
 혼기가 차 다 큰 처녀를 혼자 살게 할 수는 없는 일이고 그렇다고 신분상 노비 천례의 딸이니 양반에게 시집보낼 수는 없는 일이었다.
"그래도 가난한 양민의 집이라도 골라서 시집을 보내야겠어요!"
 구지는 준비의 혼사를 위해서 매파를 놓아 마땅한 혼처를 수소문하여 괜찮은 집안의 남편감을 골랐다.
 최대한 좋은 비단과 값진 패물을 준비하고 풍족한 혼수를 장만하여 준비의 혼례를 성대하게 하였다. 그렇게 풍족하게 시집을 보내면서도 구지는 딸 준비가 시집살이라도 심하게 하면 어쩌나 하여 좌불안석이었다.
 구지는 사돈댁에 은밀하게 말을 전했다.
 사실 준비는 말비의 딸이 아니고 자기 딸로 왕가의 자식이니 홀대하지 말고 잘해주라 일렀으며 항간에 입들은 노비 천례의 딸 준비가 이구지와 사통하여 낳은 딸로 양인의 집으로 시집갔다는 소문이 꼬리에 꼬리를 물기 시작하였다.

 소리 없는 풍문이 12년 만에 꺼지지 않는 불씨가 되어 바람을 타고 있었다.
 소문은 좌윤 김종직의 귀에 들어가기에 이르렀다.

김종직은 한때 광주 관찰사를 지낸 인물로 12년 전 이구지 사건의 전모를 알고 있는 사람이다.

1488년 7월 12일 성종 19년 뭉게구름이 비구름과 밀고 당기며 한여름 무더위를 재촉하며 기승을 부리는 계절의 초입이다.

"전하, 신 좌윤 김종직 아뢰옵니다.

이미 상소를 통하여 전하께 사건의 전말을 올렸사온데 12년 전 무죄 방면한 현주 이구지와 노비 천례가 딸 준비를 왕실의 여식이라 말하여 양민의 집으로 시집을 보냈다고 하니 이는 다시 한 번 진의를 파헤쳐 조사해야 하옵니다."

"아니 그것이 어느 때 이야기인데 이제 와 다시 그런 소문이 돈다는 것이야? 이미 오래전 그 사건은 종결하여 처결한 사항 아니더냐?"

"전하! 이구지와 천례의 이야기가 다시금 도성에 파다하게 퍼지고 있사옵니다. 하루빨리 조사하시어 흉흉한 소문이 더 퍼지기 전에 막아야 하옵니다."

"내 좌윤 대감의 뜻을 알았도다!"

12년 전에 이구지의 사건이 처음 불거졌을 당시 대왕대비인 자성 대비의 수렴청정(垂簾聽政)이 있을 때이고 이제 장성한 성종이 직접 사안을 처리함에 있어 자신의 의지대로 적극적으로 조사를 진행하였다.

성종은 경차관인 승무원 판교 김재신을 불러들였다.

경차관은 중앙관리로 지방에 특별하거나 급한 일이 있을 때 파견하여 왕명을 처리하는 관리다.

"경차관 김재신은 들어라! 오래전 경기도 광주지역에 이구지와 노비 천례의 일로 시끄러운 적이 있었건만, 세월이 한 참 지난 지금 또다시 괴이한 풍문이 돌고 있다고 하니 급히 광주로 내려가 철저하게 조사토록 하라! 또한 그들의 죄상이 조금이라도 밝혀지면 의금부에 하옥하여 추국하도록 하라!"

"예! 전하의 명을 수행하겠나이다."
 자성 대비가 수렴청정 당시 종친의 일이라면 극도로 예민한 반응을 보이며 소극적이던 성종은 친정을 하면서는 종친과 양반가의 문란한 여인들의 일탈에 관한 일에 적극적으로 대처하였다.

 당시 조선의 법은 명나라 주원장의 대명률에 근거하여 집행하고 있었는데 여러 가지로 부족한 것이 많았고 부정확하고 미비한 것들을 대거 정리하여 완성한 것이 성종의 할아버지 세조 때 기틀을 마련하여 성종 대에 이르러 완성한 것이 조선 최초의 법전인 『경국대전(經國大典)』이다.
 또한 성종은 세종 때에 시작한 예법을 정리하여 『국조오례의(國朝五禮儀)』를 완성하여 백성이 행하여야 할 국가의 기본이 되는 오례인 길례(吉禮), 가례(嘉禮), 빈례(賓禮), 군례(軍禮), 흉례(凶禮)에 관한 예절과 규범의 절차를 만들어 용포의 흉배에는 용의 발톱의 숫자와 수를 놓아야 하는 방법이나 소매의 길이 제사상에 음식을 차리는 순서에 이르기까지 예법과 각종 예절을 정리한 것으로 세종 때 편찬을 시작하여 성종 5년에 이르러 완성하였다.
 특히 『경국대전』은 나라의 안정과 기틀의 근간을 가정에서 찾으려 했으며 여성들의 삶을 통제하는 것을 기본으로 하는 법 규정이 많았다.
 『경국대전』이 정의한 여인들의 법 규정은 조선 여인들의 지옥과도 같았다.
 성종 자신은 3명의 왕비와 9명의 후궁을 포함한 12명의 여인을 거느리고 있었으나 일반 백성들에게는 과부 재가 금지법이 제정되었다.
 46명의 대신이 모여 과부 재가에 관한 법을 논의하면서 여인이 정조를 잃는 것은 굶어 죽는 것보다 크다 하여 여인들의 재가를 금지하고 청상과부에게 열녀문을 세워 각종 특혜와 포상하며 권장했다.

반대로 삼가(三嫁), 즉 3번 재혼하거나 품행이 방정하지 못한 여자는 『자녀안(恣女案)』의 명단에 기록하여 직계나 방계 자녀들이 주요 관직이나 과거 시험에 응시할 수 없도록 규정하였다.

재혼을 강제로 금지할 수는 없지만 재혼하게 되면 그 자신의 봉작을 금하고 자녀의 승진과 출사 자체를 못 하게 함으로 압박을 가하여 사회적으로 부도덕한 여자로 낙인찍었다.

여인들은 바깥출입조차 자유롭게 허용하지 않아서 이때 생긴 것이 남녀가 서로 얼굴을 마주 대하지 못하게 하는 삼강오륜(三綱五倫)의 덕목을 따라 남녀유별(男女有別)이라「내외법」(內外法)이 생겨나고 굳이 나가야 할 일이 있을 경우에는 쓰개치마를 두르고 나가야 했다.

자성 대비 수렴청정 시절과 달라서 성종 자신의 과업이라 생각하는 『국조오례의(國朝五禮儀)』와 『경국대전(經國大典)』을 완성한 군주로서 법에 관한 잣대를 엄격하게 시행하려는 것은 당연한 처사였을 것이다.

승무원 판교 김재신은 왕명을 받아 추국을 시작하였다.

지난날 추국과는 비교되지 않을 정도의 대대적인 추국이 시작되어 많은 사람이 추국에 끌려 나오고 모진 형장이 가해지기도 했다.

물론 왕실의 예법에 따라 구지는 추국은 할 수 있으나 형장이나 고신은 할 수가 없어 천례를 잡아들였다.

"노비 천례는 들어라! 너는! 왕실의 여인과 간통하여 딸을 낳아 양민의 집으로 출가를 시키는 등 법도에 어긋나는 행동으로 미풍양속을 해치는 중죄를 지었다. 모든 것을 하나도 빼놓지 말고 자백하도록 하라!"

"소인은 그리한 적이 없사옵니다. 저희 아씨 마님은 아무런 연관이 없습니다."
"뭐라? 그렇다면 너의 딸을 왕실의 자손이라 하여 양민에게 출가시킨 것이 사실이냐?"
"양민에게 시집보낸 것은 맞사오나 왕실의 자손이라고 말한 적은 없사옵니다."
"그렇다면 네 딸의 어미가 이구지가 맞느냐?"
"아니 옵니다. 준비는 말비의 딸이 오며 저의 딸이 맞사옵니다."
"뭐라? 이놈이 아직도 정신을 못 차리고 거짓을 고하는구나! 저놈이 실토할 때까지 매우 쳐라!"
 형장의 고신은 피가 튀고 뼈가 부러지는 주리를 틀어 비명이 담장을 넘고 압슬형을 가해 살점이 떨어지고 찢어지는 아비규환이 따로 없었다.
"이놈이 지금 여러 증인이 있는데도 거짓을 말하는 것이냐? 네가 정령 죽어야 실토할 것이구나"
"소인은 정령 모르는 일이 옵니다."
 천례의 목소리는 죽음의 문턱 앞에서도 끝까지 자백하지 않았다.

 천례는 꿈을 꾸고 있었다.
 주변의 소리가 땅속으로 스며들 듯이 고요해지고 드넓은 초원이 펼쳐지고 있었다.
 들꽃이 지천인 들판 저 멀리서 구지가 환한 미소를 지으며 손을 흔들고 있다.
 다가서면 저만치 멀어져가는 구지를 향해서 있는 힘껏 달렸으나 발은 힘없이 허공에서 머물고 구지는 또 멀어져 갔다.
 구지는 꽃을 한 아름 꺾어 들고 꽃잎을 바람에 날려 보내고 있었다.
 바람에서 꽃향기가 멀리멀리 퍼져나갔다.

구지는 투명한 햇살처럼 웃고 있는데 눈에서는 굵은 눈물이 폭포처럼 흘러내렸다.
 내 사랑 천례 당신을 영원히 사랑합니다.
 천례도 손을 흔들며 눈물을 흘렸다.
 내 사랑 안녕! 내 생에 가장 아름답고 행복한 것은 당신을 만난 일입니다.
 아씨 마님 죄송해요!
 내 사랑 구지 끝까지 함께하지 못해서 미안합니다.
 천례의 눈에서 눈물이 앞을 가리며 구지의 모습이 천천히 안개 속으로 사라지다 이내 깊은 물속으로 빨려들어 가기 시작했다.
 아주 천천히, 천천히 그리고 고요와 정적이 끝없이 이어지며 천례의 몸도 구지와 함께 깊은 물속으로 서서히 가라앉기 시작했다.
 천래는 구지와 딸 준비를 지키기 위하여 끝까지 자백하지 않았다.
 그리고 태어나서 처음으로 사람대접해 준 아씨 마님 그리고 사랑이라는 감정을 느끼게 해준 마님이 아닌 구지를 위해서 지고지순하고 순결한 사랑을 위하여 한 떨기 꽃으로 시들어 갔다.
 다음 생에 다시 태어나면 신분의 차별과 귀천 없는 세상에서 영원히 사랑하자고 맹세하며 모진 고문을 견디지 못해 기어코 형장의 이슬로 사라졌다.

　　결빙의 시간을 지나온 찬란한 시간은
　　순간 빛으로 스며들고
　　찰나의 순간을 끄집어내는 기억은
　　빛바랜 놋그릇을 닦는 인고의 시간을 지나야

빛의 여운을 만날 수 있었습니다

지난 계절
낙엽에 입맞춤 자국 선명한데
시간은 되돌이표가 없는 노래인 거지요
겨울 노래는 길고 음습한 추위를 견디며
메마르지만 사랑의 목소리로 불러주던 기억이 선명합니다.

동면의 계절을 지나
봄의 산맥들이
서서히 꽃잎으로 물드는 환상을 좇아
당신의 눈동자에서 푸른 바다를 만나고
행복하게 잠들고 싶었습니다.

겨울 숲으로 달려가 소리 질러봅니다
그립다 그리워
첫 입맞춤의 황홀함
감미로운 시간은 불변의 계절에 머물 줄 알았지요!
언제까지라도

하늘에 내리는 빗방울 숫자만큼
사랑하고 사랑했습니다.
큰 나무뿌리 깊은 발을 대지에 담그고
봄이 오는 길목에서
당신을 다시 만나는 날까지 이곳에 영원히 서 있으렵니다.

"천례는 꿈을 꾸고 있었다.
 주변의 소리가 땅속으로 스며들 듯이 고요해지고 드넓은 초원이 펼쳐지고 있었다.
 들꽃이 지천인 들판 저 멀리서 구지가 환한 미소를 지으며 손을 흔들고 있다."

♣ 파국

 비록 천례는 죽었지만, 추국은 계속되었다.
 천례의 딸 준비가 이구지와 간통하여 낳은 딸인지 여부가 이 사건의 본질이기 때문에 천례와 이구지 주변 인물이 여러 경로를 통해서 탐문하여 속속들이 불려오고 잡혀 들어왔다.
 잡혀 들어온 자 중에 결정적인 증거를 가지고 있는 검음이라는 여인이 있었다.
 "검음은 들어라! 이구지의 계집종 중에 팔월이라는 여종을 알렸다. 이미 팔월이가 모든 것을 이실직고하였으니 허튼소리는 안 하는 것이 좋을 것이다. 거짓을 고한다면 살아남기 어려운 것이다."
 추국관 판교 김재신의 위엄 있고 서슬이 퍼런 엄중한 말에 검음은 오줌을 지릴 정도로 떨고 있었다.
 "아이고! 나으리! 어느 안전이라고 거짓을 아뢴단 말입니까요! 그저 살려만 주십시오."
 "너는 이구지가 그 집의 노비 천례와 간통하여 낳은 딸을 알고 있느냐?"
 "아이고! 나리 간통은 모르겠고요, 십이 년 전에 그 집 안방마님께서 해산 허는 것을 도와 소인이 아기씨를 받은 적이 있습니다."
 "그 말이 정령 사실이더냐? 그래 이구지의 아이가 아들이더냐 딸이더냐?"
 "참말로 딸이 틀림없습니다. 제가 산파를 했는데 모를 수가 있겠습니까?"
 이는 이구지의 딸이라는 것의 결정적인 단서이며 증인까지 확보된 상태였다.

결정적인 증인을 확보한 판교 김재신은 확신에 차서 이구지를 잡아들였다.
"이 씨 부인은 들으시오! 부인의 해산을 도운 검음이 잡혀와 그간의 정황을 낱낱이 고변하였소! 허니 준비는 이 씨 부인의 딸이 틀림이 없소! 이는 사실이오? 바르게 말하시오!"
"무엄하다 이놈! 내가 누군지 알렸다. 어느 안전이라고 입을 함부로 놀리느냐? 내가 비록 한미한 가문에 시집와서 이리 살고는 있다마는 왕실의 종친인 것을 알렸다. 준비는 나의 딸이 아니고 검음이라는 자는 알지도 못하느니라."
"증인과 증좌가 이렇게 뚜렷함에도 거짓을 말한단 말이오! 이 씨 부인은 모든 것이 백일하에 드러난 것이니 어서 실토하시오."
"나는 정령 모르는 일이라고 했다. 네가 왕실의 종친인 나를 이리도 욕보이고 살아남을 성싶었더냐?"
판교 김재신은 당황했다.
법도 상 왕실의 종친은 고신도 할 수 없는 일이고 확실한 물증과 증인 앞에서 이 씨 부인은 끝까지 자백하지 않으니 난감할 뿐이었다.
더 이상의 추국은 의미가 없어 지금까지 정황을 정리하여 사건을 종결하기로 하였다. 판교 김재신은 이 씨 부인 사건이 오랜 시일 동안 다루어진 사건이고 세간에 주목받고 있어서 하루빨리 사건을 마무리 짓기 위해서 서둘러 편전으로 향했다.
"전하, 승무원 판교 김재신, 전하의 어명을 받들어 경기도 광주에 이 씨 부인에 관한 조사를 마치고 돌아왔나이다."
"그래 원로에 수고가 많았겠구나!"
"성은이 망극하여이다."
"여러 사람을 추국하고 증좌와 증인을 대질심문하였사온데 노비 천례는 끝까지 자복하지 아니하고 송구하오나 형장에서 버티다 명(命)을 다하였나이다.
노비 천례의 딸은 결정적인 증인인 검음이라는 여인이 이 씨 부인의 해산을 도운 산파로 확인되었습니다. 그의 증언에 의하면 준비는 말비의 딸이 아니라 이씨 부인의 딸로 밝혀졌사옵니다."
"오호라! 괘씸한지고, 12년 전에 과인과 종친의 눈을 속이고 배은망덕하게 잘 살아왔단 말이더냐? 그래 현주 이구지는 천례의 딸 준비의 어미라고 자복하였느냐?"
"주상전하 그것이… 이 씨 부인은 끝까지 모르는 일이라고 자복하지 아니하였사옵니다. 종실의 여인인지라 고신을 할 수도 없고 하여 상황증거와 증인 확보를 하고 추국을 종결하였사옵니다."
"그래, 경의 말이 무엇인지 알겠노라!"
　이구지는 한성으로 압송되어 의금부에 하옥되었으나 끝까지 자복하지 않았다.
　『경국대전(經國大典)』에 이르기를 중죄인을 엄단하는 데 있어서 세 번 이상 추국하여 벌을 주어야 하며 사형을 집행해야 하는 중죄인은 반듯이 자복을 받아야 형을 집행할 수 있었다.
　그러나 종실의 여인으로 고신할 수도 없는 처지이다 보니 끝까지 버티는 것은 어쩔 수가 없었다.
　그런 연유로 구지가 의금부에 하옥된 지 6개월이 지나도 사건을 종결하지 못하였다.

　성종 20년 2월 1일 북풍한설이 몰아치고 살얼음이 살을 찢는 추위가 기승을 부리는 겨울날 성종은 한성부 육조 당상관들을 모두 모이라 일렀다.
　이구지의 일을 최종으로 논의하자는 의미였다.
"경들은 들으라! 얼마 전 어우동이 나라의 미풍양속을 어지럽혀 사사한 지 얼마 되지 않아 이구지의 일이 다시금 세간에 불거져 있으나 왕실의 종친이라는 이유로 제대로 처결하지 못하고 미루어 왔다.
　세간의 미풍양속을 어지럽히고 간통의 죄를 넘어서 강상의 도리를 지키지 않은 죄인 이 씨의 문제를 논의하고자 한다."

"전하 이 씨 부인이 비록 자복하지는 않았다고 하더라도 그의 죄는 백일하에 드러난 바와 다름이 없습니다. 즉시 이 씨 부인을 사사하시어 왕실의 지엄함과 나라의 미풍양속을 바로잡으시옵소서!"

이때에 종친 대표로 나온 문종의 외손자인 정미수가 앞으로 나서며 말했다.

"전하! 이구지는 상왕 전하이신 태종의 손녀이기도 하거니와 양녕 대군의 서녀 현주이옵니다. 이구지가 모반이나 반역의 죄인도 아니요, 나라에 커다란 영향을 미치는 죄를 지은 것도 아니니 전하의 선정과 은혜를 베푸시어 목숨만은 거두지 마시고 귀양을 보내심이 어떠한 줄로 아뢰옵니다."

김종직이 결연한 의지를 보이며 정미수의 말문을 막았다.

"전하! 그것은 아니 될 말이 옵니다. 이 씨 부인의 죄는 만고에 유래가 없는 왕실의 여인과 사노비의 간통 사건이옵니다. 일벌백계(一罰百戒)로 다스려 후환을 없애야 합니다."

"내 경들의 뜻을 잘 알겠노라!"

봄바람이 불어와 꽃향기가 궁궐 가득하고 벌, 나비 자유로이 사랑하고 날아다니는 계절에 나른한 아지랑이가 피어오른다.

1489년 3월 3일 성종은 의금부에 이구지에 관한 교지를 내린다.

"권덕영의 아내 현주 이구지는 자신의 본분을 망각하고 사노비 천례와 간통하여 딸을 낳아 기른 것이 모든 물증에 의하여 확실하나 끝까지 이구지가 자백하지 않아 관례상 계속하여 추국한 것은 미안한 일이나 그렇다고 해서 그 죄를 다스리지 않는다면 이는 형평상의 문제와 나라의 법도에도 크게 어긋나는 일이다.

하여 현주 이구지를 사사하여 그 죄를 묻겠노라!

이는 즉시 어명으로 시행하라!"
 그해 3월 7일 화창한 봄날에 꽃은 꺾기고 이구지와 천례의 아름다운 영혼의 사랑은 진홍빛 선혈을 뿌리며 천례의 뒤를 따라 현주 이구지는 그렇게 사사되었다.

 강물도 여울져 흐르는구나!
 비가 오려나? 눈이 오려나?
 억수장마 지려나 북악산 검은 구름 밀려오누나!

 꽃은 피었건만 어제 그 꽃만 못 하여라!
 구성진 노랫가락 산천에 메아리치고 노랫가락 처량한데
 세상사 등지고 떠나가는 물 따라 흘러가는 이 마음
 두 눈 감으면 천례의 목소리가 사랑을 속삭이듯 들려온다.

 여울물 소리 눈뜨고 바라보면
 아득하고 끊어질 듯 이어져 끊임없이 들린다.
 눈 감고 옛 생각에 젖어 베갯머리 눈물자국만 흥건하여라!
 지난 새벽 들려오던 여울물 소리
 아득한 옛날에 듣던 소리 같건만, 먼발치로 물러가고

 이제금 다시 들리는 소리는
 그리움 숨 죽여 처연하게 흐르다 자지러지며 물러가고
 언제 다시 만나려나?

 산천경개 아름다워도 나직하게 흘러
 조약돌 쓰다듬어 재잘재잘 흘러가는 개여울아!
 여울져 머물다 흐르고 흘러서 눈물로 아쉬워 뒤돌아보며
 구지와 천례의 혼백이 하나 되어 강으로 흘러갔다.

♣ 누구도 내 사랑에 돌을 던지지 마라!

 만물이 생동하고 꽃을 피우는 계절에 이구지는 자신만의 숭고한 사랑을 위하여 신분의 벽을 넘어 꽃다운 나이에 한 떨기 꽃으로 사약을 마시고 조선 여인의 한 많은 생을 마감하였다.
 왕실의 여인이 아닌 평범한 아내이자 엄마로 살고 싶었던 그녀였다.
 신분의 벽을 넘어 사랑을 했고 이구지와 천례는 끝까지 서로를 지키기 위해서 목숨도 불사하며 아깝게 생각하지 않았다.
 단 한 번이라도 사람답게 사는 것이 그들의 사랑이고 신념이었다.
 그러나 나라의 관료들은 생각이 달랐다.
 두 사람의 숭고하고 아름다운 사랑이 아니라 종과 간통한 음란한 여인이며 왕실과 미풍양속을 더럽힌 죄인일 뿐이다.
 성리학의 기본이념으로 무장하고 철저한 남성 위주의 세상을 만들어 왔으며 법 또한 수신제가치국평천하(修身齊家治國平天下)라 나라의 안녕과 질서를 법이라는 테두리 안에서 그 근본을 개인과 가정의 안정에서 찾으려 하였다.
 특히 여인들을 폭력적이고 야만적인 방법으로 가두고 다스리려 했던 제도에서 이구지는 희생이 되었다.
 당 시대의 제도권을 부인하며 한 여인의 일생을 의지적으로 살려 했던 것으로 시대를 초월하여 살아온 여성이었다.
 그러나 역사는 그 여인이 음탕하고 간음하여 세간의 미풍양속과 질서를 어지럽힌 여인으로 기록하고 있다.
 이구지는 종친의 족보인 『선원록(璿源錄)』에서 이름마저 삭제당하고 양반가의 아녀자로서 품행이 나쁘거나 세 번 이상

개가를 한 여성들과 함께 음란한 여성으로 매도하여 『자녀안(恣女案)』에 기록되었다.

『자녀안(恣女案)』에 기록이 올라가면 자손들의 승진이나 과거를 보지 못하도록 하는 불이익을 주었다.

『자녀안』에 이구지의 이름이 올라감으로 인하여 왕실의 자손인 딸 준비는 천례의 대를 이어 천민으로 살아가야 했을 것이다.

이구지는 죽음 앞에서도 초연했다.
세상을 떠난 천례를 만날 수 있다는 것이 오히려 기뻤다.
내 영원한 사랑 천례, 준비와 나를 끝까지 지키려 목숨을 버렸던 그의 사랑이 가슴 깊은 곳에서 뜨겁게 올라왔다.
사약이 독하면 독할수록 피를 토하는 선혈이 오히려 아름답게 느껴졌다.
천례를 만날 수 있는 의식을 거행하는 것 같아 오히려 좋았다.
졸음이 쏟아져 내린다.
안개가 자욱하게 내려서 앞을 분간 할 수가 없다.
호흡이 가빠오면서도 안개가 너무 많이 껴서 천례를 찾을 수 없을까 봐 불안한 마음이 들었다.
저 멀리 노랫소리가 들려왔다.
천례의 목소리도 들렸다.
이구지의 눈에서 눈물이 이슬처럼 굴러 내렸다.
내 사랑 천례 누가 우리의 사랑을 간음이라 말하며 손가락질 할 것인가?
구지는 누구도 "내 사랑에 돌을 던지지 마라!" 말하고 싶었지만. 깊은 여울목 안에서 잠들어 있는 목소리는 나오지 않았다.

무심령 어깨 마루 걸린 구름아
네 갈 길 멀다 하고 어디로 가느냐?
구름아 바람아 넓은 세상 저 멀리
오늘도 네 마음대로 흐르거라!

떠나가는 나그네는 정처 없는 발길로
산굽이 돌아가다
깊은 계곡 물가에서
한시름 베게 삼아 노닐다 가련다.

높은 산 깊은 계곡 벗 삼아 놀아도
세월이 물 같이 흐르는 것을
뉘라서 막을 수 있으랴
세상만사 시름 모두 벗어 버려라

이제 떠나면 만장 펄럭이는 깃발 사이로
바람 되어 흩어질 것을
무슨 미련 그리 많아 목 놓아 설움 섧다
울음 울어 살아가느냐

무심령 고갯길에 바람같이 물 같이
휘어이 휘이 노래 부르며
구름이 이는구나! 길 따라 내 설움에 울다 지쳐
임 그리워 한 세월 어찌 살거나!

누구도
내 사랑에 돌을 던지지 마라!

이구지는 세종대에 유감동과 성종대에 연산군의 어머니 폐비 윤 씨와 양반 출신의 기녀 어우동, 사방지 등과 함께 조선시대 최고 음란한 여성의 대명사로 이름을 남기며 지고지순한 사랑을 위해 가녀린 생을 그렇게 마감하였다.

3부.
무녀도

♣ 신의 딸이 된 여자

 고니는 강원도 강릉을 향해서 차를 몰았다.
 화련을 찾아가는 길에 생각한 왕실의 여인 이구지와 노비 천례의 사랑과 그들의 사랑을 위하여 비극적인 결말에 대한 이야기가 훈훈하면서도 날카로운 칼로 벼리는 아픔처럼 밀려왔다.
 답답한 마음에 창을 열었더니 시원한 바람도 잠깐 만추로 익어가는 가을 냄새와 함께 찬바람이 불어왔다.
 저녁노을을 등지고 차는 영동고속도로를 힘차게 달렸다. 평일이라 차도 많이 붐비지 않아 운전하기는 좋았다.
 한참을 달려 평창휴게소 간판을 보고 천천히 휴게소로 차를 진입했다.
 기지개를 한번 켜고 화장실에 들렀다가 커피 전문점에서 뜨거운 카푸치노 한 잔을 시켜 천천히 목으로 흘려 넘겼다.
 목을 넘어가는 뜨거운 커피보다 그윽한 커피 향이 먼저 코를 자극한다.
 머리가 맑아지고 나른했던 피로가 한꺼번에 풀리는 듯했다.
 때마침 산 능선을 넘어 붉은 기운이 구름을 끌고 서쪽 하늘을 물들이는 모습이 눈에 들어와 고개를 들어 천천히 노을이 지는 풍경을 바라다보았다.
 지는 노을은 구름을 주황빛으로 물들이며 자진하기 시작하고 멀리 보이는 산촌의 동네 고샅길에는 땅거미가 살금살금 자리를 잡기 시작했다.
 예전에 다섯 시쯤이면 동네 뒷산을 오르던 기억과 그림이 겹친다.
 오후의 무력감에 게으른 산책을 할 때면 넓은 공터에 잊혀가는 가을 잔해가 들짐승 울음소리를 내며 떼를 지어 구르거나 날아올랐었다.
 산기슭에서 느닷없이 다가오는 바람에 옷깃을 여미기도 하고 산 능선에서 내려다보이는 도시에는 석양 노을이 고층빌딩에 산산이 부서지며 반사되어 눈이 부셨다.
 그때 그런 생각을 했다.
 빛은 어둠에서 빛나고 노을이 아름다운 풍경은 스스로 광휘를 품어 아름다운 것이 아니라 주변에 빛이 반사하거나 스며들고 물들어 저마다 빛으로 표현하고 빛을 빨아들이고 분산하여 어우러지는 풍경 때문이리라!
 저 잘난 것들이 잘난 것은 주변 풍경 조화로 인해 아름다운 것이니 스스로 뽐내며 다투지 말아야 한다고 저물어 가는 노을이 속삭이는 것 같았었다.

 화련 선배가 목마른 갈증처럼 빨리 보고 싶었다.
 아무도 없는 곳에서 얼마나 외롭고 부서울까?! 홀로 무병과 싸워야 하는 상처 난 날개를 온전하게 접을 곳 없는 가련한 여자! 화련 선배.
 11월 12일 이틀 후면 무병을 치료하기 위해서 내림굿을 한다는 날이다.
 무병을 치료하기 위해 하는 굿으로 내림굿이라고도 하지만 비과학적인 것을 한 번도 믿어보지 않은 고니로서는 이해하기 어려운 현상일 뿐이다.
 사람이 사는 세계와 선계라거나 귀신의 세계라 말할 수 있을지 모르나 우리가 알지 못하는 그 무엇이 존재하는 것은 틀림없는 것 같다.
 고니의 상식으로는 이해되지 않지만, 눈앞에 일어나고 있는 현실은 부정할 수 없었다. 불가에서는 이러한 현상을 귀신이 들려서 그렇다 하여 퇴마의식을 하는 사찰도 있다고 들었다.
 고니가 마음이 답답할 때면 찾아가던 백련사 말사인 암자에 기거하시던 스님이 경허 스님의 말씀을 전해 주곤 했다.
 사람의 모든 번뇌와 근심 걱정은 마음속에 존재하는 것이라고!
그래서 사람은 햇볕처럼 살아야 하느니라. 스님의 말씀이 염
불을 외우듯 귀속에서 맴돈다.

  세흥청산하자시(世與靑山荷者是)
  춘광무처불개화(春光無處不開花)

  세속과 청산 중 어디가 옳은가?
  봄볕 없는 곳에 꽃이 피지 않는다.

 이 말은 구한말의 선승 경허 스님의 선시(禪詩)에 나오는 한 구
절이다.
 고니는 언제 들어도 좋아서 글의 의미를 새겨보고 깊이를 헤아
려 본다.
 경허 스님의 깊은 뜻을 다 헤아리기는 어려우나 맑고 깨끗한
산속의 청산이나 대중들의 세속은 눈에 보이는 것과 서로 다를
수 있을지 모르지만, 세속이니 청산이니 차별하고 구별하려 들
지 말고 더럽고 깨끗하고 아름답고 추함을 따지며 선과 악을 논
할 것이 아니다.
 그것은 인간의 마음에 존재하는 것으로 내 자신이 봄볕과 같아
야 함이니 스스로 봄볕을 찾아가라는 의미인 것이다.
 봄볕은 청산과 세속을 가리지 않고 비추며 들과 산과 길가에 비
추지 않는 곳이 없고 봄 햇살 비추는 곳에는 청산이든 세속이든
꽃이 피어나기 마련이다.
 내 마음속의 봄볕을 따라가면 어디에 가든 꽃을 피울 것이니
세속의 눈으로 사물의 깊이를 판단하고 저울질할 것이 아니라

봄볕과 같이 차별과 구별의 선입견을 버리고 진정한 마음의 눈으로 세상을 바라볼 때 스스로 봄 햇살이 되고 꽃을 피우고 꽃이 되는 것이다.
 옛날이나 지금이나 차별 없는 세상, 고니는 그런 세상은 어떤 세상일까?
 불만 불평과 편견의 눈은 선과 악, 옳고 그름, 더럽고 깨끗함을 고착화시켜 눈을 멀게 하고 진실을 볼 수 없으니 굳이 청산과 세속을 구별하지 말고 마음의 눈으로 세상을 보아야 하며 좋은 곳만 구별하여 찾으려 하지 말고 스스로 햇볕과 같은 존재가 되라는 깊은 뜻이 있는 것을 헤아려본다.

 그런데 사람들은 늘 좋은 곳, 높은 곳을 향해 서로를 밟고 넘어서더라도 앞 다투어 빨리 가려고 하지 않는가?
 참 바쁜 세상인 거지 그래 조금 서툴면 어떠한가?
 길을 가다 보면 넘어질 수도 있고 힘들어 지칠 때도 있기 마련이고 살다 보면 혼자라고 생각이 들 때도 있고 외로움을 느낄 때도 있다.
 약삭빠르지 못해 함께 출발한 사람이나 뒤에 출발한 사람이 앞서 달릴 수도 있으며 세월이라는 시간 앞에 꿈꾸던 꿈들이 점점 멀어질 수도 있을 것이다.
 인생의 허무를 느끼고 좌절할 수도 있지만 서로의 햇볕이 되어 격려하고 등을 토닥여 주며 "넌 세상을 아름답게 비추는 사람이야." 말해주고 넌 할 수 있으니, 힘을 내라고 말할 수 있는 빛나는 사람이 되어 내 마음속의 봄볕을 찾아 꽃을 피워야 한다.
 양지바른 곳만 찾아다니며 살지는 않았는지 고니는 살아온 날들을 뒤돌아본다.
 봄볕이 내리는 어느 장소에서 있던지 자기만의 꽃을 피우는 것이야말로 진정한 삶을 사는 것이라는 진리의 말씀을 곱씹으며 고니는 생각에 잠겨 눈을 감았다.

화련 선배가 갇혀있는 세계가 어떤 세계인지 이해가 되지는 않지만, 그 또한 화련 선배의 감정과 세계가 존재하는 것이니 스스로 감수해야 할 일이기는 하지만, 화련 선배는 생각하기에 따라서 충분히 극복할 수 있으리라는 믿음을 굳게 가졌다.
 특히 화련 선배는 누구보다 강한 여자이지 않은가?
 "넌 세상을 아름답게 비추는 사람이야." 지금 그녀의 삶이 무너져 내릴지언정 반듯이 다시 일어나 옛날의 활달한 모습으로 돌아갈 수 있으리라 생각했다.

 고니는 평창휴게소를 빠져나와 다시 영동고속도로를 달린다.
 예전 같으면 영서지방에서 영동으로 가기 위해서는 영동의 초입부터 굽이치는 고갯길을 돌고 돌아 대관령이나 한계령을 넘어가야 하지만 일직선으로 뻥 뚫린 터널은 도시와 도시를 빠르게 이어주고 가깝게 했다.
 옛날 한계령을 넘어가다 밀려오는 구름 속에 갇혀서 창밖으로 손을 내밀면 구름이 손에 잡히면서 바로 물방울이 손에 맺히던 기억이 난다.
 이제 굽이굽이 돌아가는 에움길이나 아날로그 같은 길을 경험할 수 없지만 빠르게 강릉에 갈 수 있어서 좋은 점도 있다.

 강릉에 도착하자 이미 해는 등 뒤에서 사라진 지 오래이고 땅거미가 저녁노을을 먹어 치워 어둠이 짙게 깔리기 시작했다.
 강릉시 초한당길 120 내비게이션이 알려주는 대로 잘 찾아온 것 같았지만 화련 선배는 집에 있지 않았다.
 내림 굿판을 벌여야 하는 곳에서 준비할 것도 많아서 이미 굿 당으로 떠났다는 것이다. 신당에서 일하는 사람에게 장소를 물어보았으나 굿 당 위치가 고루포기산자락으로 정확한 주소는 없다는 말을 듣고 막연하나마 위치를 물어보고 고니는 차를 몰고 강릉 시내로 나왔다.

먼 길을 달려왔더니 배가 고프기도 하고 모르는 길을 어두운 밤에 찾아다니다 보니 피로가 몰려와 오늘은 시내에서 묵고 내일 출발하기로 마음먹었다.
 주변을 두리번거리다 네온이 반짝이며 눈에 들어온 노을 모텔에서 숙박하기로 하고 그곳에서 여장을 풀고 시장기를 달래기 위해서 근처 횟집을 향해 들어갔다.
 비릿한 바닷바람이 찬 공기를 몰고 불어와 얼굴을 할퀴고 지나갔다.
 남도에는 꽃소식이 올라오고 있었지만, 3월 초입의 강원도는 아직 찬바람과 태평양을 건너온 바닷바람이 버무려져 거리를 몰려다니며 서늘한 기운을 뿌리고 다녔다.
 "주인아주머니, 여기 회 한 접시 하고 소주 한 병 주세요!"
 식사만 하려고 생각했지만, 장거리 운전을 한 탓인지 눈도 피곤하고 여러 가지 생각이 뒤엉켜 아무래도 오늘 밤에 온전한 정신에는 잠을 잘 수가 없을 것 같았다.
 안주는 건성건성 먹으며 소주 2병을 마시고 나니 취기가 적당히 돌았다.
 고니는 선천적으로 주량이 센 편은 아니지만 그동안 직장생활을 하면서 술에 단련이 되어 소주 두 병 정도는 먹을 수 있었다.
 얼큰하게 오르는 취기가 저절로 방파제로 발을 옮기게 했다.
 대학 2학년 때 역사 동아리에서 학술조사차 화련 선배와 이곳에 온 것이 과거의 필름을 재생한 것처럼 생생하게 기억이 났다.
 화련 선배의 거칠 것 없는 사내 같음이 매력적이었고 언제나 남자처럼 소탈하게 웃는 모습이 들꽃처럼 아름다웠다.
 들꽃 같은 여인에게서 풍기는 수수한 향기와 알고 보면 여린 그녀의 행동은 스스로 강한 이미지를 보이기 위해 선후배들과 어울리며 편안한 분위기를 만들려는 행동이었던 것을 잘 아는 고니였다.

비릿한 냄새를 끌어안은 바람이 스쳐 지나간다.
조그만 포구 어두운 밤바다에 유난히 많은 별이 내려앉았고 상앗빛으로 물들어 있는 등대 주변에 소리 없이 밀고 당기는 잔물결이 하얀 치아를 드러내며 찰랑거렸다.
1톤짜리 근해 조업을 나가는 낚싯배와 큰 배들이 서로 어깨를 결박하고 불어오는 바람에 선미가 흔들려 삐걱거리는 소리를 내고 먼 바다를 나갈 수 있는 어선들은 출어 준비가 바쁜지 선원들이 부지런하게 움직이며 줄지어 포구에 기대고 있다.
새벽 출항을 위해 배 안에서는 선원들이 어구와 배의 상태를 점검하며 불을 환하게 밝히고 있는 포구의 모습은 이방인의 눈에는 아름다웠다.
아마도 저들은 거친 파도와 싸워야 하는 삶의 현장일 테지만… 생각 중에 갑자기 화련 선배의 모습이 떠올랐다.
본인의 의지와 상관없이 전혀 다른 운명의 길을 가야 하는 그녀의 기구한 팔자가 가여워 쓴웃음과 함께 눈물이 났다.

사람이 자기 본성대로 자기 본모습으로 산다는 것은 무엇일까?
본질의 의미는 세상 환경에 따라 바뀌는 것인지?
그것은 옳은 것인지?
고니는 파도처럼 끝없이 밀려오는 반문과 자기성찰이 묵은 달력 끝에서 떠오르는 것 같은 화두를 붙잡는다.
바다를 바라본다. 파도가 밀려오고 밀려간다.
물이 가지고 있는 본질은 무엇이며 사람 마음의 본성은 무엇일까?
찬바람으로 태어난 빙점에서 물은 자신의 존재를 명징하게 드러내 얼음으로 선명한 고체가 된다.
외부로부터 차가운 자극은 물질의 본성을 바꾸어 고체가 되고 따뜻한 자극은 얼음의 형질을 변화하며 액체가 되기도 한다.

뜨겁게 가열하는 순간 기체로 변화하며 눈에서 사라지니 난해한 화학기호 앞에 우매한 나로서는 물의 본질을 가늠하기 어렵다.

대기 속에 존재하는 허공의 실체를 인지하지 못하는 당연한 생각이 정당한가?

언어는 무의 공간에 존재하는 매체인 힘의 파동에 의해 목소리가 전달되며 이로써 교감한다.

눈과 비와 바람이 오는 고향은 허공이며 무이나!

그곳에서 눈비가 내리고 바람이 불어와 허공에서 내리는 유의한 입자들이 피부를 자극해 감각을 깨운다.

물고기는 물의 존재를 어찌 인식할까?

사람이 산소를 마시며 당연함으로 공간을 떠도는 무미하고 무채색인 물질을 인식하지 못하고 살아가듯 물고기 또한 당연한 무의식으로 유영하지 않을까? 의구심이 든다.

그것은! 있는 것이 없고 없는 것이 있는 것의 당연함이 불러온 과오이며 감사할 줄 모르는 무감각의 실수인지도 모른다.

있어야 하는 것이 없으면 죽음에 이르고 죽음에 이르면 있는 것은 무용지물로, 있는 것과 없는 것은 하나가 되니 또한 같은 것이며 모든 만물의 원류는 하나의 우주에 근본을 이루는 것이다.

그러나 사람이 산다는 것은 이론과 논리로 되는 것이 아니고 팔자라거나 운명이라거나 거역할 수 없는 초자연의 힘으로 움직일 수밖에 없는 것은 어떻게 설명한단 말인가?

사람의 의지와 상관없이 끌려가듯이 살아야 하는 숙명적인 삶은 무엇인가?

고니는 머리가 복잡하게 엉켜있는 실타래 같다고 생각했다.

어디에서부터 풀어야 하는지 알 수가 없었다.

생각과 생각의 비약이 꼬리에 꼬리를 무는 화두가 밀고 밀리는 파도처럼 끝없이 고니의 머릿속을 괴롭혔다.

잊었다고 생각했는데 어느 날 갑자기 우연을 가장한 필연처럼 나타난 그녀!

오랜 세월을 짝사랑했던 고니의 마음에 불같은 것이 올라오면서 술기운이 가시며 정신이 명징하게 살아나고 있었다.

고니는 노을 모텔로 돌아와 도저히 잠이 올 것 같지 않아 생선포를 안주 삼아 소주 한 병을 더 마시고 내일을 생각하며 잠자리에 들었지만, 밤새도록 화련의 얼굴을 그리다 지우고 그리다 지우고 창으로 스미는 창백한 달빛을 바라보며 깊은 잠을 잘 수가 없었다.

비몽사몽 밤의 끝자락에 매달려 새벽은 왔다.
포구 근처의 새벽은 술렁이며 시끄러웠다.
창문을 열자, 아침 햇살보다 먼저 비릿한 생선 냄새가 달려들어 아침 인사를 나누자고 들었다.
어젯밤이나 이른 새벽에 조업을 나간 배들이 포구로 들어왔는지 포구는 사람들로 문전성시를 이루고 있었다.
포구 근처에는 어부들이 손질하고 버리는 생선 조각을 쪼아 먹으려는 갈매기들이 요란한 소리를 내며 며칠을 굶은 것처럼 맹렬하게 몰려들었다.
삶은 사람이나 짐승이나 힘든 사투구나! 새들도 본능이라는 몸부림으로 그렇게 달려들고 한 점이라도 더 먹으려고 생존의 사투를 벌인다.
새들이 먹이를 향해 달려들고 뺏고 빼앗기고 사람과 다를 바 없었다.
고니는 악다구니를 쓰며 울어대는 갈매기의 날카로운 소리가 위장을 찔 때마다 어제 무리하게 마신 소주로 인해 속이 쓰리고 헛구역질이 올라왔다.
어제 들렀던 횟집의 미닫이문을 열고 들어가자, 주인아주머니가 친척 조카가 아침밥을 먹으러 온 것처럼 반갑게 아는

체를 했다.
"아휴! 손님 잠은 잘 잤수? 밤새 핼쑥해진 걸 보니 밤잠을 설쳤나 보구먼!"
"아니에요, 아주머니 잘 잤습니다."
건성으로 인사를 하고 나무 의자를 끌어당겨 앉았다.
끄르륵~~ 끅 의자 발목이 바닥을 긁는 소리에 속이 긁히는 것처럼 매스꺼웠다.
커다란 가마솥에서는 김이 오르고 오래 묵은 해장국 육수가 끓고 있었다.
뜨거운 맑은 탕으로 해장을 하고 나니 속이 말끔하게 가시어 편안해지자 고니는 신당에서 일하시는 분이 어제 알려준 위치를 다시 한 번 음식점 주인아주머니에게 확인했다.
"고루포기산이라고 강릉시 왕산면 근처라고 하던데 그곳을 가려면 어디로 가야 하나요?"
"고루포기산이요?"
주인은 고니의 옷차림을 위아래로 훑어보며
"등산을 하려는 것은 아닌 것 같고 고루포기산은 왜 가려고 그래요? 여기서 한 30km 정도니까! 한 40분은 족히 걸리지 않겠어요? 고루포기산 어디를 가려구요?"
주인은 궁금한지 재차 다그치듯이 고니에게 물었다.
"아! 저~~ 사실은 그곳에 굿당을 찾아가려는데요?"
말보다 먼저 어제 알려준 위치를 적은 쪽지를 주인에게 보여주었다.
"아! 여기요. 옛날에 우리 이웃에 고기잡이 나갔다가 바다에 빠져 죽은 명식이 아버지 원혼을 위로하기 위해 굿을 한다고 해서 이웃이니 위로할 겸 명식이네 어멈하고 한번 갔다 온 일이 있었어요."
주인아주머니는 기억을 되살려 그곳의 위치를 알음알음하게 알려주었다.

"아니! 젊은 사람이 굿당은 왜 가요?"
 호기심 많은 주인은 고니에게서 재미있는 사연이라도 있을 것 같다는 표정으로 바짝 다가앉으며 침이 튀도록 다그쳐 물었다.
"아니요! 그냥 볼일이 좀 있어서요."
 고니는 낯선 여자에게 자신의 사연을 이야기하는 것은 아닌 것 같아 질문에 대답할 기분은 더더욱 아니고 해서 얼버무리고 횟집을 빠져나왔다.
 주인 여자는 고니가 문을 밀고 나갈 때까지 의아한 표정을 지으며 '잘 갔다 오소.' 하며 손을 흔들었다.

 사실 고니는 생전 처음 들어보는 고루포기산이라는 지명이 생소해서 "뭘 포기하라는 산인 거야?" 혼자 중얼거렸다.
 7번 국도를 따라 올라가다 자동차 전용도로 빠져나가라고 내비게이션 속 낭랑한 여자 아나운서 목소리가 안내했다.
"전방 우측 200m에서 우회전하세요!
 전방 회전 구간에 속도를 줄이세요!"
 친절한 무명의 여자였다.
 자동차 전용도로 빠져나오자, 한적하고 좁은 도로 위로 진눈깨비가 살금살금 내리기 시작했다.
 내비게이션 여자의 말을 상기하면서 회전 구간에 속도를 서서히 줄이며 지방도로 들어서며 "여자 말을 잘 듣자!" 너스레를 떨던 친구 녀석의 말을 떠올리며 의미 없는 헛웃음이 나왔다.
 어제 알려준 고루포기산 등산로 표지판이 등산객이 찾아오지 않아서 그런 것인지 관리를 안 해서 그런지 곧 쓰러질 것 같은 표정으로 기울어 있다.
 진입로에서 500m 정도 지나 우측에 푸른 농장 옆길을 따라 200m 정도 더 올라가다 삼거리 길에서 좌측으로 올라가라고 알려준 대로 천천히 차를 몰아 진입했다.

생각보다 시간이 오래 걸렸다고 생각하는 순간 좌측 좁은 길로 100m 정도 올라가자, 차가 더 이상 진입하기 어려웠다.

길이 끝나는 지점 공터에는 마침 먼저 올라온 차들인 것 같은 1톤 화물차와 승용차 한 대, 승합차가 빼곡하게 차지하고 있다.
 고니는 적당한 곳에 주차하고 완만한 능선으로 이어지는 오솔길로 조심스럽게 걸어 들어갔다.
 오솔길을 걷다 건너편 계곡에서 들려오는 징 소리, 장구 소리, 북소리!
 호기심과 조바심에 나도 모르게 빨려 들어가듯 소리가 나는 곳으로 발걸음을 서둘러 옮겼다.
  징 소리와 북소리의 조합이 가까이 들려올수록 알 수 없는 무의식과 의식이 함께 공존하는 현상을 느끼며 눈은 먼 산발치를 바라보면서 다리는 저절로 소리 나는 곳으로 한 걸음씩 옮겨가고 있다.
  징~ 징징, 둥~ 둥둥 소리는 깊이가 있었고 힘 있게 높이 오르는가 싶더니 다시 굽이치며 빠르게 숲으로 빨려 들어가다 넓게 폭을 넓히며 숲속의 계곡 여기저기에 풀어지고 헤쳐지고 있었다.
 나무에 걸려있는 노랑, 파랑, 빨간색 천 조각들이 나무의 키 높이만큼 길게 걸려있고 짙은 녹음 속 숲의 색깔과 확연하게 차이가 나는 고깔모자와 비단과 무명천으로 치장한 무희가 허수아비처럼 하늘과 땅을 치솟다 뛰어내리기를 반복하며 징과 북소리의 리듬을 타고 춤추며 출렁거렸다.
 나뭇가지 끝에서 힘차게 내리꽂히는 햇살이 정면으로 눈을 찔러 들어왔고 아스라하게 반사되는 눈 안으로 풀럭이며 흩날리는 물체들이 햇살 사이로 껑충껑충 뛰어내려왔다.
 좀 더 가까이 다가가 커다란 나뭇등걸 뒤에서 지은 죄 없이 몸을 숨기고 숨죽여 바라본 풍경은 한참 신열이 오른 만신의 춤사위와 절정으로 치닫는 징과 북소리에 맞추어 귀신을 부르는 강신굿 판이 벌어지고 있었다.

 푸짐하게 차려진 떡과 과일 각종 음식이 제단 위에 가득했고 돼지는 통째로 재단 정면에 허연 다리를 드러내고 올려있다.
 만신의 이마에서 흐르는 땀방울이 이리저리 비산하며 오후 햇살에 구슬처럼 퉁겨지며 떨어진다.
 움푹 파이고 위로 치켜 올라간 눈에는 알 수 없는 귀기가 서려 있고 튀어나온 광대뼈와 날카로운 콧날 위로 빛이 반사하고 햇살이 번뜩이며 연신 땀이 흘러내리고 있다. 산 자와 망자 사이를 오가는 신의 전령인 무당은 죽은 자의 혼령을 위로하기 위해 죽은 자와 가장 가까이 있는 귀신을 부르고 저주와 원한들의 응어리를 풀기 위해 알 수 없는 주문을 수도 없이 중얼거리며 외우고 있다.

 도시에서는 보기 어려워 막연한 호기심과 기대감으로 몰래 훔쳐보던 굿판에서 들리는 징 소리의 깊고 둔탁한 여운이 가슴 안쪽까지 중후하게 짓눌러온다.
 고니는 흰색 저고리를 입고, 한쪽에 쪼그리고 앉아 연신 손을 비비며 기도와 절을 하고 있는 화련을 바라보며 깊은 생각에 잠겼다.
 무엇을 위하여 저렇게 빌어야 하는가?
 화련은 지금 저 순간 어떤 생각을 하면서 저런 행동을 하고 있을까? 아마도 무의식의 세계 속에서 간절한 삶의 욕구가 끌어올라 자신도 모르고 하는 행동이 아닐까? 고니는 화련의 행동이 이해되지 않으면서 초자연적인 힘에 대해 의문점과 함께 섬뜩한 생각이 들었다.
 화련 선배도 힘든 날이 있고 행복한 날도 있었을 것이다.

그녀도 그러한 과정을 극복하고 행복하게 살아갈 권리가 있어야 한다.
 사람이 살아가면서 햇살이 비추던 좋은 날은 기억이 짧고 천둥·번개 치던 날은 오랜 기억 속에 존재하는 각인 같은 것이 아니던가?
 행복이라는 숫자는 잠시 머물다 희미한 기억 속으로 사라진다.
 불행하거나 힘들다고 느끼는 감정은 오랫동안 마음에 남아 나만의 고통 같지만, 누구나 느끼는 일상적인 것이다.
 불행도 일정한 시간이 지나면 망각이 지배하는 상실의 순간으로 변하는 것이다.
 나만이 저주받은 삶은 없으며 힘들고 어려울 때가 있으면 반드시 꽃피는 봄날이 오기 마련이다.
 그러나 화련 선배의 봄날은 어디에서 찾는단 말인가?
 자기개발서 책자들은 이구동성 정의를 내리고 있다.
 실패하면 다시 시작하면 되는 것이며 수 없는 고난이 나를 성장시키고 그것은 내 삶의 미래로 가는 징검다리가 될 것이며 삶의 이정표가 될 것이다.
 새로운 인연을 위하여 과거라는 시간의 터널을 지나 미래라는 시간을 위하여 살아가고 현실로 존재하는 고난과 실패를 견디어 내며 지금이라는 시간을 살아간다.
 성공과 실패는 종이 한 장 차이나 그것을 극복하려는 개인의 의지는 하늘과 땅만큼의 차이가 있다.
 그러나 개인의 의지와 상관없이 벌어지는 일도 있다.
 그것을 운명이라 부르는 것인지 몰라도, 어쩌면 화련이 저토록 간절하게 빌고 또 비는 것이 그녀가 할 수 있는 자신의 마지막 의지인지도 모른다.
 인간은 삶과 죽음의 갈림길에서 무엇을 위해 살아야 하고 망자의 넋은 무엇을 위해 위로해야 하는가?
 산 자의 욕망과 미련이 죽은 자의 한과 별반 다르지 않다.

내 어머니의 바람이 그러하듯이 산 자의 삶을 살면서 후회 없이 미련 없이 살아가는 것이 죽은 자의 원혼을 달래주는 길인 줄도 모른다고 생각했다.
산자의 숙명은 죽음이고 산자는 망자의 넋을 위로하기 위해 징을 치고 북을 치며 무당은 오늘도 기꺼이 신을 부르고 있나 보다.

고니는 굿이 한참 진행되는 중간에 어찌할 수가 없어서 굿판이 내려다보이는 평평한 곳에 자리를 잡고 앉았다.
굿은 생각보다 오랜 시간이 걸렸다.
신어머니가 방울과 부채를 들고 알 수 없는 주문을 외우면서 주변을 청소하듯이 동서남북으로 액과 살을 내쫓는 부정거리, 가망거리를 이어가며 신이 강림하는데 부정이 타지 않게 한 후에 신을 부르는 강신 의식으로 이어졌다.
재단 위로 쌀이나 콩 등의 잡곡과 돈과 재물을 그릇에 담아서 재단 위에 늘어놓았다. 큰무당은 박수무당들이 치는 북과 장구, 징 소리에 맞춰서 돌고 뛰며 주문을 외우다가 흐느껴 울면서 화련에게 다가갔다.
무아지경에 빠져 손을 비비며 계속해서 알 수 없는 말을 중얼거리고 있는 화련의 등을 향해 손에 들고 있는 부채로 때리듯 쓰다듬듯 행동을 반복했다.
"어허이! 어허이! 죄 많은 인생이 먼저 가신 영가를 모시러 왔소이다.
천왕님 용왕님 삼라만상 만신님 애기 동자보살, 선녀 보살, 천하 지하 장군님, 이 미련하고 가여운 것을 신딸로 거두어 주시기를 바라나이다."
알 수 없는 주문을 한참 외우고 여러 가지 의식을 행하다 잠시 숨고르기를 하는 것 같았다.

잠시 후에는 화련이 흰색 치마저고리를 벗고 금박과 청색

홍색으로 지은 무복을 입고 나타나 손에 방울과 부채를 들고 박수무당들이 두드리는 빠르고 경쾌한 굿거리장단에 맞추어 춤을 추고 있다.
 춤사위를 알아서 추는 것이 아니라 무의식의 상태에서 자신도 모르게 흔들리고 뛰고 도는 것 같았다.
 화련이 힘겨운 행동을 할 때면 보고 있는 고니의 어깨와 온몸에 힘이 들어가고 손에는 땀이 흥건하게 배었으며 뛰고 돌 때마다 본인이 함께 춤을 추는 것 같아 긴장되어 오금이 저렸다.
 한참을 뛰고 돌고 춤을 추다가 화련이 갑자기 몸을 떨기 시작하면서 동물의 울음 같은 기이한 비명을 마구 지른다.
 알 수 없는 행동을 한참 하더니 기절하듯이 풀썩 주저앉아 온몸을 떨면서 소리를 지르는 것인지 주문을 외우는 것인지 계속해서 중얼거렸다. 신어머니가 벌떡 일어나 주문을 외우기 시작했다.
"어허이! 어허이 기어코 신령님께서 화답을 하셨구나!
 내 혼이여! 내 혼이야! 어디를 가시려합니까? 이제야 오셨으니 신딸을 받아주옵소서!
 드디어 오셨어, 드디어 오셨구나. 어~허이 허~어이
 신께서 강신하시었구나! 강신하시었어! 장군님이 오셨나 산신님이 오셨나? 동자보살 선녀 보살 용왕님이 오셨나?"
 이후에도 여러 의식을 거행하고 한참 만에 내림굿이 막을 내렸다.

무녀의 한이 화련에게 내려왔다
산기슭 내밀한 곳에
북소리 징 소리 숲속의 혼령을 부르고
고루포기산 신령님 호랑이 등 타고 강림하시었나.

박수무당 북소리 휘모리장단 몰아치면
무녀의 몸은 껑충껑충 높이높이 뛰어오르다

깃털처럼 가벼운 새가 되어 날아오르는구나!
모시 적삼 나풀거려
구름을 가리고 바람을 일으키더니
하늘의 계시를 받았나?

누구 혼령 빙의 되어
삼라만상 떠돌아다니는 혼령을 만나
망자의 원혼을 풀어주려나
죄지은 자 용서하고
덕업으로 중생을 구해 구천을 떠도는
망자 원한 풀어주랴!

삼지창이 번뜩이고 칼날은 무녀의 손끝에서
쇳소리 날카롭다
무엇이 두려워 빌고 또 빌어
이승에서 못다 한 한 저승에서 풀라고
서리서리 아픈 마음 빌어보는 영혼아!

나 이제 떠나련다.
이승 저승 못다 한 한을 풀어
북소리 장구 소리 춤추며 덩실덩실
훨훨 나는 새 한 마리 혼령 되어 날아가리라.

내림굿이 끝난 후에 화련은 기진맥진하여 고니가 옆에 와 있는 것도 모르고 눈을 감고 30분가량을 누워있다 일어났다.

"화련 선배 일어났구나?"

고니가 엷은 미소를 지으며 화련에게 묻자, 화련은 눈동자가 풀려 멍한 표정을 지으며 "아니! 어떻게 고니 네가 여기에 있는 거지?"

"화련 선배 기억 안 나? 두 달 전에 만났을 때 11월 12일이 길일이라 내림굿을 한다고 나한테 말했잖아!"

"아! 그래, 그랬었지! 그런데 여기는 어떻게 알고 온 거야? 여기는 말한 적이 없는 것 같은데!"

"아! 대학 때 선배 단짝인 은희 선배에게 물어보니까, 신당 주소를 알려 줘서 찾아왔지, 그리고 선배 외가 근처라고 말해 준 기억도 나고 해서 말이야! 또 우리 대학 때 동아리 학술조사 핑계 대고 강릉 와서 신나게 놀았었잖아? 그리고 신당 가서 물어보니까 이곳 위치를 알려줘서 물어물어 찾아왔지!"

"고니 너 그러면 언제 온 거야?"

"음 한참 전에 왔지!"

"그럼 여기서 내림굿하는 거 다 본 거야? 이런 창피하게 너 정말 어떻게? 나! 너에게 이런 모습 보여주기 싫었는데 이제 내 밑바닥까지 고니에게 다 들켰구나! 정말 창피하다."

화련은 하늘을 올려다보았다. 숲속의 나뭇가지 사이로 파란 하늘에 잔잔한 구름이 흘러가고 있었다.

"참 하늘은 맑고 곱기도 하다 그치 고니야? 그런데 내 인생은 도대체 어디에서부터 잘못된 걸까?"

화련은 복받치는 설움에 굵은 눈물이 고장 난 수도꼭지처럼 흘러내렸다.

"고니야 난 이제 어떡하면 좋으냐?"

"선배 너무 낙심하지 마! 인생 별거 없잖아. 그냥 물 흐르는 대로 살아야지 뭐! 이제 나서지 말고 저항하지 말고 힘들면 힘들다고 말하고 누군가에게 기대고 싶으면 기대고 살아도 돼!"

"그런데 말이야 난 정말 무녀가 되고 싶은 생각이 추호도 없어 이건 정말 내 인생이 아니라고! 어쩌다 이렇게 된 건지 알 수가 없다. 고니야!"
 화련은 물에 젖은 목소리로 어깨를 들먹이며 흐느끼고 있었다.
 "나도 나를 이해하기 힘든데 다른 사람은 이해할 수 있겠니? 고니야 너는 이해가 되니?"
 고니로서도 솔직하게 이해하기 힘들었다.
 고니는 대답 대신 침묵하며 화련을 측은한 마음으로 눈을 쳐다보았다.
 화련은 고니의 눈을 피해서 하늘을 무표정하게 올려다보며 동굴같이 깊은 심연의 바다 속에서 올라오는 것 같은 어두운 숨을 몰아쉬며 말을 이어갔다.
 "고니야! 우리 집 여인들은 신의 저주를 받았거나 신탁을 받아서 신의 특별한 선택을 받은 것 같아. 물론 신의 입장에서는 선택인지 모르지만, 우리 집 여자들 입장에서는 신의 재앙이고 저주라고 봐야지! 무녀의 팔자를 대물림하는 집안이라니 생각만 해도 끔찍하다 고니야!
 세상에 이런 불행한 일은 없을 거야 어머니나 나나 가여운 어린 조카에게까지! 이건 죄악이고 업보인 거지 안 그러냐? 고니야?"
 고니는 화련이 무슨 말을 하는 것인지 이해가 가지 않았다.
 "화련 선배 너무 피곤한 모양이다. 빨리 가서 쉬어야겠다."
 "아니 피곤해서 그런 것이 아니라 우리 집안 여자들이 너무나 한심하고 가엽고 가련해서 그러는 거야!"
 화련은 어머니가 무녀가 되기 전까지의 사연과 고니가 사는 동네로 이사 오게 된 과정 그리고 조카에 이르기까지 무녀의 피가 흐르는 내력을 한숨과 설움에 겨워 눈물로 이야기하기 시작했다.
 화련이 독백하듯이 지나온 집안 내력을 천천히 말하는 내내 고니는 침묵할 수밖에 없었다.

"비릿한 냄새를 끌어안은 바람이 스쳐 지나간다.
 조그만 포구 어두운 밤바다에 유난히 많은 별이 내려앉았고 상앗빛으로 물들어 있는 등대 주변에 소리 없이 밀고 당기는 잔물결이 하얀 치아를 드러내며 찰랑거렸다."

"사람이 자기 본성대로 자기 본모습으로 산다는 것은 무엇일까?
 본질의 의미는 세상 환경에 따라 바뀌는 것인지?
 그것은 옳은 것인지?
 고니는 파도처럼 끝없이 밀려오는 반문과 자기성찰이 묵은 달력 끝에서 떠오르는 것 같은 화두를 붙잡는다."

4부.
진혼곡(鎭魂曲)

♣ 시련의 서막

　석정 우물물은 사시사철 달고 시원했다.
　강 씨 새댁은 여느 때와 다름없이 물을 길어 머리에 똬리를 받치고 그 위에 물 단지를 이고 집으로 향했다.
　파란 솔밭이 바람에 넘실넘실하는 것이 마치 바닷물이 일렁이는 것 같았다.
　곱상한 얼굴하며 기품이 있어 보이는 자태를 겸비하고 제법 늘씬한 키에 성숙할 대로 성숙한 강 씨 새댁은 누가 보아도 탐낼만했다.
　갸름한 얼굴에 봉긋하게 솟은 가슴 잘록한 허리에 물동이를 머리에 이고 한 손으로 물동이를 받쳐 들고 걷는 모습은 참으로 고운 색시다.
　긴 목은 바닷가 사람답지 않게 무남독녀 외동딸로 곱게 자라 하얗고 맑은 살결이 윤이 났다.
　우물에서 집으로 가는 길은 제법 넓은 길을 따라 걷다가 왼쪽 해송으로 우거진 숲 사이를 돌아 마을의 위쪽에 마치 제비집같이 아담하게 자리하고 있다.
　항아리에 물은 찰랑거리며 거울처럼 맑아 얼굴이 비쳐 보였고 하늘에 두둥실 떠가는 구름도 항아리에 가득 담겨있다.
　항아리에 흘러내리는 물기를 정성스럽게 닦고 동그란 받침을 머리에 고여 항아리를 이고 조심스럽게 발을 옮겼다.

　늙은 소나무 숲에서 불어오는 바람이 시원하게 느끼는 순간 서늘한 기운과 함께 목덜미를 스치는 섬뜩한 느낌이 지나갔다.
　소나무 숲 모퉁이를 돌아서는 순간 커다란 검은 그림자가 강 씨 새댁에게 다가왔고 그 순간 물동이는 허공을 나르고 하늘로 아득한 파열음이 울려 퍼져가고 있었다.
 저고리의 옷자락이 풀어 헤쳐지고 치맛자락은 제멋대로 흩어지며 서늘한 바람이 아랫도리를 헤집는가 싶더니 아차 하는 순간에 온몸에 불덩어리가 밀고 들어와 하얗게 타들어 가는 뜨거운 아픔이 밀려왔다.
 소리를 지르고 몸을 비틀어 보았으나 그것은 마음속 생각일 뿐 목소리는 목에 걸려 나오지 않았고 몸은 바위가 짓누르고 있어서 손가락 하나 움직일 힘이 없었다.
 떨그렁떨그렁 종소리가 들리고 소나무밭에 바람이 지나는 소리를 따라 먼 산언저리마다 들려오는 이름 모를 새 울음소리가 슬프게 울고 있었다.
 바닷바람을 밀고 올라오는 솔숲에서 가지가 이파리를 흔들며 바람을 가르는 소리가 울음처럼 들리기도 하고 서걱거리는 노래처럼 들리다 일순간 두 소리가 뒤엉켜 복잡하게 들려왔다.
 그리곤 한동안 아무 소리도 들리지 않았다.
 한참 후 눈을 떠 보니 배가 놈이 흘러내린 바지를 추스르고 바람결에 담배 연기를 뿜으며 내려다보고 있다.
 배가의 담뱃불은 반짝이는 작은 아궁이를 닮기도 했고 살쾡이의 눈을 닮은 것 같기도 했다.
 담뱃불을 신경질적으로 바닥에 비벼 끄고 난 배가는 험상궂은 얼굴로 비릿한 표정을 지으며 발정 난 늑대가 욕정을 채우고 난 다음처럼 음흉스러운 눈빛으로 입맛을 다시고 앉아 있다.
 눈은 독사처럼 번뜩이고 사나웠으며 알 수 없는 살기로 가득했다.
 이 사실을 누구에게라도 말하면 죽여 버리는 것은 물론이고 이 서방 놈에게 네가 꼬리를 쳤다고 일러바쳐 물골이 나게 할 것이라고 거품을 물며 으름장을 놓았다.
 배가의 입에서 거품을 물었다.
 "너! 이 사실을 누구에게라도 이야기하는 날이면 너는 그날부터 죽은 목숨인 줄 알아! 알겠어?"
 배가는 거칠게 위협하고 검은 그림자를 길게 드리우며 바람처럼 사라졌다.
 열아홉 새색시는 소나무밭 골바람에 흔들리는 새파란 이파리보다 더 요란한 몸짓으로 떨고 있었다.

 소나무 사이로 불어오는 바람이 마치 칼끝을 스치는 날카로운 울음소리를 내는 것 같았다.
 무참히 유린당한 아랫도리가 뻐근하고 완력에 의해서 넘어지면서 옆구리를 차인 건지 부딪친 것인지 모르지만 욱신거리며 뼈가 저려온다.
 힘없이 누워 배가 놈이 사라져가는 뒤통수를 바라보다 문득 하늘에 구름이 강물처럼 빠르게 어디론가 흘러가고 있다고 생각하며 그 구름 따라 나도 아무도 모르는 곳으로 사라져 버리고 싶다는 생각이 들었다.
 오늘따라 파란 하늘과 구름이 더 새파랗게 보인다고 생각하니 뜻 모를 웃음이 나오는데 그것은 어이없는 웃음인 것 같았다.
 부지불식간에 당한 일이라 어안이 벙벙하고 꿈이 아닌가! 의심스러울 정도였다.
 눈에서는 주르륵 눈물이 왈칵 쏟아졌다.
 이를 악물고 온몸에 힘을 주고 일어선 강 씨 새댁은 엉망으로 풀어진 앞섶이며 치맛자락을 추스르고 흐트러진 머리매무새를 고치며 힘겹게 발걸음을 옮겼다. 가지를 길게 늘어트리고 있는 소나무 숲을 벗어나 길가로 내려섰다.
 길가에 수없이 널려 있는 물동이의 파편들이 눈에 들어오고 그 파편 조각의 날카로운 모서리가 가슴 깊이 날아와 박히는 것처럼 갑자기 가슴에 심한 통증을 느꼈다.
 깨어진 항아리 쪼가리를 들고 바보스럽게 몇 조각을 맞추어

보다 말고 시어머니에게 뭐라 변명해야 하나 고민을 하는 순간 겁이 덜컥 났다.
 시어머니의 부라리는 눈이 서슬 퍼런 모습으로 달려들었고 여자가 칠칠치 못하게 어찌했기에 물동이를 깼냐고 불호령 하는 모습이 가냘픈 강 씨 새댁을 자꾸만 길바닥에 주저앉게 했다.
 앞으로 일어날 일에 대한 알 수 없는 불안감이 늑골 사이로 파고들며 또다시 눈물이 볼을 타고 주르륵 흘러내렸다.

♣ 먹구름 속으로

 그런 일이 있고 난 이후에 배가 놈은 수시로 강 씨 새댁을 찾아들었고 이곳저곳 끌려 다니며 배가 놈에게 능멸당해야 했다.
 배가의 복수가 무섭고 떨려서 누구에게도 말할 수 없는 것이 더 고통스러워 언제나 두려운 어둠 속에서 헤매야 했고 배가 놈의 협박이 순서처럼 이어졌다.
 "알리면 각오해 모두다 죽여 버릴 거야."
 협박 소리는 머리와 가슴에 동시에 파고들었고 그때마다 친정 부모님이 머릿속에 스쳐 지나갔고 남편의 악다구니 소리 시어머니의 고함 그리고 동네 사람들의 손가락질 그리고 이내 무수히 많은 돌멩이가 허공을 날아 머리통이 터지면서 붉고 선명한 피가 강물처럼 흘러넘쳤다.
 그 자체가 강 씨 새댁을 옴짝달싹 못 하게 조여 오는 족쇄가 되었다.
 배가 놈은 갈수록 대담해지고 시도 때도 없이 달려들었다.
 차라리 죽어 버리는 것이 낫겠다고 몇 번을 맹세했다.
 마음이 유약한 강 씨 새댁은 죽으려 해도 죽지도 못하는 자신이 한심하고 때로는 가여워 미칠 것만 같았다.
 더욱 기가 막힌 것은 나중에 안 사실이지만 배가 놈에게는 이미 마누라와 일곱 살 딸애와 다섯 살 아들이 있다는 것이었다.
 강 씨 새댁은 분노하고 터질 것 같은 심정을 주체하지 못해서 병이 나도 자리에 누울 수도 없었다.
 멍하니 하늘만 바라보다 시어머니에게 꾸지람을 듣기 일쑤이고 이 서방하고도 사이가 갈수록 멀어져만 갔다.
 하루하루가 지겹게 지쳐가며 칼날 위를 걷는 느낌으로 살아가는 나날이 되었다.

 어느 날 동네에 흉흉한 소문이 나돌기 시작했다.
 사람들이 모이면 "글씨 건넛마을 놈팡이 배가 놈이 사고를 치고 도망 다니는데 사람을 죽였다나, 어쨌다나, 에구 무서운 놈으시끼! 가끔 우리 마을에도 나타나던데 걱정이여……"
 마을 사람들은 걱정이라기보다 두려움에 떨고 있었다.
 혹시나 놈이 이곳에 나타나 해코지라도 하면 어쩌나 하는 공포감에 휩싸였다.
 강 씨 새댁은 이참에 배가 놈이 경찰서에 끌려가 영원히 나오지 말았으면 하는 기도를 했다.
 앙다문 입술은 파랗게 떨리고 있었고 얄팍한 가슴은 병아리 가슴처럼 콩닥콩닥 뛰었다.
 그러나 그런 기도는 부처님도 하나님도 들어주지 않았고 불안에 떨리는 평화마저도 오래 가지 않았다.

 이 서방이 읍내에 겨울 동안 쓸 물건들을 사러 나간 어느 날이었다.
 서쪽 노을이 붉게 물들어 지쳐가는 저녁이 한참을 지나도 남편은 감감무소식으로 어느 주막집에서 술추렴을 하는지 주모의 치마끈을 잡고 있는지 하얗게 밤이 새도록 돌아오지 않았다.
 달빛도 잠들어 깊은 어둠이 사립문 안까지 밀려 들어와 칠흑 같은 밤이다.
 멀리서 동네 개 짖는 소리가 간헐적으로 들리고 장독대 옆에 돌멩이 떨어지는 소리가 딸그락거리며 들려왔다.
 일찍이 청상이 되어 귀찮게 하는 사람이 없어서 아무리 시끄러워도 잠이 들면 업어 가도 모른다는 시어머니이지만, 시어머니가 신경 쓰이고 불안한 느낌이 엄습하며 직감적으로 배가 놈이라는 걸 느낄 수 있었다. 강 씨 새댁은 칼날 위를 걷는 것 같은 불안과 공포에 떨 수밖에 없었다.
 풀럭거리는 바람에 쇳소리를 내는 문풍지는 더욱 두려웠고 돌멩이 떨어지는 소리는 태산이 울리는 것만 같았다.
 순간 문이 열리고 신발도 벗지 않은 배가 놈이 문을 열어젖히고 뱀의 아가리 속에서 튀어나오는 붉은 혀처럼 들어왔다.
 하얗게 질린 강 씨 새댁은 비명조차 지르지 못했다.
 서울로 야반도주를 해야 하니 밑도 끝도 없이 보따리를 싸라는 것이다.
 그럴 수는 없다고, 그럴 수는 없는 일이라고 입에서 맴도는 목소리는 혀끝을 넘지도 못했다. 몸부림치며 무엇을 잘못했는지도 모르면서 무조건 빌었다.
 잘못했다고 다신 안 그런다고 제발 날 여기에 내버려 두라고 눈물이 범벅이 되어 멍석 바닥이 눈물로 얼룩졌다.
 순간 발길질이 날아들었고 꾸물거린다고 다듬잇방망이가 날아들었다.
 옆방에 잠들어 있는 시어머니 때문에 신음조차 내지 못하고 입술을 깨물어 고통을 삼키며 방바닥을 굴렀다.
 강 씨 새댁은 차라리 여기서 맞아 죽어야겠다고 생각하면서 저항조차 못 하고 차이는 발길질이 갈비뼈가 부서지는 고통을 느끼면서 자기도 모르게 친정엄마가 시집오던 전날 밤에 눈물을 흘리며 하시던 말씀이 생각났다.
 "잘살아야 한다. 정말 잘살아야 하느니라."
 어머님의 얼굴이 안개 속을 지나는 것처럼 떠올랐다. 그러나 생각하고 몸은 따로 움직이고 있었다.
 어머님이 손가락에 끼워 주던 가락지를 챙기고 있다.
 특별할 것도 없는 세간이지만, 눈에 보이는 대로 값나가는 것들과 옷가지를 주섬주섬 챙겨 하얀 보자기에 싸고 있다. 살아야겠다는 본능적인 몸부림이었다.

그 순간에도 몸과 마음이 따로 놀 수가 있나 지금 이것은 꿈일 거야, 악몽이라는 생각을 하면 할수록 정신은 또렷해지고 옆에서 날아오는 발길질과 몽둥이세례도 어느 순간부터는 전혀 아프지 않은 건 무슨 까닭일까?

이 와중에 무심히 코를 골며 자는 시어머니가 원망스러우면서도 한편으론 소리에 놀라 들이닥칠 것이 더욱더 두려운 건 도저히 이해 못 할 심정이다.

강 씨 새댁은 이렇게 열여덟에 이가에게 시집와서 이 년 만에 우연히 배가 놈에게 능욕당하고 그 사실이 알려질까 야반도주하는 신세가 되었고 두려워 발버둥 치면 칠수록 더욱더 깊은 수렁 속에 빠져 버렸다.

보쌈 아닌 보쌈을 당해 사람들의 눈을 피해 검은 달밤을 절룩거리며 걷고 있다.

그 후로 사람들은 사람을 쳐 죽인 포악한 배가 놈과 얌전한 고양이가 부뚜막에 올라간다고 여우같은 강 씨 새댁이 눈이 맞아 야반도주했다고 말 많은 여인네들의 우물가에는 입방아가 오르내렸다.

강 씨 새댁의 시어머니는 "동네 부끄러워 어이 살꼬. 우리 아들 불쌍해서 우에 살꼬." 대성통곡하고 조상님 내들을 들먹이며 사흘 낮 밤을 울었다.

♣ 또 다른 삶

 시내가 한눈에 내려다보이는 비탈길은 눈이라도 오는 날이면 집으로 오르내리기가 여간 어려운 게 아니었다.
 산동네 비탈진 달동네 사람들은 눈이 오면 연탄재를 땅바닥에 깨서 뿌려야 겨우 언덕길을 오를 수가 있었고, 비탈길 제일 위의 오두막에는 널빤지로 대충 만들어 지은 집들이 서로 어깨를 나란하게 붙어 있다.
 판잣집이 끝나가는 모퉁이 집안 마당 손바닥만 한 평상 위에 파리하게 깡마른 강 씨가 병약한 모습으로 동네를 내려다보고 있다.
 몇 달간 어린아이가 홍역을 앓듯 온몸이 불덩이처럼 달아오르고 두꺼운 이불을 덮어도 추위가 가시지 않았다.
 그래도 산다는 것이 무엇인지 질기고 질긴 것이 목숨인지라 약한 첩 제대로 먹어 보지 못했어도 살아야 한다는 의지로 힘겨운 몸을 추스르고 일어난 것이다.
 풀려 있는 동공 사이로 뱀의 꼬리가 어디인지 모를 긴 골목과 어디부터 시작인지 모를 계단들이 달려들고 쳐다만 봐도 숨이 가빠질 정도로 비탈길이 이어져 있다.
 길 아래에는 제법 많은 사람이 오가는 모습이 내려다보인다. 우측으로는 구불구불 어깨를 마주한 돌담들이 길게 줄지어 있는 성곽도 보였다.
 성곽 밑으로는 잘 정돈된 잔디들이 파란색에서 누런빛으로 변하면서 겨울의 문턱으로 가고 있음을 알리고 있다.
 성곽 안에 우뚝 선 장대(將臺)가 보이고 그 옆으로 오래된 노송들이 바람 잘 날 없는 세월을 비웃으며 휘영청 밝은 달빛 아래 가지를 늘어트리고 손짓하듯 바람에 흔들리고 있다.

밤이 되면 하얀 수은등이 성곽 돌담을 따라 일제히 불을 밝히고 줄을 서서 졸고 있으며 산 능선 너머까지 이어진 불의 무리가 성곽을 지키는 파수꾼 같다.
 발아래 내려 보이는 풍경만으로 보면 이곳이 판자촌 꼭대기가 아니고 높은 빌딩의 스카이라운지라 해도 과언이 아닐 정도로 풍경은 멋지다.
 풍경이 아름답고 멋질수록, 높은 이곳 강 씨의 삶은 고향 잃은 이방인의 곤궁한 삶으로 피곤할 뿐이다.

 수원의 성곽 옆 판자촌으로 밤사이 보쌈 아닌 보쌈을 당해 끌려온 지도 벌써 해가 세 번이나 지나고 찬바람이 살살 불기 시작하는 겨울의 문턱에 와있다.
 처음에 며칠을 울고불고 매달리던 강 씨를 배가 놈은 갖은 폭력을 써서 입을 막았다. 강 씨가 시간이 흐를수록 배가에게 대들지도 빌지도 못하고 지쳐갈 무렵 이제는 마음잡고 열심히 살아보자고 꾀는 배가에게 자포자기 심정으로 모든 것을 포기하고 모진 인생 밥술이나 얻어먹으며 살기로 마음먹었다.
 그렇다고 딱히 돌아갈 곳도 없다.
 친정에도 이미 유부남인 배가 놈과 눈이 맞아 야반도주한 년으로 소문이 나 있을 테고 눈을 부라리고 강 씨를 찾아다녔을 시댁에는 더더욱 가기가 힘들었으니 철천지원수 같아도 배가 놈밖에 그나마 의지할 수 있는 사람이 없다는 것이 한심하고 처량할 뿐이었다.
 그 아무 곳으로도 갈 곳이 없는 천애 고아가 되어 버린 것이다.
 가고 싶어도 갈 수가 없고 보고 싶어도 볼 수가 없는 신세가 된 것이다.
 배가가 이제 서방이 되어버렸다.
 그동안 이리저리 휘둘리고 맞고 살았어도 미운 정 고운 정으로 살아가겠거니 하고 마음먹으니 편하기까지 하였다.
 배가도 나름 특별한 재주는 없어도 "힘쓰는 일이라면 자신 있어 몸뚱어리가 재산이여!" 하면서 막일이라도 열심히 했다.
 그나마 그렇게 해서 지금 사는 비탈길 오두막집을 월세로 살다가 전세로 올려 준 지 두 달이 되었다.
 강 씨도 시장 모퉁이에 나가서 할 수 있는 일이라면 무엇이든 했다.
 식당일, 남의 집 빨래, 청소 돈 되는 일은 어떤 것이든 마다하지 않았다.
 시장에서 배추를 팔 때 시들고 억센 부분을 떼어낸 시래기를 주어다 된장을 풀어 국을 끓여 먹어가며 열심히 살았다.

 정신없이 살아온 몇 해가 흘러 많은 변화가 일어났다.
 세월이 어찌 흘렀는지 지난 몇 년을 마치 삶을 포기하기 위해서 제 몸을 혹사하는 사람처럼 더 악착같이 살아온 이율배반적인 세월을 살았다.
 강 씨에게도 두 살 터울로 딸 하나 아들이 태어났다.
 본 남편을 버리고 도망 나와 배가의 피로 만든 아이들을 바라볼 때면 배가에 대한 증오와 적개심일 불같이 일어났다.
 그렇지만 불쌍한 저 자식들이 무슨 죄가 있겠나!
 다 이 어미가 못난 탓이고 이 년의 박복한 운명 탓인 걸 어쩌겠는가!
 그럴수록 아이들을 위해서라도 열심히 살아야겠다고 굳게 마음먹었다.
 아이들 아버지인 배가도 술을 먹고 가끔은 골목이 떠나가라고 소리를 지르고 노래를 부르는 주정을 하곤 했지만 그래도 마음을 잡았는지 그다음 날이면 막일이라도 안 빠지고 나가려고 노력하는 것도 보였다.
 두 아이의 가장이 되었다는 책임감이랄까?

그리 넉넉지는 않아도 그럭저럭 먹고 사는 것도 자리를 잡아가면서 시장 골목길 한쪽에 좌판을 펴고 건어물 장사를 시작했다.

큰딸은 시장 골목 좌판 옆에서 이런저런 혼자만의 놀이를 하며 놀고 있고 둘째는 포대기로 둘러업고서 장사를 했다.

힘들고 고된 장사지만 저녁에 집에 가서 돈 세는 맛도 쏠쏠하니 좋았다.

다행히 아이들도 무럭무럭 잘 자라주었다.

시장 노점에서 조그마한 자리라도 하나를 임대할 꿈을 키우며 시장 노점 비닐 천막 사이로 별들이 하나둘 보일 때까지 좌판에서 일어서지 않았다.

♣ 신의 저주

 해가 서산마루에 기울고 어스름한 달밤이 어둠을 밝힐 무렵 달동네 언덕 위에 소란스러운 싸움이 벌어졌다.
 밥상이 하늘을 나르고 술병과 음식물들이 사방으로 날아가며 강 씨의 꿈이 산산이 부서지고 있었다.
 앞마당까지 그릇이 깨지고 나둥그러지고 음식물들이 벽에서 흘러내렸다.
 강 씨의 행복은 그리 오래 가지 않았다.
 이제 한 가정을 이루고 작게나마 삶의 목표가 생기고 힘들어도 열심히 살아왔건만, 운명은 그를 가만 놓아두지 않았다.
 비탈진 골목길이 갑자기 시끌벅적해졌다.
 우락부락한 사람들이 왔다 갔다 하면서 서로 치고받고 각목이 부러지고 머리에서 피가 튀었다. 사람들은 두려워 가까이 가지도 못하고 먼발치에서 구경만 할 뿐 아무도 말릴 엄두도 내지 못했다.
 그 싸움의 중심에 배가가 있었다.
 낮에 막일을 나갔다가 점심 반주로 낮술을 먹고 사소한 말다툼 끝에 현장 책임자를 두들겨 패서 팔이 부러지고 갈비뼈가 세대나 부러지고 금이 갔다.
 그 일로 배가는 경찰에 붙잡힐까 봐 달아났다가 어스름 해가 기울자, 집 언덕을 올라오고 있던 참이었다.
 현장 다른 인부들이 그 일 때문에 모두 잘리게 생겼다고 화가 나서 여기까지 몰려와서 온 동네가 아수라장이 되었다.
 출동한 경찰에 의해서 싸움은 끝이 났으나 그 일로 배가는 경찰서에 끌려가 철창신세를 지게 되었다. 피해자의 치료비와 기물파손 등의 합이 금액이 너무 많아 도리가 없었다.

있는 돈을 다 털어도 어림없었으며 돈을 꾸려 해도 자기들의 삶도 빠듯한 이웃인들 강 씨 집안 사정을 뻔히 알면서 돈을 꾸어줄 리가 없었다.
 제대로 합의가 안 되어 결국 일 년 넘게 콩밥을 먹고 나왔다.
 그 이후 배가는 또다시 포악을 떨기 시작했다.
 하루가 멀다고 밥상을 차고 던지며 무슨 년이 돈이 아까워서 합의를 안 해서 서방을 안 빼주고 콩밥을 먹였다는 파렴치한 년이라는 것이다.
 "나쁜 년! 기껏 돈 벌어다 주고 먹여주니까 서방을 철창에 가두고 콩밥을 먹여 이 나쁜 년! 에라이 퉤~~에"
 배가한테는 일 년 넘게 철창신세를 진 것은 모두 마누라 때문인 것이다.
 원망의 발길질과 자기 자신에 대한 학대 그것을 고스란히 받아야 하는 강 씨는 배가가 술에 취해서 들어올 때면 아이들을 피신시키느라고 제정신이 아니었다.
 닥치는 대로 부수고 아이들까지도 무사하지는 못했다.
 주변 사람들은 혀를 차고 안쓰러워했지만, 선뜻 아이들을 맡아 주지도 못했다.
 배가한테 들키면 경을 치기 십상이었기 때문이다.

 운명은 강 씨를 그렇게 또 벼랑으로 몰아붙이고 있었다.
 아이들 때문에라도 어디론가 달아나야겠다고 생각했지만, 이제는 또다시 갈 곳이 없다. 이제 어디로 가야 하나 또다시 끝없는 나락으로 떨어져 가고 있었다.
 배가는 그 이후로도 몇 번을 교도소를 들락거렸고 강 씨는 배가의 폭력에 시달려 이사를 몇 차례나 다녔는지 셀 수가 없다.
 어느 순간부터인가 배가와 소식이 끊기며 다시 조용한 일상으로 돌아오는 듯했다.

그러나 이제 아무것도 남은 것이 없다.
 조그마한 가게를 얻어 두 자식과 행복하게 살아보겠다던 소박한 꿈은 고사하고 아니 일어설 힘조차 없는 껍데기만 남았다.
 삶의 희망이자 의지였던 아이들마저도 돌볼 용기가 나지 않았다.
 삶의 희망이 절망으로 바뀌어 아무것도 할 수 없는 무기력한 상태가 이어지고 하루하루가 진공 상태가 되면서 이제는 헛것이 보이기 시작했다.
 먼 산에 노을이 구름과 바다를 유난히 붉게 물들다 바다 깊이 침몰하며 밤이 깊어 간다. 커다란 사당이 보이고 요란하게 울리는 징 소리가 귓전에 맴돌고 강 씨의 몸이 장구가 되어 머리 위로 두둥둥 두~ 둥둥 소리를 냈다.
 눈을 감으면 더욱더 깊은 어둠 속으로 가라앉는다.
 까만 어둠 속에서 빛이 보이는가 싶더니 이내 귀청을 찢어대는 징 소리가 또다시 들려왔다.
 징! 징! 징! 울리는 금속성의 소리는 최면을 걸듯 귓속에서 떠나지 않고 계속해서 맴돌다 장구 소리가 또다시 들리고 피리 소리가 삐리리 날카롭게 고막을 가르며 정신이 혼미해진다.
 그리고 이어지는 여러 소리들이 가늘고 높은 파열음을 내며 요란스럽게 들리더니 소리가 점차 어둠의 끝에서 사라지면서 갑자기 모든 빛이 일순간 자취를 감추고 소리도 고요하게 어둠의 장막 속으로 빨려 들어가고 있다.
 그리곤 아무 소리도 들리지 않고 보이는 것도 없는 암흑의 세상 밑에서 허우적거리다 기억이 사라지고 정신은 무아지경에 이르고 또다시 혼미해지기 시작했다.

 물방울 소리가 들렸다.
 천천히 한 방울씩 하늘 끝에 매달린 그 무엇인가 뾰족한 끝에서 조금씩 천천히 물기가 맺혀 나오더니 동그란 모습으로 물방울이 점점 커졌다.

 힘없는 동공에 맺힌 투명하고 맑은 물방울이 커다란 원을 그리며 천천히 뾰족한 끝에 모이기 시작했다.

 물방울이 점점 커지기 시작하면서 감당할 수 없을 정도의 크기로 변하던 물방울이 몸 위로 사정없이 내려앉는다.

 풍덩풍덩 마치 물 폭탄이 떨어지는 듯하다.

 이마에 맺힌 땀방울이 온몸을 적시며 이내 커다란 물구덩이에 뜨거운 물이 온몸을 적시어 질퍽거리며 물인지 땀인지 구별하기가 어렵다.

 확실한 것은 물속에 몸이 둥둥 떠 있는 착각 속에서 자신의 의지와 상관없이 어디론가 떠밀려가고 있다.

 물속 깊은 곳에 한참을 가라앉아 칠흑 같은 어둠 속에 한 치 앞도 보이질 않는다. 답답하다고 이야기하면서 스스로 숨을 쉬고 있다는 것 자체만으로도 신기하다.

 어둠 저 끝에서 딸랑딸랑 깊은 물속인 것 같기도 하고 수면 위에서 누군가를 부르는 것 같기도 하고 방울 소리가 아득한 곳에서부터 점차 울림소리가 가까이 좀 더 가까이 다가오고 있다.

 처음 한 개의 방울이 딸랑딸랑 울릴 때는 예쁘고 귀엽다고 청아한 소리가 듣기 좋다고 손뼉을 치고 있다.

 방울은 한 개가 아니다 두 개, 세 개, 네 개, 점차 기괴한 소리로 흔들어 가며 진동 소리가 하늘을 울리는 듯하며 검은 굴속으로 빨려 들어가며 손가락 하나도 움직일 수 없게 되어 버렸다.

 딸랑딸랑 울리는 방울 소리는 이미 온몸을 사로잡고 있었다. 얼마나 시간이 흘렀는지 모른다. 길게 누워있는 강 씨의 머리 위에 파르스름한 기운이 조금씩 빛을 보이며 감돌고 있었다.

 유일하게 빛이 들어오던 쪽 창문에 어스름하게 빛이 보이는가 싶다고 느끼자 이내 빛의 입자들이 사라지면서 어둠의 골짜기로 발길을 돌려 자신도 알 수 없는 이름 모를 숲속을 걷고 있다.

한 올의 숨결도 남기지 않고 온몸에서 기력이 빠져나가 손가락 하나도 움직일 수 없었던 육신의 혈관 속에 뜨거운 피가 링거의 수액이 들어가듯 몸으로 스미고 스멀스멀 꿈틀거리는 벌레가 기어가듯 알 수 없는 느낌으로 몸속으로 빨려 들어가고 있다.

힘이 들어가며 팽창하는 혈관이 부풀어 오르고 상승하는 기운이 넘쳐 모터가 힘차게 동작을 하듯 펌프질하며 혈관을 타고 흘렀다.

순간 알 수 없는 에너지와 불꽃이 온몸을 감싸며 방울 소리와 징 소리, 북소리에 장단을 맞추며 덩덩 덩더꿍 몸이 용수철 튀듯 튀어 오르고 있다.

얼마나 오랜 시간을 꿈속에서 악몽에 시달렸는지 모르겠다.

강 씨는 이미 사람이 아니다.

비록 세파에 찌들어 여위고 파리하지만 그래도 바탕은 예쁜 얼굴이었었는데 머리칼은 기름기 하나 없이 메마른 나뭇잎 같고 눈은 움푹 패어 누구라도 바로 달려들어 잡아먹을 듯이 번뜩이고 갸름한 얼굴은 볼에 살이 말라 패이고 광대뼈가 튀어나온 것이 영락없이 귀신의 몰골이 되어 버렸다.

이제 제법 나이가 들어가는 아이들을 생각해서라도 어찌 되었든 살아보려고 몸부림쳐 보았지만, 끊임없이 시름시름 앓아가고 눈을 감으면 삼지창을 든 사천왕이 붉은 혀를 널름거리고 뜨거운 불을 뿜으며 달려들곤 했다.

강 씨의 판자촌 대문 입구에는 높은 대나무에 하얀색 빨간색 깃발이 대나무에 매달려 휘날리기 시작했다.

깃발은 환웅천왕 시절 소도에서 제사를 지낼 때 제사를 지내는 장소를 표시하기 위해 매달았다고 한다. 제단을 꾸미고 천왕 산신을 위한 녹색 깃발, 조상 할머니를 부르는 흰색 깃발, 재수를 부르는 **빨간색** 깃발, 돈대감 깃발인 노란색 깃발을 걸었고 마지막으로 장군의 힘을 빌려서 액막이와 부정 타는 것을 몰아내기 위하여 파란색을 합쳐 오방기를 걸어놓았다.

 어느 날인가는 태극기가 펄럭이기도 했다.

 하얀색 빨간색 깃발이 태극기가 함께 펄럭이던 그날은 국경일도 아무 날도 아니다.

 용왕님 산신님을 모시고 태극기가 펄럭이는 날에는 국조이신 단군을 모시는 날이기도 했다.

 주변의 환경은 날로 나**빠**지고 몸과 정신이 한꺼번에 무너져 내려 더 이상 버틸 힘이 없을 정도로 허약해졌다.

 오랜 무병을 앓고 있으면서도 그것을 이겨보려고 아이들을 끌어안고 통곡하고 오열하였지만, 이제는 어쩔 수가 없었다.

 평상시에는 하얀 무명 치마저고리를 입었고 항상 시달리는 두통 때문에 머리에는 하얀 띠를 질끈 동여매고 있었다.

 집안 한쪽 제단 벽면에는 각종 신을 상징하는 탱화를 그려 붙였다.

 각 벽면에는 호랑이를 타고 가는 산신님의 탱화가 있고 그 옆에는 바닷속 용왕님이 잉어를 타고 가는 형상으로 자리를 잡고 인간들을 한쪽 발로 밟고 있는 사천왕상이 있으며 한쪽에는 인자한 약사여래 보살상도 있다.

 정중앙에 부처님이 가부좌를 틀고 앉아 있고 양옆으로 동자승과 산신령 같은 불상들이 늘어서 있다.

 제단 위에는 사탕이며 과자들을 잔뜩 올려 진상해 놓았고 좌. 우측에는 **빨갛고** 파란 깃발이 달린 무시무시한 창이며 커다란 칼들이 세워져 있다.

 오랜 무병 끝에 거스를 수 없는 운명으로 무녀가 되어있었다.

무녀 강 씨는 한평생 살아오면서 꽃다운 나이에 청춘의 꽃봉오리가 무참히 부러지고 제대로 피어 보지도 못하고 팽개치듯 구겨져 버린 한 많은 시름을 무녀의 한으로 풀어 가고 있다.

강 씨의 얼굴에서도 세월이 지나가고 있었으며 가냘프고 예쁘던 모습은 그림자만 남아 있고 얼굴과 목에 인생 계급장처럼 주름이 늘어나고 있었다.

옥구슬처럼 낭랑하던 목소리는 걸걸하게 변해서 목소리 끝에서 그륵 그르륵 하며 뻑뻑한 벽을 긁는 소리가 났다.

강 씨의 신내림이 영험하다는 소문이 나면서 이곳저곳 큰 굿판에 불려 다니고 강 씨가 주관하는 굿에도 사람들이 문전성시를 이루어 무가에서는 제법 이름을 날리는 큰 만신이 되었다.

굿판이 벌어지면 재단을 크고 높게 쌓아 재물을 푸짐하게 차리고 통으로 돼지를 잡아 커다란 칼을 꽂아 마당에다 던져 놓고 피를 철철 흘리며 쓰러져 있는 돼지 주변을 알 수 없는 주문을 외우며 신명 나게 뛰어다니기도 하였다.

때로는 북소리, 징 소리에 맞추어 하늘 높이 솟아오르듯 껑충껑충 뛰어올랐다.

어디에서 저런 초인적인 힘이 나오는지 알 수가 없다.

하얀 무명천 조각 사이를 춤추듯 뛰어가며 몸으로 천을 가르고 시퍼런 칼날이 번득이는 작두 위에서도 서슴없이 맨발을 벋고 올라갔다.

"먼 산에 노을이 구름과 바다를 유난히 붉게 물들다 바다 깊이 침몰하며 밤이 깊어 간다. 커다란 사당이 보이고 요란하게 울리는 징 소리가 귓전에 맴돌고 강 씨의 몸이 장구가 되어 머리 위로 두둥둥 두~ 둥둥 소리를 냈다."

♣ 죽음

 오늘따라 하늘이 시리도록 푸르다.
 언제인가 온몸이 무너져 내리고 날카로운 솔바람이 심하게 소리를 내며 이파리를 뿌리던 날 솔밭에서 보았던 그 하늘하고 똑같은 구름이 투명하게 파란 하늘을 스치고 지나가고 있다.
 멀리서 피리 소리가 들리고 아득하게 징 소리와 북소리가 들려왔다.
 파란 하늘 위로 퉁겨져 오르듯 솟아오르는 무녀 강 씨의 자태가 아름답다.
 세상을 화사하게 물들여 바람을 부르고 고운 꽃잎 날리며 섬섬옥수 긴 소맷자락이 하얗게 펄럭이며 하늘을 가른다. 머리에는 삼각형 고깔모자를 쓰고 덩실덩실 춤추며 하늘 높이 솟아오르며 어느덧 무녀 강 씨는 새가 되어있었다.
 수많은 한을 뿌리며 떠돌았던 삶이 이제는 새가 된 것이다.
 훨훨 하늘을 날아 바다 건너, 산을 넘어 어디로든 갈 수 있는 자유의 몸이 된 것이다. 빨간색 등대가 있는 조그만 포구에는 파도가 철썩이고 그 너머로 새파랗고 검은 바다가 보이고 또 그 너머 동해의 넘실대는 고향 강릉 바다도 보였다.
 오늘도 그 옛날과 다름없이 파도가 밀려오면 바닷가 해조류들이 짙은 초록색 이파리를 휘휘 일렁이며 물결치듯 머리채를 흔들어 출렁거리기를 반복했다.
 포구 옆 조그마한 마을은 딱히 변한 것이 없다.
 무녀의 비밀을 간직한 바다는 깊은 침묵을 하고 있을 뿐이다.
 등대의 불빛을 따라 포구를 향하는 어선에서 만선을 알리는 기적소리는 기쁨의 표현이라기보다 향수가 깊이 배어있는 그리움의 노래 같은 것이다.

강 씨의 고향 바다는 그러했다.
 훠이 훠~어이 하늘을 날아 고향 바다 수평선 너머로 한 마리 외로운 새가 영원의 안식과 자유를 찾아 날아갔다.

 무녀 강 씨의 대문 앞에 하얗고 빨간 깃발이 달린 긴 장대 옆에는 노란색 근조 등이 설렁하게 불어오는 바람에도 덜렁덜렁 힘없이 흔들리며 걸려있다.
 모시던 신들의 탱화가 그려진 제단 위에는 이것저것 음식이 차려져 있고 재단 아래 투명한 형광등 불빛이 쏟아져 내려 소복의 흰빛이 더욱 눈부셔 보인다. 소복을 입은 젊은 여인 네가 연신 주문을 외우며 절을 하고 있다.
 강 씨 큰무당의 신딸이다.
 물려받은 부채며 방울을 흔들며 흐느끼듯 주문을 외우다 통곡소리를 내고 누군가의 이름을 울며불며 애절하게 부르고 있다.
 이미 무아의 경지에 이르고 진혼굿이 막바지로 치닫고 있다.
 한쪽 곁에 쪼그리고 앉아 있는 화련과 민철 그들은 강 씨의 딸과 아들이었다.
 화련의 귀에는 징징대는 요란한 소리가 산 너머 아득한 곳에서 들리다 동해 이름 모를 조그만 어촌마을 저 멀리서 들려오는 것 같았다.
 깡마르고 큰 키에 눈에는 광기가 번뜩이고 언제나 알 수 없는 주문을 웅얼거리며 외우고 있는 엄마 무녀 강 씨가 장승처럼 버티고 서있다.
 아무리 달아나려 해도 달아날 수가 없다.

 화련은 중·고등학교 다닐 때 단 한 번도 친구를 집에 데리고 온 적이 없다.
 집 한쪽에 차려져 있는 제단과 주문을 외우고 있는 엄마의 모습이 너무나 싫었다.

학교에 갔다 오면 여름이고 겨울이고 제단이 차려진 방이 조금이라도 열려 있으면 습관처럼 문을 꼭꼭 닫곤 했다.
무당인 엄마가 너무도 싫었다.
그런 엄마와 눈을 마주치기도 싫고 때로는 엄마의 광기 어린 눈 속으로 빨려 들어갈 것 같은 공포를 느끼곤 했다.
어릴 적 엄마와 시장 모퉁이에서 생선 좌판을 펴고 장사할 때가 훨씬 좋았다.
그때 혼자 놀 수 있는 유일한 놀이는 나뭇가지로 바닥에 혼자만의 그림을 그리는 놀이로 바닥이 물에 젖어 그림이 잘 보이질 않아도 머릿속에는 그림이 남아 있었기 때문에 그림을 그리고 또 그리며 때로는 그림을 그리고 다시 지울 필요도 없었다.
그 위에 또 그리고 또 그리다 보면 해가 저물어 엄마의 푸석하고 거친 손에 이끌려 집으로 가곤 했다.

어릴 적 그렇게 그림을 그리며 했던 놀이가 미술을 전공하는 대학생이 되어있다.
그런데 요즘은 붓이 영 잡히지 않았다.
특히 어머니가 돌아가시고 나서부터는 더했다.
무당 강 씨가 손님에게 액운을 막으려면 영험한 부적이 필요하다고 처방한 뒤 며칠 후에 경건한 마음으로 다시 올 것을 주술처럼 이야기하고 나면 부적을 그리는 건 당시 고등학생이던 화련의 몫이었다.
그때 이미 미술에 소질이 있었던 것인지 아니면 부적을 그리고 빛바랜 탱화를 칠하면서 미술 공부가 된 것인지는 모르겠다.
미술 시간이면 그림 실력을 인정받았고 교내외 미술대회에서 상을 받고 자연스럽게 미술을 전공하는 대학생이 된 것이다.
그때는 부적을 한 장씩 그려주면 어머니가 용돈을 몇 푼씩

집어주는 맛에 좋았다.

 붓만 잡으면 부적이 어른거리고 탱화에 나오는 산신령이 어른거려 도대체 그림을 그릴 수가 없다.
 미움과 창피함의 대명사 무녀인 어머니는 이제 저세상 사람이 된 것이다.
 생전에 남 보기 부끄러워 본인의 삶에 전혀 도움이 안 되는 어머니의 죽음이 "잘되었다. 정말 잘됐어, 정말, 잘됐어" 속으로 몇 번을 중얼거렸다.
 "노인네 잘 가슈! 이승에 미련이 남아 구천을 맴돌지 말고 저승에 가서 당신이 모시던 신과 함께 극락왕생하시오.
 나는 당신처럼 살지 않을 거야. 그냥 착하기만 한 성품에 우유부단하고 무지하며 본인 스스로 지키지도 못하고 평생 기구한 운명에 끌려 다니며 살아온 인생."
 싫으면 싫다고 이야기하고 아니면 아니라고 소리쳐 자신을 지켜내지 못한 어머니가 불쌍하고 그렇게 살아온 인생이 너무도 안쓰럽기도 했다.
 그래 그리 살 바에는 죽는 게 나아! 죽는 게 낫다고, 어머니의 죽음 앞에서 몇 번이고 되뇌며 잘된 거야 잘됐다니까. 라고 소리치고 싶고 그렇게 미움이 아닌 원망스러운 당신의 그림자가 드리워져 어둑하게 침묵하는 영정사진을 보면서 눈가에는 굵은 눈물이 소리 없이 흘러내렸다.
 삶이란! 사람의 감정이란 참으로 알 수 없다고 생각하면서 그렇게 원망스러운 엄마인데 눈물이 흐르는 것이 신기하다고 생각했다.

 차는 조용히 경인 국도를 달려 연안부두 여객 터미널을 향해 가고 있다.
 택시 속에는 아직 어린 동생의 학교 친구들이 근엄하고 침통한 표정을 애써 지으며 앉아 있다.

 근본도 없고 뿌리도 없이 그 모든 것으로부터 부정당하고 이유도 영문도 없이 야반도주한 무녀의 자식이라는 이유 하나만으로 모든 집안으로부터 소외당하고 그저 피붙이라고는 누나밖에 없는 가여운 동생 민철은 덤덤한 표정으로 어머니의 유골이 담겨있는 항아리를 꼭 보듬어 앉고 있다.

 강 씨의 물동이와 소나무밭에 칼바람이 불던 날 깨어진 물 항아리 조각을 맞추어 보려고 손에 쥐던 날처럼 날카로운 파편 조각들이 가슴을 후벼 파며 생채기를 남기던 그 물 항아리와 닮았다.

 그 파편들이 온전히 맞추어진 항아리 속에 아직은 화장의 열기에 식지도 않은 모습으로 한 줌의 재가 되어 옹기를 채우고 있다.

 무녀의 삶을 살아온 강 씨는 살아생전 한 많은 세파에 떠밀리면서 살아온 삶의 흔적을 남기고 싶지 않았는지 습관적으로 말하곤 했다.

 "나는 양지바른 산기슭도 싫고, 명당자리도 싫고, 조그만 포구 고향 바다 곁을 지나 검푸른 바다 위로 훠이 훠~ 어이 넓은 세상으로 날아다닐 거야!" 그것이 나의 업보를 푸는 길이니까, 내가 죽으면 무덤도 필요 없이 바다에 뿌려 갈매기의 밥이라도 되게 하라고 유언 아닌 유언으로 중얼거리듯 이야기하곤 했다.

♣ 민철과 화련

 이제 곧 고등학생이 된 민철로서는 어머니의 죽음이 아직도 실감 나지는 않는다.
 이럴 땐 아버지라도 있었으면 어린 마음에 의지라도 될까?
 아버지 배가는 교도소를 들락거리다가 노숙자가 되었고 언제부터인가는 길에서 죽었다는 말도 있고 소식이 끊어진 지 오래다.
 겨울 아침에 눈을 뜨면 창문에 서리가 하얗게 끼어있고 창문에 얼룩진 서리는 각종 모양의 꽃무늬가 기하학적인 문양과 신기한 그림으로 피어오르는 추운 날이나 겨울 삭풍이 매몰차게 시리던 날에도 어머니는 아버지 배가의 포악질로 홑껍데기 치마저고리에 맨발로 집 밖에서 떨 수밖에 없었던 그런 아픈 시절을 살다 눈물로 한 맺힌 이슬 같은 삶을 마감하였다. 무녀로 살아온 어머니의 유해를 보듬고 있으면서 아버지 배가를 떠올리는 민철은 꿈을 꾸었다.

 강 씨 새댁이 소나무밭에서 처참하게 유린당하고 새파란 하늘에 떠가는 구름을 바라보며 울음이 아니라 웃음이 나온 것 같이 민철도 눈물이 아니라 어이없는 헛웃음이 나오는 꿈을 꾸었다.
 슬픈 이유도 모르게 단지 어머니가 죽었다는 사실만으로 슬픔은 충분하다.
 어머니가 평상시 중얼거리듯 한 이야기가 바람처럼 머릿속을 뒤흔들어 슬픈 감정이 눈물과 함께 복받쳐 올라왔다.
 내가 죽거든 지은 죄가 커서 묘도 필요 없고 납골당도 필요 없다.

배가에게 유린당하고 어이없이 떠나온 고향 바다 아침햇살이 그리워 바다에 뿌려주면 내 고향 찾아가려 하니 바다에 뿌려 다우.
　민철은 그런 어머니의 유언을 귀에 새기며 국가 비밀지령을 수행하는 첩보요원이 된 양 비장한 각오와 엄숙한 표정을 지으며 어머니의 납골 항아리를 끌어안고 있는 손에 힘이 들어갔다.

　연안부두에서 아는 사람을 수소문해서 십만 원을 주고 낚싯배 한 척을 빌렸다.
　해양장을 제대로 하려면 비싼 값을 치러야 하기 때문이기도 하지만 조용하게 처리하고 싶었다.
　배는 어느덧 팔미도 앞바다를 미끄러지듯 빠져나왔다.
　연안부두를 출발할 때 잠잠하던 바다가 팔미도 앞바다에 이르자 생각보다 바닷바람은 이리저리 불어오며 파도가 높아지며 갈피를 잡을 수 없이 심술을 부렸다.
　불어오는 바닷바람에 실려 무녀 강 씨의 혼백은 산산이 부서져 바람이 되고 물이 되고 파도가 되었다.
　손가락 사이로 한 많은 세월이 바람처럼 스르르 흘러내리며 통한의 뼛가루가 고향 바다로 흘러가고 바람을 타고 먼지처럼 흩어졌다.
　그렇게 한 많은 무녀의 삶은 소리 없는 기억 저편으로 사라져 가고 있다.
　무심한 갈매기는 먹이라도 주는 줄 알고 이리저리 날아오르며 뱃머리를 맴돌아 끼룩끼룩 날카로운 비명을 지르며 수평선 위로 메아리가 되어 퍼진다.

　어머니의 유골을 바다에 뿌리고 돌아오는 택시 안은 무거운 침묵이 흐르고 있었다.

두 눈에서 흐르는 눈물은 소리 없이 양 볼을 타고 흘러내렸다.
 흐르는 눈물을 닦아낼 생각도 없다.
 그저 흐르는 대로 내버려두면 주르륵하고 발등을 적셨다.
 무겁게 흐르는 정적을 깨고 갑자기 화련이 불쑥 말문을 열었다.
 "동생들아, 고생했는데 누나가 쏠 테니, 나이트클럽으로 가자?"
 "기사 아저씨, 우리 나이트클럽으로 가주세요."
 택시 안에 있던 사람들이 지금 무슨 이야기를 들었는지 귀를 의심했다.
 어머니의 유골을 바다에 뿌리고 나서 가는 길에 수고했으니, 나이트클럽으로 가자고 실로 어처구니없는 말 앞에 전부 어안이 벙벙하다.
 그래도 먼저 정신을 차린 건 화련의 여고 동창인 친구였다.
 "애가, 지금 무슨 소리를 하는 거야. 너 지금 말이라고 하는 소리야 미친 것 아니야 어린 동생들 앞에서 바보 같이. 애들 아직 미성년자야!"
 화련은 정말 미친 듯이 대답한다.
 "그래, 나 미쳤다."
 목소리는 발작하는 절규에 가까웠고 신경질적이었다.
 "동생들이 고생해서 기분 좀 풀어주려고, 나이트 가자고 한 것이 뭐가 잘못이야. 질질 짠다고 죽은 엄마가 살아 돌아오기라도 한 대!"
 "말 같지 않은 소리 하지 ~마. 아저씨 그냥 가던 대로 가주세요."
 운전기사도 혼란스럽기는 마찬가지다.
 "아, 글쎄 정확하게 말씀을 해주셔야지요."
 "아저씨 엄마 유골 뿌리고 나서 나이트 가자는 게 가당하기나 한 말이에요?"

그 말에 상황 파악이 된 기사 아저씨는 기가 막힌다는 듯이 어험 흠흠, 거참 그것참 하면서 차를 원래 목적지로 몰고 가기 시작했다.

큰 도로와 골목길을 이리저리 빠져나와 차는 길목 슈퍼 앞에 천천히 멈추어 섰다.

골목은 쓰레기가 지저분하게 널려있어서 어디서 나는지 모를 악취가 풍겼고 길모퉁이 누렁이 잡견 몇 마리가 놀란 듯이 컹컹거리며 짖는 소리가 바람을 타고 들려왔다.

차에서 내린 친구는 화련 앞으로 몇 발짝 다가서더니 뺨을 호되게 후려치며 흥분을 감추지 못했다.

연속해서 두 대를 맞은 화련은 다리가 휘청한다.

"야, 이년아."

"내가 너 같은 년을 친구라고 쫓아다닌 게 한심하다."

"그래, 엄마 유골 뿌리고 나이트 가자는 년이 세상천지에 어디 있냐? 동생들 보기가 부끄럽지도 않냐?"

"너 앞으로 나 아는 척하지 마라."

친구는 뒤도 돌아보지 않고 아직도 분이 안 풀렸는지 씩씩거리며 찬바람을 일으키며 가버렸다.

화련은 소리쳤다. "그래! 이~ 년아 나 원래 그런 년이야."

소리를 고래고래 지르고 싶었다.

그러나 목소리는 목젖에서 맴돌 뿐 밖으로 나오질 않았.

가슴에서는 뜨거운 그 무엇인가가 끓어올랐고 친구에게 맞은 얼굴의 아픔은 느껴지지 않았다.

오히려 죽도록 더 맞아 쓰러지고 쓰러져서 일어나고 싶지 않은 심정이었다.

눈에서는 뜨거운 눈물이 피눈물이 되어 말없이 흘러내렸다.

"불어오는 바닷바람에 실려 무녀 강 씨의 혼백은 산산이 부서져 바람이 되고 물이 되고 파도가 되었다.
 손가락 사이로 한 많은 세월이 바람처럼 스르르 흘러내리며 통한의 뼛가루가 고향 바다로 흘러가고 바람을 타고 먼지처럼 흩어졌다."

♣ 무녀의 피

민철의 사무실에 전화벨이 요란하게 울리기 시작했다.
고등학교를 졸업한 민철은 대학 갈 처지는 되지 않고 그래도 어머니가 살아생전에 화련은 이미 대학에 다니고 있었기에 학업을 포기하고 누나의 학비를 대며 본인은 여기저기 점원 생활과 막일 등을 하면서 얼마간의 돈을 모아 예쁜 색시도 얻고 세 살 난 딸아이도 키우고 있다.
지금은 조그마한 전기 재료상점을 운영하고 있다.
전기 공사장 인부들이 모두 현장으로 나가고 조금은 한가한 시간에 목청이 떠나가라고 울리는 전화벨 소리가 왠지 불안한 느낌이다.
"여보세요."
전화선 저편에서 들려오는 다소 조심스럽고 짜증스러운 목소리가 들려온다.
"죄송한데 혹시 배민철 씨 아니 신지요?"
"아~예 맞는 데 무슨 일이시지요?"
"아, 예 여기 S 여자중학교인데요, 교직원 기록부를 보니, 가족이 동생 분밖에 없어서 부득이 연락을 드렸습니다."
"그런데 무슨 일, 어떤 일로?"
민철은 오랜 세월 동안 연락을 끊고 지내던 누나 화련의 신변에 무슨 일이 생겼나 직감적으로 불길한 느낌을 떨쳐버릴 수가 없었다.
대학 생활 중에 미술을 전공하고 사범대 과정을 거쳐 S 여자중학교 미술 교사로 재직하고 있었다.
교감이라고 신분을 밝힌 사람은 화련 선생님이 아이들을 더 이상 가르치기 어려울 것 같다고 이야기했다.

수업 중에 갑자기 소리를 지르고 마치 노처녀가 히스테리 부리듯 학생들에게 집기나 책을 던지고 때로는 교실에서 수업하다 말고 담배를 피우는 등 교사로서 도저히 믿기 어려운 돌발행동을 해서 학부모들에게 민원이 빗발친다는 거였다.
 몇 차례 경고했지만, 막무가내이고 학교에서는 더는 두고 보기 어려운 중대한 문제로 인해 징계 위원회가 소집되었고 결과적으로는 교사가 지녀야 할 품위를 실추하고 상태가 더욱 심해지는 등 이후로 수업을 진행하기 어려울 뿐만 아니라 교사의 자격 유지 또한 힘들어 보호자에게 통보를 드린다는 것이었다.

 민철은 불길함 속에 말로 표현할 수 없이 끓어오르는 그 무엇인가가 전율처럼 타고 오는 느낌이 들었다.
 서둘러 사무실 잔무를 정리하고 누나가 근무하는 학교로 달려갔다.
 오래간만에 만난 동생을 바라보며 반가움이나 노여움이랄까, 그 어떤 반응도 보이지 않았다.
 마치 어제 본 사람처럼 그냥 무덤덤하게 말했다. "네가 여기 웬일이냐?"
 말해놓고도 아무 일 없었다는 듯 시큰둥한 표정을 지었다.
 화련의 감정 없는 무표정에서도 정상이 아닌 듯한 느낌이 들었다. 다른 때 같았으면 요란할 정도로 반기고 호들갑을 떨었을 그녀였다.
 "누나 도대체가 무슨 일이 있는 거야?"
 "일은 무슨, 저 새끼들이 내가 맘에 들지 않는다고 자르겠다고 해서 한바탕했지, 뭐! 정말 나쁜 놈들이야."
 민철이 말을 걸자, 분통이 터진다는 듯 되는 대로 욕지거리를 하며 분풀이했다.
 서슬이 파래 떠들고 있는 눈동자는 동공이 풀리고 횡설수설

하는 것이 누가 보더라도 정상은 아닌 것 같다.
 민철은 청천에 날벼락 같은 사태에 너무도 혼란스럽다.
 조심스럽게 누나 화련에게 몸이 별로 좋아 보이지 않으니 병원에 가서 진료를 좀 받아 보자고 제안해 보았지만 막무가내다.
 "미친놈! 내가 멀쩡한데 병원을 왜 가냐."
 눈에 핏발을 세우며 소리를 지르고 있다.
 조카가 몸이 안 좋아서 병원에 입원했는데 얼굴 한 번 안 보일 거냐고 거짓말도 해보고 윽박질러도 보았다.
 그 후로 몇 번을 설득해서 병원에 입원시킬 수 있었다.
 며칠 뒤 화련이 입원한 병원을 들러 담당 의사를 만났다.
 외과적이거나 특별한 문제가 없어 보인다는 것이었다.
 다만 특이 행동 장애를 보이는 것으로 보아 정신병원에 입원하는 것이 어떻겠냐고 뚱뚱한 중년의 의사는 기름진 얼굴에 미소를 띠며 목소리는 저음으로 깔고 친절하게 병원 소개까지 해줄 테니 가보라고 말했다.

 민철은 깜깜한 하늘을 올려다보았다.
 오늘따라 어머니의 얼굴이 떠오르고 까만 밤에 촘촘히 박힌 별들이 우수수 쏟아질 것처럼 반짝이고 있다.
 아! 어머니 어쩌자고 누나에게!
 북두칠성이 보이고 페가수스는 희미하지만, 큰곰자리도 보이고 초등학교 때 배운 자연 시간의 별자리들을 헤아려 보았다. 깜깜한 하늘에서 반짝이는 별들이 여기저기서 존재감을 드러내기라도 하듯이 빛을 발하고 있었다.
 어머니의 얼굴이 달빛 사이로 어른어른 보이는 듯하다.
 어머니 무녀의 혼이 누나에게 신 내림한 것 같은 생각을 떨쳐버릴 수가 없어 어머니가 한없이 원망스럽다.
 사흘 후 병원을 찾은 민철은 허탈한 마음으로 병원을 나와

야만 했다.
 누나 화련이 퇴원 절차를 마치고 사라져 버린 것이다.
 살고 있던 연립주택에도 찾아가 보았지만, 자취를 감추고 연락이 되질 않았다.

♣ 대물림

 삶이 고되고 힘들어도 세월은 강물처럼 흘러갔다.
 가을이 저물어 가는 겨울의 초입 찬바람이 옷깃을 들치며 파고들어 불어오던 날, 저녁노을이 붉게 타들어 가는 고요한 야산 골짜기에서 덩덩 덩더꿍 챙, 챙, 챙 날카로운 금속성 이 울려 퍼지고 있다.
 둥근 모자에 새털의 깃을 머리에 꽂은 무녀가 경중경중 뛰어오르며 알 수 없는 주문을 외우고 재단 아래 둥그런 멍석 위에는 하얀 치마저고리를 입은 여인이 눈물이 범벅이 되어 서럽게 눈물을 흘리며 두 손은 합장하고 연신 손을 비벼대며 빌고 있다.
 화련의 내림굿이 진행되고 있었다.
 저주받을 운명처럼 그러나 피해 갈 수 없는 대물림이 시작된 것이다.
 병원을 나와 전셋집을 정리하고 퇴직금을 챙겨 들고 전국을 돌아다니며 조선왕조의 각종 문헌뿐만 아니라 어머니의 원래 남편의 이가 성을 따라 본인의 뿌리를 찾아서 호적 등본을 떼고 그 윗대의 호적을 추적하여 조상들의 재산을 찾아야 한다며 강원도, 충청도, 전라도로 전국을 떠돌며 유랑생활을 했다.
 터무니없고 말도 안 되는 집착의 세월을 살면서 몸은 나날이 야위어지고 돈은 돈대로 다 써버렸고 그나마 정신마저 혼미해지면서 며칠씩 앓아눕곤 했다.
 남편과도 이혼한 상태에서 화련의 방황은 저 홀로 떠도는 망망대해의 일엽편주 돛단배였다.
 그래도 한때는 정신을 차리고 살아보자고 마음을 먹고 남자라도 만나면 괜찮아지려나, 하는 마음에 남자도 사귀어 보았다.
 어머니를 닮아 호리호리한 몸매에 서구적인 스타일의 예쁜 얼굴 때문인지 처음에는 남자들도 멀쩡한 화련에게 호의적으로 대하다가 갑자기 이해하기 어려운 돌발행동을 하거나 혼자서 주문을 외우듯 중얼거린다든지 기이한 행동을 하면 모두 혼비백산하고 달아나 버리기 일쑤였다.
 온몸이 땅속으로 빨려 들어가는 느낌이 들 때면 언제나 그곳에는 고깔모자에 새의 깃털을 달고 춤을 추고 있는 어머니가 보였다.
 꿈에 어머니가 보이는 날이면 영락없이 일어나지도 못하고 하루를 죽은 목숨으로 지내야 했다.
 변해 가는 자기 모습을 거울에 비추어 보면 거울 속에는 본인은 없고 무녀 어머니의 모습이 거울에 있었다.
 진저리가 쳐지도록 싫었지만, 어찌해 볼 도리가 없었다.

 수소문 끝에 강릉에 있는 어머니의 신딸을 찾아갔다.
 신딸은 제법 커다란 건물에 어머니 강 씨보다 신당도 크게 차려놓고 영험한 기운이 흘러넘쳤다.
 "에구, 이것이 화련이 아닌감. 어째 이제야 나타났는가? 나는, 네가 올 줄 알고 있었다니까.
 이런, 얼굴이며 몸 상한 것 좀 보게 이를 어찌하나!"
 손을 잡고 등을 쓰다듬으며 신딸은 너스레를 떨며 "그래! 어쩔 수 없는 것이여, 어쩔 수 없고말고. 우리 신 엄니가 씨였구먼, 대물림된 것이여 에그 쯧쯧." 하면서 혀를 찼다.
 신딸과 몇 날 며칠을 생활했다.
 신령님이 점지해 준 날에 내림굿을 해야 하고 백일기도를 드리고 밤낮으로 치성을 드려야 한다며 몇 날 며칠을 기도에 여념이 없었다.

오늘이 바로 신령님이 점지해 준 날이다.
 11월 12일이 길일인 거야!
 장구 소리, 징 소리가 커질수록 천근만근이었던 몸이 깃털같이 가벼워지는 것이 하늘을 날 것 같다.
 방울 소리가 딸랑딸랑 허공에서 부딪치고 소맷자락이 펄럭펄럭 바람을 일으키며 울음을 삼키다 흐느끼다 통곡하며 한을 토해내며 울부짖고 있었다. 학창 시절 그려대던 각종 부적이 하늘에서 눈처럼 내린다.
 세상의 업보들을 피해 가려 하면 할수록 부적들이 더 많이 날아와 온몸에 달라붙고 몸을 꽁꽁 묶어 움직일 수가 없다.
 어머니 무녀의 피가 강물처럼 흘러 긴 울음소리와 함께 몸으로 흘러들어오며 혼백의 대물림으로 이어받았으니 어쩔 것이여~ 내~ 혼이~ 야~ 어쩔 것이여~ 내~ 혼~ 이야 어쩔 것이냐~ 노랫소리가 방울 소리와 함께 아득하게 울리며 무녀의 길로 들어선 것이다.
 그렇게 창피하고 저주하고 싫어했던 무당이 된 것이다.
 볼을 타고 흐르는 눈물이 껑충껑충 뛰어오르는 몸을 따라 사방으로 튀며 시퍼런 작두 위에 떨어져 내렸다.
 어머니 강 씨가 오르던 작두의 시퍼런 칼날 위에 번들거리는 맨발이 외롭고 서럽다.
 어머니 신딸에 신딸이 된 화련은 그렇게 무녀가 되었다.

♣ 삼대의 진혼곡(鎭魂曲)

 상 위에는 오늘따라 푸짐하게 음식이 차려져 있다.
 과일이며 전이며 생선과 고기 없는 것이 없다.
 오늘이 어머니가 파도를 타고 바람 따라 날개를 달고 고향 바다로 날아간 기일이다.
 제사상을 차려놓고 혼자 제사를 지내자니 갑자기 외로움이 밀려와 울컥하는 마음에 가슴이 시리다.
 민철은 창밖의 먼 산을 바라다보며 지난날들을 회상해 보았다.
 참으로 힘든 나날이었다.
 하는 사업도 날로 잘되어 제법 큼직한 점포의 사장이 되었다.
 어느덧 머리에는 잔설이 바람에 날리며 세월의 징표를 남기기 시작했다.
 바쁘게 살 때는 몰랐지만 소식이 끊어진 지 오래 되어버린 하나밖에 없는 누나, 화련이 보고 싶다.
 어디서 밥은 먹고 사는지 결혼은 했는지 수많은 생각이 머리를 어지럽혔다.
 눈가에는 습기가 어린다.
 좀 더 일찍이 수소문해서 누나를 찾아볼걸. 하는 후회를 하며 조만간 시간을 내어 누나의 거처를 알아봐야겠다고 다짐했다.

 "아빠"하고 부르는 딸의 목소리에 깜짝 놀라 고개를 돌렸다.
 민철은 고등학교에 들어간 하나밖에 없는 딸 수미를 보는 맛에 살고 있다.
 바이올린에 소질이 있어 교내는 물론 각종 콩쿠르에서 상을 타오고 제 엄마를 닮아 성격도 밝고 쾌활해 딸 바보가 되었다.
 요번 따님이 전국학생음악대전 콩쿠르가 어쩌고 직원들의

수다가 시작되고 늘어놓는 칭찬에 기분이 좋아진 민철은 그저 허허 웃는다.
"여보, 도대체 수미가 무슨 이야기만 하면 무조건 다 좋다고, 허허대기만 해요. 당신도 참, 수미에게 하는 거, 반이라도 좀 나한테도 해줘 봐요, 내 말도 좀 들어 주구요."
"어허, 이 사람아 내가 언제 당신 말을 안 들었다고 그래."
"에구, 그래요, 잘났어요. 정말."
민철은 누나 걱정에 싸여있던 근심이 수미의 수다와 아내의 너스레에 언제 그랬냐는 듯이 사라졌다.
밖에 나가면 딸 자랑에 언제나 신이 났다.
참 요즘 같으면 행복하다.
사업도 잘될 뿐 아니라 예쁘고 착한 딸 수미는 공부도 잘하고 부러울 것이 없다고 생각하다 보면 끝에 항상 아쉬운 자리를 차지하고 있는 누나가 걸리는 것이었다.
어쩔 도리가 없으니 그저 잘 지내기만을 바랄 뿐이다.

출근해서 바쁜 일을 마무리하고 신문을 뒤적이고 있는데 아내가 사무실 문을 열고 사색이 되어 들어서고 있다.
아니 여보 무슨 일이야 연락도 없이
"여보, 글쎄 우리 수미가 학교에서 쓰러졌대요."
"쓰러지다니, 왜? 뭣 때문에"
"글쎄 모르겠어요."
민철에게 수미가 쓰러졌다는 것은 꿈이 무너져 내리는 청천벽력 같은 소식이었다.
학교에서 다시 연락이 왔다.
119로 연락해서 종합병원으로 옮겼다는 것이다.
민철은 정신없이 병원으로 달려갔다.
하나밖에 없는 딸이자 집안의 자랑거리인 딸이 쓰러지다니 마음이 조급해서 운전이 잘 안 된다.

"오늘따라 웬 놈에 차들이 이렇게 잔뜩 나와서 밀리는 거야."
 짜증스러운 푸념이 저절로 나왔다.
 민철 부부의 발걸음 소리가 요란스럽게 헐레벌떡 응급실로 들어갔다.
 수미는 아무 일 없다는 듯이 응급실 침대에서 링거를 맞고 있었다.
"어디 얼마나 아픈 거야, 왜 그런 거야"
 두 부부는 대답할 기회도 주지 않고 질문을 던졌다.
"아빠 엄마, 나 아무렇지도 않아, 봐 괜찮아."
 수미는 맑게 웃어 보이며 손까지 흔들어 보였다.
 이제야 진정이 되는지 부부는 한숨을 몰아쉬었다.
"이 녀석아, 깜짝 놀랐잖아."
 놀란 가슴을 쓸어내리며 의사 선생님을 찾았다.
"선생님 우리 애가 왜 그러지요?"
"아, 예 전체적으로 맥박, 호흡 등 뭐 특별한 문제가 없습니다. 요즘 뭐 과로한 일이 있나요? 한창 공부할 나이니, 학원을 여러 군데 다니나요? 좀 피로해서 그런 것 같으니 영양제 맞고 한숨 푹 자고 나면 괜찮아질 겁니다."
"예, 감사합니다."
 아내는 젊은 의사에게 90도 깊은 절을 했다.
 항상 뭔가 걸리는 느낌이 있었지만, 수미가 과로해서 그렇지, 특별한 병증이 없다는 것에 안도하는 감사 의식처럼 인사를 하는 것이었다.
 두 시간 후 아무 일 없었다는 듯이 세 사람은 병원 문을 나왔다.

 병원에 다녀온 후로 수미가 한 번 더 학교에서 쓰러졌다는 소식을 들어야 했다.

전과 마찬가지로 병원에서 특별한 것이 없다고 링거를 맞고 퇴원했다.
"음악을 한다고 너무 연습을 많이 하는 것 아니야? 여보, 수미가 몸이 약해진 것 같으니 보약 좀 해서 먹이구려."
"알았어요. 계집애 이젠 별걸 다 하네. 누굴 닮아 몸이 저리 약한 거야."
이때까지만 해도 이들에게 서서히 다가오고 있는 운명의 사슬을 아무도 발견하지 못했다.
그 후로 수미는 영문도 없이 몸이 아프기 시작했다.
그렇다고 특별한 증세도 없이 극도로 피곤함을 호소했고 점차 학교에 빠지는 날이 많아지기 시작했다.

민철의 자랑이던 공부 잘하고 바이올린 잘하는 딸은 없었다.
수업 일수가 모자랄 정도로 학교 다니는 것이 어려워졌다.
힘들게 학교에 가면 수업 중에 또 쓰러지고 이제 학교에서 친구들도 놀라지도 않았다.
"비실이 또 쓰러졌대 정말 쟤는 대체 왜 저래." 친구들의 비아냥거리는 목소리가 머리 뒤에서 송곳처럼 날아왔다.
그런 날이면 수미는 양호실에 가서 몇 시간씩 누워있다 집으로 돌아오곤 했다.
아내는 공부 잘하고 음악적 재능으로 바이올리니스트를 꿈꾸던 수미의 꿈은 고사하고 졸업을 걱정할 수밖에 없는 처지가 한심스러웠다.
"선생님 우리 아이 어떻게 해서라도 졸업만은 하게 해주세요."
"참! 수미 어머님, 이렇게 수미가 자주 쓰러지면 수업 일수가 모자라서 걱정입니다. 그렇다고 학교에 와서 쓰러지면 양호실에서 하교를 매일 하게 할 수도 없고… 수미 어머니 정말 걱정이네요."

좀 마르고 깍쟁이 같은 인상의 사십 대 중년 여선생이 골치 아프다는 듯 피곤하고 신경질적인 표정을 지었다.
 잘못하다가는 학교 측에 문제가 생길 것을 염려하는 기색이 역력했다.
 두 사람 사이에 무겁고 긴 침묵이 흐르고 있었다.

 민철은 퇴근하다 직원들과 거나하게 술을 한잔하고 딸아이 걱정에 무거운 발걸음으로 아파트 입구를 들어섰다.
 민철은 별로 술을 즐기지 않았는데 요즘 들어 부쩍 술을 많이 먹는다.
 수미가 아픈 이후로 사는 것이 재미가 없어졌다.
 다른 날 같으면 직원들과 술을 한잔할 때면 우리 수미가 말이야 요번 청소년 콩쿠르 알지 거기서 우승을 먹었다는 거 아니야 하면서 신나게 딸 자랑을 해야 하는데 오히려 요즘은 자랑은커녕 걱정덩어리로 변해있으니 재미있을 리가 없다.

 축 처진 어깨를 들먹이며 만사가 귀찮아 일찌감치 마무리하고 퇴근을 했다.
 아내가 없는지 초인종을 몇 번 눌러도 기척이 없다.
 아파트 번호 키를 천천히 누르고 현관문을 여는 순간 민철은 온몸이 얼어붙고 그대로 주저앉을 뻔했다.
 이건 있을 수가 없는 일이었다.
 있어서도 안 되는 일이 벌어지고 있었다.
 거실 베란다에는 수미가 있었다.
 커다란 베란다 문을 방충망까지 전부 활짝 열어 놓고 베란다 앞에다 의자를 끌어다 놓은 상태로 그 위에 올라서 있었다.
 고개는 하늘을 쳐다보고 양팔은 벌리고 알 수 없는 주문을 외우고 있었다.
 아차, 하면 추락하기에 십상인 상태에서 보통 때 같으면 무서워서 엄두도 못 낼 위치이며 자세다.
 민철은 순간 본능적으로 어머니 강 씨가 그 자리에 서 있는 것으로 착각했다.
 누나 화련의 모습이기도 했다.
 민철은 본능적으로 소리쳤다.
 "당신 왜 그래? 당신이 손녀딸한테 해준 것이 뭐가 있는데 손녀한테까지 들어가서 이러는 거야? 빨리 나오지 못해."
 민철은 거의 미쳐가고 있었다.
 아니 미쳤다. 제정신이 아니었다.
 빨리 그 몸에서 나오지 못해 고래고래 소리를 지르며 울부짖었다.
 수미도 이미 수미가 아니었다.

 "민철아, 이놈아, 담배 있으면 하나, 줘봐."
 할머니 강 씨의 목소리가 터무니없이 수미의 입에서 나오고 있었다.
 믿을 수가 없었다.
 어쩌자고 이런 일이 일어난다는 말인가 민철은 온몸이 무너져 내렸다.
 무녀가 된 이후에 강 씨는 담배를 피우기 시작했었다.
 민철은 기가 막혔다.
 "이놈아, 내가 왜 죽었는지 알아 그년이 죽인 거야. 그 나쁜 년이 날 죽였다고!"
 외가 쪽에 외숙모의 외도로 자살한 삼촌이 있다는데 수미가 태어나기도 전에 일이라 수미가 알 턱이 없는 내용이었다.
 수미는 삼촌이 되었다가 강 씨가 되었다가 때로는 누나 화련이 되기도 했다.
 "제발… 제발… 당신 빨리 나와 우리 수미에게서 나오란 말이야!"

민철은 거의 동물처럼 울부짖었다.
 순간 수미는 동공에 힘이 풀리고 눈이 뒤집혀 흰 창이 보이며 힘없이 쓰러졌다.
 그리고 한참을 잠에서 깨어나질 못했다.
 이 운명의 장난을 어찌 받아들여야 하나 혼란스럽기에 짝이 없다.
 도저히 머리로 정리가 되지 않는다.
 어머니야 삶의 처지가 박복하고 배운 것이 없어 무지해서 무속에 빠질 수 있다 치고 누나 화련은 사범대를 나와 교사까지 하는 나름 엘리트 아닌가?
 누나가 무병에 걸려 인생을 폐인처럼 사는 것도 모자라 아직 피어 보지도 않은 저 어린것에게까지 이건 아니다.
 절대 있을 수 없는 일이다.

 민철은 피가 나도록 어금니를 꽉 깨물었다.
 우리 딸만은 절대, 절대 당신의 희생양으로 만들 수 없다고 다짐하고 또 다짐했다.
 깊은 꿈속에서 헤매듯이 고요한 표정으로 한참을 자고 난 수미는 이상하게 변해있었다.
 그날 이후 반말 투의 어린 양을 부리던 수미가 아니었다.
 호칭을 아버님 어머님이라고 부르고 말투 자체가 아예 딴사람이 되어있었다.
 "아버님 어머님 안녕히 주무셨습니까? 소녀, 아침 문안 올리옵니다. 소녀 오늘은 몸이 편치 않아 학교에 갈 수 없을듯 하옵니다."
 마치 사극에 나오는 조선시대 여인의 말투이고 모든 것이 조용하게 움직이며 매사에 공손하기 이를 데가 없다.
 이런 변화된 모습에서 민철은 억장이 무너지고 있었다.

사업도 이미 내팽개친 지 오래되었다.
수미를 데리고 퇴마를 잘한다는 사찰을 안 찾아다닌 곳이 없다.
퇴마를 잘한다고 하는 절에 가서 몇 날 며칠 먹고 자면서 퇴마의식을 치르며 하루하루를 보냈다.
사업해서 벌어놓은 돈이 거덜이 나도 상관이 없었다. 우리 수미만 무병에서 벗어날 수 있다면 못할 일이 없었다. 민철은 간절하게 기도했지만, 시간이 갈수록 애가 타들어 갔다.
아내는 아내대로 황폐해지기 시작했고 가정 살림도 말이 아니었다.
어떤 수를 쓰더라도 딸 수미만은 무녀의 길을 걷게 하고 싶지 않았다.
얼마나 많은 한이 맺혀있어서 어머니 무녀의 원혼이 구천을 맴돌며 극락으로 가지 못하고 주변을 서성이는지 자식들의 앞날에 행복은 주지 못할망정 저주 어린 삼대의 고통을 주는지 어머니가 원망스럽다.
원망이 커지면 커질수록 삼대에 걸친 운명적으로 굴곡진 삶이 애처로워 견딜 수가 없으며 가슴이 시리도록 서럽고 피눈물로 얼룩진 현실이 너무 아파 참을 수가 없었다.

"아버님 오늘은 구룡사에 다녀오겠습니다."
수미가 인사를 하고 조용히 대문 밖을 나서고 있다.
창밖에는 하얀 구름이 뭉게뭉게 여러 형상을 그리며 피어오르고 있다.
뭉게구름 사이로 어머니 강 씨, 누나 화련, 딸 수미가 나란히 걸어가고 있다.
천천히, 천천히 그리고 점점 멀어져 갔다.
세 개의 점으로 보이더니 두 개로 보이다 한 개의 점으로 흩어지며 민철의 눈에는 굵은 눈물이 뜨겁게 흘러내리고 있다.

*레퀴엠(requiem)은 기독교에서 '죽은 이를 위한 미사(위령미사)'에 연주되는 무겁고 침울한 예식 음악이다. 무덤에 잠자는 사람의 영혼이 최후의 심판 날에 천당으로 구제되어 들어갈 수 있도록 기원하기 위한 것이다. 이 미사의 전례(典禮)에서는 처음의 입제창(入祭唱, Introitus)이 라틴어의 'Requiem Aeternam Dona Eis Domine(주여, 영원한 안식을 그들에게 주옵소서)'로 시작되므로, 이 미사를 레퀴엠 미사, 줄여서 레퀴엠이라고 하였다. 레퀴엠은 진혼곡(鎭魂曲)으로 번역되기도 한다.

♣ 운명의 굴레

 화련은 삼대에 걸쳐 내려온 집안 내력을 한숨처럼 쏟아내고 흘러내리는 눈물을 어찌하지 못해 고개 들어 먼 하늘을 올려다보았다.
 고니는 깊은숨을 몰아쉬며 이해하기 어려운 비현실적인 현상과 4차원적 시간의 연속성에 시류를 타고 흐르는 물처럼 자신의 의지와 상관없이 흘러가야 하는 그 들 삶의 종착역은 어느 곳인지 알 수가 없었다.
 화련은 지나온 집안 내력과 자신의 처지를 넘어 조카에게까지 이어지는 기구한 운명의 역사를 한풀이 하듯이 아무도 들어주는 이 없는 자신의 운명을 독백처럼 이야기했다.
 고니로서도 지나온 십 년 세월이 사람을 변화하고 또 다른 삶을 엮어내는 시간의 흐름 속에서 얼마나 많은 사람의 운명이 변하고 살아갈 시간 앞에 장담할 수 있는 자 아무도 없으리라! 생각했다.
 오 분 후에 일어날 일에 대한 것은 아무도 모른다는 운명적 논리 앞에 숙연해질 수밖에 없었다.
 운명의 시간은 이렇게 가고 오는 것인가?
 살아온 과거의 시간은 의미가 없었다.
 화련이 무녀가 되어야 하는 운명이다. 지나온 세월을 이제는 마감해야 할 시간처럼 마침표를 찍어야 한다는 것이 운명이라면 지금까지 살아온 인생을 향해 생의 한가운데로 달려온 기차는 멈추어야 한다. 제발 여기서!
 다른 열차로 갈아타야 한다.
 종지부를 찍어야 하는 단어는 매정했다.
 어머니의 원혼은 비정하게 사선을 가로질렀으며 서러웠고

아쉬운 시간은 눈물이 앞을 가려 희미했다.
 희미하게 잊혔다고 생각한 지난날은 잊고 싶은 기억들이 길고도 짧게 끝내 대물림이라는 날카로운 독백으로 허공에 뿌려졌다.
 어머니의 원혼이 담긴 비수의 칼날이 화련과 수미의 가슴에 박혔다.
 운명론자들이 말하는 운명이란? 철학이라는 이름표를 달았으나 빈 주점에서 홀로 만취하도록 마셔버린 고뇌에 찬 삶의 정점을 향해 달려오던 처절한 여정을 살아온 그들은 철학보다 더 진한 운명이라는 독주를 마시고 있었다.
 영혼의 불나방이 되어 영혼과 육신의 중간쯤 세계를 떠도는 원혼들의 설움이 자식들에게 미련이 남아 떠나가지 못하고 구천을 맴도는 원귀가 되었나 보다.

 사랑했던 감정이 가여운 물결을 타고 밀물처럼 달려온다.
 콧등이 시큰하며 왠지 모를 눈물이 핑 돌아 뜨거운 감성을 자극하며 주체할 수 없는 감정이 끌어올라 어쭙잖게 마신 알코올이 위와 혈관을 자극하고 불현듯 올라오는 듯한 욕정에 목이 마르다.
 그것이 연민인지 사랑인지 알 수 없지만, 몸이 반응하는 것은 또 무엇인지!
 그토록 강하게 살아온 한 여성이 무너지는 모습 앞에 끌어안아 주고 싶고 토닥여 주고 싶은 마음과 온몸이 부서져라 껴안아 서로의 욕정을 불사르고 싶다는 생각이 불현듯 엄습하는 바람처럼 불었다.
 지성과 이성은 알코올 화학작용에 의해서 함몰되어 내 안에 타오르던 세포들이 일제히 정전기를 일으키며 불꽃이 튀는 것 같았다.
 고니는 육신에 또 다른 이성이 숨을 가쁘게 몰아쉬고 있는 자신이 원망스러웠다.
 가로등 불빛이 뽀얗게 부서져 내리면 미지의 세계를 탐하는 여행자처럼 두리번거린다.
 본능은 살아 움직이는 뱀처럼 심장에 자리를 잡고 붉은 혀를 날름거리며 온몸을 휘감았다.
 수치심도 잊은 채 쾌락을 향한 생의 신성한 화학반응은 노쇠한 육신에 아직도 살아있음을 증명하는 증표처럼 호르몬을 분비하며 마실 수 없는 오아시스를 찾아 헤매는 기분이 들었다. 하필 이런 상황에서라니!
 뜨거운 욕정으로 부풀어 오른 불꽃이 자진하고 저급한 허탈과 허망함이 밀려오면 온몸에 혈관이 풀린다. 사랑이라는 감정은 시도 때도 없이 불같이 일어나고 자제하기 어려운 아픔인가 보다.
 일몰의 시간이 밀어내는 공간에서 주술 의식이 끝나는 시간을 기점으로 본능과 작별의 시간을 예고하며 불빛이 쏟아지는 텅 빈 재단을 뒤로하고 자신의 자아는 이 세상에 존재하지 않는다. 다만 인간과 신들의 영역을 넘나들어야 하는 화련의 신세는 가고자 하는 의지와 상관없이 바람과 함께 길을 잃었다.

 고니는 어떻게 해서라도 화련을 위로하고 싶었다.
 단 하루를 산다면 내일의 운명을 걱정하며 불안에 몸을 떨었던 시간은 누구나 주어진 시간 앞에 공평한 것이라고 배웠으나 시간은 가고 또 다른 시침을 밀어 올리며 분침이 달려 나가고 있는 세월 앞에 무기력한 삶은 속수무책이란 말인가?
 가여운 여인 화련!
 생의 한가운데를 관통하는 성스러운 의식을 거행하는 시간은 짧고 촛불이 타들어 가는 죽음의 향기는 매캐한 시간을 기록하고 있었다.

빛은 어둠 속으로 소멸하는 것이 아니라 다시 태어나는 것이다.
 흐르는 눈물을 애써 감추며 밝아 오는 시간 위로 뿌려지는 빛은 어김없이 내일을 예고하며 또 하나의 꽃이 지고 또 하나의 삶이 피어나고 있다.
 고니는 화련의 삶이 향기로운 꽃으로 다시 피어나길 바라는 소망 앞에 무릎을 꿇고 간절한 기도를 올렸다.

 주변을 정리하고 마무리하였다. 화련 어머니 신딸이 이제는 화련의 신어머니가 되었다.
 "아이고, 수고했다. 화련아 힘들었쩨에이~~~ 괜찮아 괜찮다. 사는 거이 다 그런거이니께 너무 상심 말드라고, 이제 화련이 마음속으로 들어온 신령님을 잘 모시고 섬기면 몸도 안 아프고 전보다 더 활기차게 살 수 있는 것이여! 이것이 우리의 운명이고 숙명인 것이다. 그리 알고 딴 맴 먹지 말고 굳세게 살아야 혀. 알 것 제이 화련아!"
 신어머니는 화련의 등을 토닥이며 위로하였다.
 화련은 눈물을 흘리며 힘없는 목소리로 대답했다.
 "예! 어머니 수고 하셨습니다. 감사합니다." 깊이 고개를 숙이며 인사를 했다.
 그란디 옆에 양반은 누구여? 남자친구여? 잉 그려 남자친구가 옆에서 많이 위로도 해주고 그려, 그래도 다행이다."
 화련과 고니는 굳이 이렇다 저렇다 설명하지 않고 묵언으로 인정하며 답을 대신했다.
 "어머니! 수고하셨습니다. 저희 먼저 내려가 보겠습니다."
 고니도 옆에서 덩달아 인사를 했다.
 "아주머니 저희 먼저 강릉으로 가보겠습니다."
 "그려 오늘은 푹 쉬고 내일 다시 오도록 해요! 내림굿을 했으니까, 일주일 정도는 치성도 드려야 하고 마음을 정갈하게 해야 모든 것이 마무리되는 것이니 그리 알고 내일 신당으로 오도록 해!"
"예! 알겠습니다."
화련은 공손하게 신어머니께 인사를 하고 고니와 함께 잡풀이 우거진 오솔길을 따라 차가 주차된 곳으로 걸어 내려갔다.

땅거미가 숲을 잡아먹으며 서서히 산비탈을 타고 내려올 무렵부터 구름이 몰려들면서 급기야는 비가 내리기 시작했다.
화련과 고니의 착잡한 마음을 아는지 하늘은 서럽게 울었다.
강릉으로 돌아오자, 하늘의 별빛 대신 젖은 어둠이 내려앉은 도시의 별들이 하나씩 빛을 밝히고 있었다.
가로등도 비에 젖고 멀리 보이는 도시의 불빛이 깜빡이며 밤바다도 비에 젖고 있다.
화련은 눈을 감았다.
지나간 시간이 얽히고설키다 풀어지고 영화필름처럼 돌아가며 시간을 재현해서 화련의 머릿속으로 밀려왔다.

무아의 소리를 흔드는 것은 빗소리다.
화련은 비가 오는 날이면 창가에 앉아 빗소리를 시간 가는 줄 모르고 듣고 있는 버릇이 있었다.
왠지 빗소리를 듣고 있으면 마음이 편안해지는 느낌이 좋았다.
비가 오는 밤이면 귀를 닫아걸고 의식의 눈을 열어 놓는다.
세상의 모든 소음이 잠들고 하늘과 땅 사이에 밀고 당기는 비의 소야곡이 세상을 지배한다고 생각했다.
모든 소리를 차단하고 빗소리에 집중하다 보면 처음에는 단조로운 리듬으로 내리던 비가 세상 만물의 물체와 서로 부딪히며 저마다 다른 소리로 울고 저마다 다른 소리들은 모여서 화음을 이루어 자연의 음계를 모두 모아 다양한 하모니를 이룬다.

오감을 열어 비의 노래를 잡아당긴다.
  무슨 소리가 들리는가?
  태고에 바다를 만들어 낸 시원의 빗줄기가 혈관을 타고 흐르는 것 같았으며 육신은 망망대해 어둠의 바다에 떠 있는 노아의 방주가 되고 의식 끝에 머물던 적요의 공간에 빗소리를 가두어 세상의 모든 소리를 잠재웠다.
  오직 그 속에서 빗소리의 빗장을 열어 낙하의 중력이 빚어내는 단조로움과 울림의 조화를 읽으며 투두둑 투둑 빗소리의 리듬을 탄다.
  파열음이 겹치고 나무를 흔드는 바람 소리와 숨죽인 새들의 침묵 그리고 소리 없는 소리들, 우주의 음계가 오선지를 적시면 비와 나 그리고 정적이 흐르는 공간이 한없이 좋았다.
  때로는 고립에 울고 고독에 목마른 영혼도 눈물을 흘린다.
  무슨 사연일까?
  화련은 빗속에서는 한없이 울어도 눈물인지 빗물인지 구별하지 않아서 좋다.
  그런 날 밤이면 밤비는 하염없이 내리고 아침이 오기까지 깊은 사색의 시간은 짧고도 길었다.
  화련은 아무 생각 없이 유리창을 두드리며 물방울이 맺히다 이내 바람을 타고 미끄러져 내리는 빗방울을 손가락으로 밀며 피곤하지만, 어찌 하루가 지난 줄 모르게 흘러간 시간을 돌이켜보았다.
  아주 오랜 시간을 살아버린 하루 같았다. 흐르는 물 따라 세상 끝까지 흘러가면 어디쯤에서 가서 쉬어야 하나 인생은 참으로 알 수 없는 일이 들이닥치는 산사태 같다는 생각했다.
  유리창에 한 글자씩 또박또박 시 한 구절을 적어 물방울에 실려 보낸다.

비의 정조

밤사이 내리는 비
발가벗겨진 몸 위로 떨어지는 빗방울
온몸을 씻어 내린다

더럽혀진 육신 탐욕과 욕망
지은 죄의 숫자만큼 많은 빗방울
씻겨 내려가는 허물들

육신과 영혼이 둥둥 떠다니는 환상
영원히
깨어나지 말았어야 했는데

꿈에서 깨어난 현실의 무게
창을 두들기던 빗방울만
각자 방향으로 흩어지고

여전히 변하지 않은
더럽혀진 육신과 영혼의 함몰
변한 것은 아무것도 없었다.

 화련은 강릉으로 돌아와 하루 종일 지친 몸을 침대에 누였지만, 육신의 피로는 숨이 막힐 정도로 기진맥진한 상태임에도 불구하고 잠을 자려고 하면 할수록 정신은 맑아지고 오히려 몸은 깊고 깊은 심연 속으로 가라앉는 것 같았다.
 천근만근 몸의 무게는 무거웠으나 영혼은 깃털같이 가벼워 하늘을 둥둥 떠다니는 것 같아 어느 한곳에 안주하지 못하고 실바람에도 가볍게 날리며 허공을 떠돌았다.
 화련의 꿈속에 장구와 요란한 징 소리가 휘모리장단으로 화련을 몰아치며 벼랑 끝으로 몰아붙여 불같이 달아오른 몸을 높이, 높이 뛰어오르다 끝내 벼랑으로 떨어져 비명을 지르다 깨어나기도 했다.
 온몸이 물에 빠진 듯 식은땀으로 범벅이 되어 신음하기도 했으며 어머니가 나타나 알 수 없는 손짓으로 화련을 부르기도 했다.
 그래도 고니의 맑은 웃음이 들릴 때는 순간적으로 마음이 편안해지기도 했으며 그동안 함께 했던 사람들이 연극이 끝난 후 각자 배역을 소개하고 인사하는 것처럼 한 명씩 나타났다가 아니면 무리 지어 나타났다 사라지기를 반복했다.
 그리 길지도 않게 살아온 인생이지만, 오래 묵은 전설의 주인공이 되었거나 마을 어귀에서 몇 세대를 지켜보며 서 있는 당산나무가 된 자신이 때로는 아주 오랜 시간을 살아온 노파가 되어 버린 것 같았다.
 화련의 두 눈에서 방울방울 눈물이 속절없이 흘러내렸다.
 악업과도 같이 이어지는 인연의 고리를 어찌 끊어야 하나?
 한 여인의 기구한 삶과 운명은 죽으려 해도 죽을 수 없는 질기기도 질긴 쇠심줄같이 끊어지지 않고 이어지는 가혹한 형벌을 살아가고 있다고 생각했다.

"태고에 바다를 만들어 낸 시원의 빗줄기가 혈관을 타고 흐르는 것 같았으며 육신은 망망대해 어둠의 바다에 떠 있는 노아의 방주가 되고 의식 끝에 머물던 적요의 공간에 빗소리를 가두어 세상의 모든 소리를 잠재웠다."

5부.
승려의 길 자미(慈味)

♣ 고니와 자미

 고니는 강릉에서 화련 선배와 눈물의 이별을 하고 돌아와 항상 마음이 편치 않았다.
 이 년 뒤 시월 초순 낮과 밤의 길이가 같아진다는 추분을 열흘 정도 지난 무렵으로 계절은 또 한 계절을 넘기기 위해서 타오르는 단풍으로 몸살을 앓는 홍역을 치르고 있었다.
 고니는 가을로 접어드는 시기에 강원도 고성에서 날아 온 느낌이 묘한 엽서 한 장을 받았다.
 엽서에는 아무런 내용도 없이 '강원도 금강산 건봉사'라고 쓰여 있고 아래 줄에 자비 자미(慈悲 慈味)라는 네 글자만 간단하게 적혀있었다.
 불교의 가르침 중의 으뜸인 대자대비(大慈大悲)하신 부처님을 이르는 자비의 의미는 알 듯하지만, 그 내용에 대해서는 알 수가 없었다.
 고니는 내용도 없는 이상한 엽서를 받고 도대체 누가 이런 엽서를 보냈으며 엽서를 보낸 저의가 무엇인지 몰라 고민하였다.
 고니와 건봉사 그리고 자비 자미(慈悲 慈味)는 무엇을 의미하는 걸까?
 고니와는 아무런 연관 관계가 없었으며 특별한 생각이 떠오르지 않았다.
 친구나 지인 중에 건봉사에 갔다가 고성에서 엽서를 보냈나? 아무리 생각해도 그럴 사람이 없었다.
 그렇다고 누군가 하릴없는 장난으로 엽서를 보낸 것도 아닐 테고 고니는 골똘한 생각에 잠겼다.
 고니는 궁금증에 시달리다 갑자기 묘한 느낌이 들면서 혹시 화련 두 글자가 뇌리를 스치며 정신이 번쩍 들었다.
 화련 선배! 화련 선배! 그런데 화련 선배가 왜? 의문이 꼬리를 물며 고니는 그래 건봉사를 한번 가봐야겠다고 생각하며 다음 날 회사에 며칠간 휴가를 내고 강원도 고성에 있는 건봉사로 향했다.

 한계령 지나 양양을 거쳐 고성으로 가는 길은 멀고도 멀었다.
 고성에서 건봉사 가는 길도 만만치 않아서 군 초소를 지나자마자 간이 막사에서 간단한 안보 교육을 받고서야 출입 허가를 받았다.
 건봉사는 군부대 위수지역 안에 있어서 출입 허가를 받아야 갈 수 있으며 예전에는 부처님오신 날에만 출입이 허용되었다고 한다.
 건봉사는 신라 법흥왕 7년에 원각사라 부르며 아도 화상이 창건한 절로 후일 조선 세조가 직접 행차하여 어실각(御室閣)을 중수하고 번창하였으며 자장율사가 당나라에서 가지고 온 부처님의 치아 진신사리를 봉안하였으나 임진왜란 때 강탈당한 것을 사명대사가 되찾아와 다시 봉안한 것으로도 유명하다.
 한때 강원도 일대에서 최고의 가람으로 백두대간의 윗자락인 금강산이 바다를 끼고 남으로 내려오는 건봉산 감로봉 동남쪽 자락 기슭에 자리 잡은 아름다운 가람이다.
 일제강점기 때만 하더라도 한국 4대 사찰 중 하나로 꼽힐 정도로 커다란 가람으로 강원도에서 유명한 백담사, 낙산사, 신흥사를 말사로 거느릴 정도로 전각만 하더라도 수백 칸에 이르렀다고 한다.
 그러나 6·25 전쟁을 치르면서 전각은 대부분이 불에 타 소실되었고 유일하게 건봉사 불이문(不二門)만 무사할 수 있었다.
 과거의 영광에 비교한다면 지금은 불이문과 능파교라고 부르는 해탈교(解脫橋)와 함께 근대에 중수한 전각을 비롯해서 몇 동만 소박하게 남아있다.

 초소를 지나서 흙먼지를 날리며 십여 분을 지나자, 통일전망대 표지판이 보인다.
 평일임에도 불구하고 넓은 주차장에는 관광버스 몇 대가 주차되어 있고 전망대 방향으로 줄지어 사람들이 올라가는 게 아스라이 보인다.
 전망대 옆을 지나며 바라본 금강산은 회백색 분칠을 한 것처럼 희미하게 보인다.
 육안으로 보아도 해안선을 따라 이어지는 도로가 북으로 향하고 중간지점에 군사분계선인 철책을 경계로 넘을 수 없는 남과 북의 한계선이다.
 도로를 따라 시야를 위로 향하면 불과 백여 미터 위쪽으로 북한군의 초소도 뚜렷하게 보인다.
 사람이 그어 놓은 경계선과 상관없이 새들은 자유롭게 경계를 넘나들고 동해를 품고 있는 해금강의 절경은 감탄이 절로 나오는 아름다운 풍경이다.
 눈앞에 펼쳐진 풍경 앞에서 왠지 모를 감정이 복받쳐 오르며 소름과 전율이 온몸에 짜릿하게 퍼진다.
 아름다워서 더 슬픈 감정이 복받쳐 오르는 걸 보면 고니도 분단의 비극을 겪고 있는 이 땅의 백성이 맞다는 생각이 들었다.
 건봉산 안내 표지판을 따라 들어가는 초입 주차장에 차를 세우고 걸어서 올라가자, 건봉사에서 유일하게 소실되지 않고 남아있다는 불이문이 보인다.
 불이문(不二門)이란 부처님 가르침의 진리는 둘이 아닌 하나이며 불이문을 통해 부처님의 나라에 들어갈 수 있으며 시시비비(是是非非)를 따질 필요가 없는 불이(不二)의 공간이며 불이(不二)의 경지에 도달해야 진정 한 부처님의 정토에 이를 수 있으니 해탈문(解脫門)이라고도 한다.

 고니는 불이문을 지나면서 마음이 차분해지고 경건한 마음이 들었으나 화련 선배를 만날 수 있을지 하는 의아심에 불안한 마음과 초조함이 교차하는 것은 어쩔 수 없었다.
 종무소 입구에는 공양미와 초 그리고 염주를 비롯하여 불교 관련 소품과 책자가 진열되어 있다.
 반쯤 열려있는 문을 두어 번 두드리자, 나이가 지긋하신 보살님이 합장하며 "나무 관세음보살 무슨 연유로 오셨습니까? 부처님 오신 날 봉헌하는 등도 있고 전각을 증수할 때 사용할 기와 불사를 할 수도 있습니다. 처사님?"
 오랜만에 찾아온 사람이라 그런지 반가운 표정을 지으며 고니를 반기는 보살님은 부처님께 기원하는 제를 올리거나 축원 공양물을 받치는 걸 의논하러 온 불자로 알았던 모양이다.
 고니는 좀 미안한 마음도 있고 해서 공양미 쪽을 손으로 가리키며 물었다.
 "보살님, 공양미는 어찌하나요?"
 "아, 예. 한 봉지에 5천 원입니다."
 "고맙습니다. 보살님 공양미 두 봉지만 주세요!"
 공양미를 들고 대웅전에 들어가 제단 위에 쌀을 공양하고 절과 기도를 올리고 종무소로 가서 보살님을 다시 만났다.
 "저! 보살님 말씀 좀 물어보겠습니다. 화련이라는 보살님을 찾고 있습니다. 여자 키치고는 조금 큰 편이고 호리호리한 체구에 나이는 삼십 대 중후반 정도로 보입니다. 혹시 이곳에 머물고 있지 않은가 해서요."
 "화련! 화련이라! 글쎄 그런 분은 이곳에 없어요! 스님들도 그렇고, 기도하러 와 계신 분들이 그리 많지 않아서 어지간하면 제가 알거든요!"
 고니는 순간 머리가 띵 하는 느낌이 들며 아차 싶었다.

머릿속이 온통 화련 생각으로 꽉 들어차 있다 보니 화련이라는 이름으로 물어보았으니 알 리가 없었다. 엽서에 금강산 건봉사 뒤에 쓰여 있던 네 글자 자비 자미.
"아! 그럼 혹시 자비 자~~~아 미라는 이름을 쓰시는 분은 계신가요?"
"자비 자미?"
자비 자미! 보살님은 머릿속에 있는 사람들의 이름을 기억하려고 안간힘을 쓰는 듯 미간에 주름을 잡으며 생각하다 "아하~ 자비는 모르고 자미라는 법명을 쓰시는 여 스님이 계셔요! 건봉사 요사채에 계시지는 않고요! 산신각 뒤쪽 계단으로 오르다 계단이 끝나는 곳에서 2백 미터 정도 올라가면 조그만 암자가 하나 나오는데, 그곳에 기거하시는 스님이 자미 스님 맞을 겁니다. 맞아 맞아요!"
고니는 자기의 기억력이 대단 하다는 듯이 손뼉을 치며 기뻐하는 보살님의 모습을 보면서 우습기도 하며 화련 선배를 만날 수 있을지 하는 막연한 기대감에 마음이 들떠 서둘러 감사하다는 인사를 하고 종무소를 빠져나왔다.
단풍에 물든 낙엽을 수면 위에 띄우고 한 폭의 그림 같은 풍경으로 능파교 밑으로 흐르는 맑은 물이 한겨울 냉기를 품고 있는 것처럼 서늘하게 느껴졌다.
금강산 자락 건봉산 기슭 가을은 만산홍엽(滿山紅葉)이라 말 그대로 온 산의 나무가 붉은 잎으로 물들어 깊어 가는 가을 정취는 아찔할 정도로 상쾌하며 투명한 햇살을 받아 반짝이는 아기단풍이 눈부시게 아름다웠다.
한여름 뜨거운 햇살을 받고 천둥, 번개와 소나기를 온몸으로 이겨낸 상처인지 붉게 물든 단풍이 곱기도 하지만 계절을 넘으며 얼마나 아픈 상처를 이겨내고 아름다운 빛으로 물들었을까?
고니는 가을 단풍을 감상하는 것도 잠깐 산신각까지 올라가는 것도 숨이 턱 밑까지 차오른다.
 여기서부터 2백 미터 산길을 올라갈 생각을 하니 벌써 다리가 후들거린다.
 강원도 산골의 시월 중순은 긴팔을 입어도 찬 기운이 느껴지는데 헉헉거리며 강파른 숲길을 오르다 보니 이마에 땀이 송골송골 맺기기 시작하고 등에 땀이 후줄근하게 밸 무렵 암자 하나가 직각으로 깎아진 높은 바위 밑에 병풍 속 풍경처럼 매달려 있는 것이 눈에 들어온다.
 암자는 너무 고즈넉하여 시간이 멈춰버린 공간처럼 고요와 적막 속에 고여 있는 물 같다는 생각이 들었다.
 가끔 적막을 깨는 바람 소리, 바람 소리를 등에 업고 날카롭고 투명하게 들리는 산새 소리가 암자의 주인인 것 같았다.
 주변을 둘러보아도 인기척이라고는 찾아볼 수가 없다.
 아무도 없는 암자의 침묵은 공기도 가라앉고 바람도 멈추어 있는 것같이 무거운 침묵이 고여 있다.
 암자 옆 둥근 바위에 앉으니 산 아래 건봉사가 한눈에 들어오고 저 멀리 해금강과 동해 푸른 물결이 턱밑까지 밀려오는 신기루처럼 펼쳐있다.
 이름 모를 산새가 파란 하늘을 가로질러 깊은 숲으로 사라지고 고니는 금강산에 자신도 풍경의 일부가 된 것 같은 착각에 빠져 깊은 사색에 잠겼다.

 보이는 것의 실체는 무엇인가? 익숙하지 않은 것들이 생소해서 신비롭고 아름다워서 길들지 않은 시선으로 바라보는 풍경의 경이로움에 빠진다.
 풍경 속에 잠들어 있는 색감을 깨우고 이해하는 것은 심오한 깊이를 보는 일이다.
 색 속에 깃들여 있는 또 다른 색으로 반야심경(般若心經)에 이르기를 색즉시공 공즉시색(色卽是空 空卽是色) 색이 곧 공이요, 공(公)이 곧 색(色)이다.
 색즉시공 바라보고 인식하는 사물의 본질이 허상일 수 있으니 집착하지 말며 공즉시색 우리 눈에 보이는 것이 다가 아니요. 내가 아는 것이 전부가 아니라 인식하지 못하는 실재가 있을 수 있음을 깨달아야 한다.
 어렵고도 힘든 진리다.
 보이는 색으로 읽고 느끼는 질감으로 보는 것들의 현실적인 인식은 식상한 그 나물에 그 밥처럼 당연하다.
 사물의 외피에서 색의 본질을 찾으려는 팽팽한 긴장감은 힘겨우며 투명한 것과 현실적인 것은 예술이 아니나 해독하기 어려운 암호는 항상 난해하다.
 보이는 것들로 모든 것을 인지하는 감성은 획일화로 가는 통로로 단풍나무껍질의 내면에 존재하는 이파리는 볼 수 없으나 계절을 밀어내며 단풍은 붉게 울고 낙엽은 바람에 날린다.
 뿌리가 빨아올린 청정수가 나무의 혈관을 타고 우듬지에 이르는 경로는 눈에 보이지 않으나 꽃과 열매의 고향은 뿌리인 것을 알아야 한다.
 본질과 근원은 부인할 수 없는 결과의 진리이기는 하나 근원과 빛의 스펙트럼은 가시적 효과인 착시일 뿐 본디 색이란 없으니 공인 것이다.
 무채색의 산란으로 피어난 미립자인 색이 환경을 만들고 환경은 풍경을 만든다.
 보이는 것으로 보는 것의 오류는 슬프다.
 본질 속에 감추어진 색의 원료가 한번 붓질로 윤곽과 색채가 변해 본질을 더듬기 어려운 난제라!
 사람의 마음이 보이는 것이 아니듯 만질 수 없고 볼 수 없는 것이 진실일 때가 있어서 다가서는 색은 서로 밀고 당겨 현란하고 화려하나 멀어지는 색의 본질은 무채색으로 선으로 이루어진 윤곽 끝에 점으로 멀어져 그 깊이나 질감은 알 수가 없다.
 길들지 않은 시선은 사물 앞에 자유로우나 색의 질감 앞에 무력하여 색 속에 색을 들여다보는 일은 참으로 어렵다.
 장승처럼 앉아있는 고니 곁으로 이름 모를 새 한 마리가 후드득 날아오르는 바람에 깜짝 놀라 생각에서 깨어난다.

 삼십여 분을 기다려도 암자를 찾아오는 사람이 없어서 고니는 혹시 암자 안에서 기도라도 하는 건 아닌가 하는 생각에 암자의 문틈으로 안을 들여다보았다.
 "어~~ 허어! 거기 아무도 없는 암자에 와서 도독 고양이 마냥 기웃거리는 처사는 무얼 하는 사람인고?"
 엄하게 꾸짖는 낭랑한 여성의 목소리에 도둑질하다 들킨 사람처럼 화들짝 놀라 뒤를 돌아다보았다.
 목소리는 엄하게 했지만, 얼굴에는 다정한 미소로 쳐다보고 있었다.
 머리를 파르라니 깎은 승려가 잿빛 승복에 하얀 고무신을 단정하게 신고 있었다.
 그녀, 바로 화련 선배가 방금 선계에서 내려온 학같이 고고한 자태로 고니의 눈앞에 서 있다. 바로 화련 선배였다.
 고니는 눈물이 왈칵 쏟아져 내릴 뻔하였다.
 너무 반가워 달려가 끌어안고 싶다는 충동이 밀려왔으나 그녀는 전혀 다른 모습의 스님이 되어 있었다.
 "화련 선배 이게 어떻게 된 그림인지?"
 화련이 합장하고 나무 관세음보살 고개 숙여 염불을 외우고 맑게 웃으며 고니 앞으로 걸어 왔다.
 "고니 아우님! 먼 길 오시느라 수고가 많았지요?"
 화련의 말투에 당황한 고니는 어찌말을 이어야 할지 몰라 우물쭈물할 수밖에 없었다.
 "저~~어 화련 선배 이것이 어찌 된 일인지 설명을 좀 해야 하지 않을까~~~아요?"
 화련 선배일 거라는 생각에 여기까지 왔지만, 처음부터 선배라고 말하면 편하게 찾아 왔을 것을요?
 아우님 그것은 나와의 인연의 고리에서 풀어야 하는 매듭으로 서로의 마음이 전달되면 속(俗)과 불(佛)의 단절을 위한 업보이기는 하나 짧으나마 이별 할 시간이 주어질 것이고 그렇지가 않다면 그 또한 할 수 없는 인연이기에 자비자미(慈悲慈味)라는 법명을 전한 것을 용서 하여 주시기 바랍니다.
 화련의 눈빛에 물기가 고이는 듯하다, 이내 싸늘한 시선으로 발아래를 내려다보며 말을 이었다.
 "이제 화련은 죽고 없습니다. 소승 세속의 인연을 끊고 대자대비(大慈大悲)하신 부처님의 자식으로 다시 태어난 자미(慈味)라 합니다.
 내가 고니 아우님에게 기별한 것은 아우님이 날 위해 기도하고 정성을 기울여 주었고 나로 인한 번민으로 괴로워하는 것을 알기에 고니 아우님의 마음을 헤아려 편하게 해줌과 동시에 나에게 남은 세속의 인연의 끈을 확실하게 자르려 하기에 기별을 넣었습니다.
 저는 이제 화련도 아니고 무녀 또한 아니며 질기고 질긴 세습으로 전해 내려온 아버지와 어머니의 저주로부터 자유로워지고 세속의 질긴 고리를 끊으려 합니다. 나무아미타불 관세음보살.
 이제 고니 아우도 나로부터 자유로워지고 새로운 세속의 삶을 건강하게 영위하도록 하세요!"
 고니는 아직도 화련을 어찌 불러야 할지 망설이며 어색하고 어눌한 말투로 화련에게 말했다.
 "자~~아미 스님 그간에 어떤 일이 있어서 스님이 되어 계시는 겁니까? 저는 좀체 종잡을 수가 없어서요?"
 자미 스님은 파란 하늘을 우러러보며 크게 숨을 들이마신 뒤 지난 2년 6개월간의 시간을 되돌리며 그간의 전후 사정을 말하였다.

♣ 자미(慈味) 스님

고니가 돌아가고 화련은 자신의 운명이 미치도록 싫었다.
아버지의 저주받은 피와 어머니의 증오가 한꺼번에 자식들에게 대물림된 무병에 대한 기이한 현상을 겪어야 하는 처지를 한탄해 보지만 지금으로서는 별다른 도리가 없었다.
내림굿을 하고 몇 날 며칠을 앓아누웠는지 모른다.
영혼을 지배하려는 미지의 힘과 알 수 없는 힘에서 벗어나려는 의식이 화련의 몸 안에서 치열하게 싸움을 벌이고 있으니, 몸인들 성할 수 있을까?
신어머니는 화련이 가여워 애걸하듯이 말했다.
"화련아! 이제 받아라! 내림굿까지 했으니, 너의 운명을 그냥 받아들여야 한다. 신령님이 대로하시어 너의 몸이 계속해서 축이 나는 거야. 그래야 네가 산다. 그러니 이제 어쩌겠어! 받아들일 건 받아들여야지!"
"신어머니, 그런데 저는 저 스스로가 용납되지 않아요. 이런 비현실적인 현상이 나의 현실이라는 것이 죽도록 싫으니 어쩌겠어요?"
화련은 운명이라는 현실을 받아들이기에는 너무나 힘겨운 사투를 벌이고 있었다.

몇 날 며칠을 앓고 일어난 화련은 몸도 마음도 피폐해질 대로 피폐해진 허약한 자신을 발견하고 정신을 차려야겠다고 마음먹었다. 배낭을 꾸리고 설악산으로 들어가 산 기도라도 해야겠다고 생각하고 집을 나왔다.
3월이라 해도 산비탈에는 잔설이 남아있고 봄바람이 실려 있는 바람이라 하지만 아직도 한기를 잔뜩 품고 불어오는 바람에 목을 움츠렸다.
 그래도 집을 나와서 땀 흘리며 등산하니 답답했던 마음이 조금은 풀리는 듯하고 산에 오르다 뒤돌아보면 청어의 등처럼 푸른 동해가 한눈에 내려다보인다.
 인제 북면 용대리를 거쳐 내설악 깊숙하게 새의 둥지처럼 자리 잡은 백담사로 발걸음을 재촉하며 걷고 또 걸었다.
 무아지경이라고 했던가! 아무 생각 없이 힘들여 산길을 걸으니 지나온 일은 머릿속에서 모두 지워지고 오로지 걸어야 한다는 생각밖에 없었다.
 화련은 정말 탁월한 선택을 했다는 생각에 힘은 들지만, 마음을 위로하며 비탈을 오르고 내리기를 반복했다.
 내설악의 아름다운 비경 속에 풍경과 어우러진 천년고찰 백담사 경내는 조용하고 아늑했으며 기도드리러 오는 불자들과 등산객이나 관광객들이 전각 주변을 어슬렁거리며 돌아다녔고 사람들의 발걸음은 편안하고 안온한 표정으로 밝았다.
 화련은 백담사 앞에 넓게 흐르는 계곡에 들어찬 소원돌탑을 바라보면서 사람들의 마음에 저렇게 많은 생각이 존재하고 각자 바라는 소망이 저리도 많은가!
 흐르는 물 위에 하나둘 쌓아 놓은 돌탑은 장관이기도 했지만, 사람들의 간절한 염원이나 잊고 싶은 것들을 계곡물에 흘려보내고 세속에서 더럽혀진 마음을 청정 옥수로 씻어내고 싶은 염원이 담겨 있다고 생각했다.
 화련은 돌탑이 아니라 자신이 돌탑이 되어 계곡에 천년만년 서 있고 싶다고 생각했다.
 대웅전을 비롯한 명부전과 나한전, 지장전에 들러 시주와 기도를 하고 사찰 제일 위쪽에 자리 잡고 있는 산신각으로 올라가 산신령님에게 백팔 배로 지성을 드렸다.
 이마에 땀이 맺히고, 다리에 힘이 풀려도 호흡을 가다듬으며 천천히 백팔 배를 모두 마치고 멍하게 풀린 듯 표정으로 백담사 경내를 내려다보며 깊은 수심에 빠졌다.
 저마다 다른 사연을 가슴에 품고 간절한 마음으로 기도하는 사람들을 바라보며 저들도 아프겠지, 나보다 더 아픈 사람이 있겠지!

 화련은 기도하는 풍경 앞에서 사람들의 표정을 천천히 바라보았다.

 이따금 불어오는 바람은 풍경을 밀고
 파란빛 하늘을 떠받들고 있는 물고기가 하늘에서 맑은 종소리를 울린다.
 풍경소리 바람 소리

 싱그럽고 청량한 소리
 낮달이 사찰 전각 모서리 여기저기 부딪히며 물빛으로 흔들린다.
 향이 타오르는 연기가 가끔은 달빛을 어루만지며
 들창으로 담을 넘으면 향기는 오랫동안 코끝을 맴돌다 흩어진다.

 경건한 얼굴들
 서로 건네는 눈인사조차 숙연해서 사람들 발소리도 발끝에서 멈추어 옷깃 스치는 인연의 소리만 곱고 정갈하게 들린다.

 자기 내면을 들추어 곱게 접은 정성으로 마음속 가득 찬 것들을 기원하고 기도한다.
 무엇을 위한 구도이고 깨달음인지 소박한 기도가 실낱같은 바람에 흔들릴지라도 쉼 없는 기원을 써 내려가는 독경이 낭랑하다.

잔물결이 쓸고 있는 이름 없는 바닷가
 자갈을 어루만지는 파도의 숨결
 수 없이 반복하는 물결의 행렬처럼 지치지 않는 모성의 힘으로 기도하고 또 기도한다.

 합장한 손길 아름다워 한 떨기 연꽃의 섬섬옥수라 자비를 만나고 번뇌를 뿌리치려 허공에 합장하는 숨결이 더해지면 아련한 기도는 간절한 염원이 된다.

 무심의 눈길로 내려다보는 불상과 눈 마주치면 무념은 무상이 되고 번뇌한 마음은 업보를 내려놓으려는 또 다른 욕망이 꿈틀거리는 업보가 된다.
 극진한 풍경은 스스로 해독할 수 없는 심오한 경지로 수억만 개 실핏줄을 타고 흐르는 사념과 온몸에 길을 여는 숨구멍 하나조차 감당하기 어렵다.

 시공을 연결하는 순환의 고리
 어머니 나 그리고 조카 무녀의 한이 서럽게 운다.
 산란한 마음을 흔들어 끝없는 번뇌의 퇴적층이 책 속에 문장처럼 쌓인다.

 화련은 깊은숨을 들이마셨다.
 천년 노송에서 뿜어 나오는 기운이 폐 깊숙하게 들어오는 청량감으로 인해 심란한 마음이 조금은 가라앉았다.

 화련은 뒤에서 느끼는 인기척에 돌아보았다.
 "보살님의 마음과 얼굴에 수심이 가득하니 부처님 전에 아무리 절을 하고 기도해도 마음이 비워지지 않으면 아무 소용이 없는 일이오! 내 아까부터 지켜보았소만, 육신은 부처님

전에 기도를 올리는 것 같지만, 마음은 속세의 번뇌로 가득하니 그 몸과 마음이 온전할 리 없는 것 같소이다."
 화련은 깜짝 놀라 노스님을 바라보았다.
 "예! 스님 티끌 같은 삶이요! 가을에 떨어지는 낙엽만도 못한 생을 살면서 이리도 박복하고 힘겹게 살아야 하는 처지가 한심스러워 번뇌로 가득합니다."
 노스님의 나지막한 목소리에 물기가 배어있는 것같이 천천히 말을 이어갔다.
 "그래 세상사 마음먹기 달렸다고는 하지만, 세상의 이치가 마음먹은 대로 다 된다면 그게 무슨 걱정이 있으며 번뇌는 무엇이고 극락은 무엇이겠습니까? 그러니 사람인게지요? 그러니 싸워서 이겨내야 할 밖에 도리가 있겠습니까?"
 "예! 스님 감사합니다."
 "보살님 시간이 허락하시면 아래 금강문 옆에 백담다원 농암실에 들러 향기로운 차 한 잔 공양하고 가심이 어떠합니까?"
 "예! 스님 다원에 들러 스님께 차 한 잔 공양할 기회를 주시겠습니까? 감사합니다. 스님!"
 합장하며 감사의 표시를 하며 "나무 관세음보살 성불하소서." 스님은 고개를 숙였다.
 다원으로 내려가는 길옆으로 오래된 소나무와 계곡 위에 기암괴석이 새파란 이끼를 끌어안아서 청초하고 살아있는 생동감이 느껴졌다.

 다원인 농암실에 들어서자 평일이라 그런지, 사람이 별로 없어서 한적했다.
 차를 마시기도 전에 실내공기 속을 떠돌던 한약재 특유의 전통차 향이 그윽하게 스며들어 맑은 기운이 감돌아 코끝을 자극했다.

농암실에서 가장 유명하고 건강에 좋다는 따끈한 십전대보탕에서 향기와 함께 김이 솔솔 피어올랐다.

스님과 화련은 마치 동안거에 들어가 묵언수행 하는 스님처럼 한참을 아무 말 없이 마주 앉아있었다.

화련이 찻잔을 만지작거리다 침묵을 깨며 먼저 스님에게 물었다.

"스님 어찌하여야 이 지옥 같은 번뇌의 수렁을 벗어날 수 있단 말입니까?"

스님은 빙긋이 웃으면서 "보살님 그것을 알면 이 땡중이 이렇게 있겠습니까? 소승도 번뇌에 시달리기는 마찬가지나 소승은 그래도 불가의 몸이라 번뇌를 향해서 끝없이 묻고 답하며 싸우고 부처님 전에 매일 기도하고 용맹정진(勇猛征塵)할 뿐이랍니다. 소승도 어느 날 온전히 성불할 날이 오려는지 모르겠습니다. 이 생각 또한 번뇌 이기는 매한가지이기도 합니다."

"그렇다면 저도 부처님께 기도하고 정진하면 마음이 편안해질까요?"

"법당에 부처님이 계시는 것이 아니라 어리석고 우매한 중생들의 마음에 부처님이 계시니 기도하고 또 기도 하다 보면 부처님께서 답을 주시지 않겠습니까?"

화련은 노스님과 오랜 시간을 함께하면서 그간에 아버지와 어머니의 악연 그리고 닥쳐온 무병의 대물림과 그로 인해 고통스러운 마음과 무병을 겪어 어찌할 수 없어서 내림굿을 받은 이야기를 모두 하였다.

"오호~~~오 업보로다, 업보야! 어째서 그런 감당하기 어려운 업보를 죄 없는 자손들에게 물려준다는 말인가? 나무 관세음보살."

스님은 눈을 감고 독경을 외우며 이 가련하고 불쌍한 여인의 구원을 위해서 기도하셨다.

스님에게 그간의 일을 모두 말하고 나니 억눌린 마음이 가벼워지면서 마치 오랜 고행을 하다 목적지에 도착하여 짐을 벗어놓은 것같이 홀가분하고 편안한 마음이 들었다.

스님에게 백담사에 오게 된 이유를 설명하자 고개를 끄덕이며 말없이 합장하며 염불을 외워 주시니 화련은 눈물이 고였다.
스님의 주선으로 일단은 백담사에서 운영하는 템플스테이에 참가하려는 사람들을 안내하고 그들의 생활을 도와주며 공양간과 요사채 등에서 허드렛일을 하는 조건으로 백담사에 머물기로 하였다.
물론 매일 한 차례씩 스님과 만나 공부하고 오래 묵은 마음의 찌꺼기를 털어내며 사찰 생활에 적응하기로 하였다.
종무원에 들러 등록하고 스님이 묵고 있는 요사채 뒤 언덕방에서 기거하기로 하였다.
원래는 사찰에서 행사 때 사용하는 용구를 넣어두는 창고 비슷한 방이지만 제법 넓어서 대충 정리하고 나니 한 사람 정도는 충분하게 생활할 수 있는 공간이 되었다.
백담사에서 4시 30분에 새벽 예불을 마치고 6시에 아침 공양을 하고 공양 간 정리를 마치고 나면 다음 일정 사이에 여유시간이 있어서 사찰 주변을 산책하며 명상에 잠기는 시간이 화련은 가장 행복한 시간이었다.
깊은 산에 있는 사찰의 시간은 느리고 천천히 흘러간다.
몸도 마음도 서두를 것이 없어 좋았다.

산사의 새벽 종소리를 들으며 느리게 걷는 시간을 온전히 사유하며 마음의 여유와 팽팽하게 긴장된 마음의 현을 느슨하게 풀어도 좋았다.
고적한 산사에 파란 여명과 함께 한 줌의 실낱같은 바람에 실려 온 종소리가 암자를 돌아 흐르고 골과 골짜기 사이를 흐르다 계곡의 돌 틈 이끼 속으로 스며든다.
　울림의 소리는 산사의 골짜기를 건너고 구름 사이로 새로 태어난 아침의 한 줄기 빛을 막 비추기 시작한 산등성이 너머로 어둠의 적막을 흔들며 고요의 아침을 깨운다.

　종소리의 울림이 새벽어둠을 타고 가늘게 떨리며 소리의 명맥을 이어 퍼지는 소리의 질감은 아련했다.
　쿵우~웅, 종의 울음소리는 묵직했으며 묵직함은 낮게 깔리며 원거리를 향하고 맑은소리는 묵직한 소리 위에서 아래로 감돌며 청아한 새벽 속으로 퍼져나갔다.
　새벽안개가 산사를 감돌아 계곡을 흐르고 마른 이파리가 성글하게 매달려 있는 감나무 가지 사이로 하얀 안개가 무럭무럭 피어오르면 종소리는 더욱더 맑아진다.

　마음속 깊은 심연에서 울려 퍼지는 산사의 종소리는 귀보다 가슴을 먼저 울리고 종소리의 파동이 끊어질 듯 이어질수록 소리가 보이고 만져질 것 같은 착각에 빠진다.
　종소리가 울리면 종 앞에 서 있는 화련의 합장한 가슴으로부터 먼저 연꽃처럼 피어나 심금을 울리며 용마루 추녀 밑의 풍경을 흔들어 은은하고 섬세하게 퍼져 나가 골짜기 너머에서 나뭇가지 사이로 울림의 본질은 소리 없이 소멸했다.

　산사에 적막을 헤치고 퍼져나가는 종소리는 무엇을 알리고 싶은 소리일까?
　산사에 잠들어 있는 비구승의 구도를 갈구하는 마음을 뒤흔드는 번뇌의 파편들을 떨쳐내는 소리인가?
　곤한 단잠을 깨워 수행의 괴로움과 마주해야 하는 고통의 시작을 알리는 아픔의 소리일지도 모른다.
　불가에서 이야기하는 번뇌의 소리!

종이 얼마나 커다란 아픔으로 울어야 더욱 먼 세상까지 번뇌라는 화두를 떨쳐 버릴 수 있도록 깨달음과 도(道)의 소리를 들려줄 수 있을까?
고즈넉한 산사에서 울려 나오는 묵직한 종소리는 새벽안개를 깨우고 계곡의 물결을 깨워 흔들어 흐르게 한다.

산중을 흔들어 울리는 종소리는 자연의 풀과 나무에 녹아들어 소리가 소멸하는 마지막 순간에 간결하게 떨리다 아스라한 마침표를 찍는 순간 아득한 여운으로 사라질 때까지 진한 감동을 준다.
서러운 마음을 가진 사람에게 위안의 소리가 되고 기쁨이 가득한 사람에게는 환희의 종소리가 되어주며 삶의 아픔을 겪는 사람에게는 희망의 메시지를 전달하는 울림의 소리는 모두에게 새로운 세상에 구원의 소리가 되었다.
도(道)를 갈구하고 깨달음으로 향하는 비구승의 간절한 마음으로 고요한 울림의 소리는 멀리멀리 퍼져 나간다.
종의 울림이 크고 아플수록 종소리는 더욱더 맑고 청아하게 먼 곳까지 소리를 전달하고 화련의 이성은 푸른 새벽의 여명처럼 차갑고 감성은 고요한 숲길을 걷는 것 같았다.

마음의 집착이 커지면 걱정도 배가되고 욕심이 커지면 근심도 함께 무거워지며 마음을 비우면 비운만큼 행복이 자리해 편안해진다.
노스님의 가르침이 죽비 자락 밑에서 크게 울리며 정신이 맑게 깨어난다.
스님의 가르침은 간결했으나 그 깊이는 헤아릴 수 없이 깊고 심오했다.
백담사에서 스님과 함께 기거하는 동안도 신열이 나고 가끔은 알 수 없는 환영에 시달리기도 했지만, 그때마다 스님의 도움으로 잘 극복할 수가 있었다.

 화련이 스님과 함께 생활하기를 일 년 반 정도 지난가을에 스님에게 계를 받아 머리를 깎기로 결심하였다.
 노스님의 법명은 혜선 스님이었다.
 화련은 혜선 스님에게 자미(慈味)라는 법명을 받아 스승으로 모시고 불가에 귀의하여 본격적으로 용맹정진하며 세속의 인연을 끊고 새로운 삶의 길을 걷기로 하였다.
 자미(慈味)의 자(慈)는 자비(慈悲)의 앞 글자로 불교에서 중생에게 행복을 베풀며 고뇌를 제거해 주는 것을 가리키며 최고의 선이며 특정인에 대한 것이 아니라 평등한 자애(慈愛) 즉 사랑을 베푸는 것이며 자비(慈悲)의 비(悲)는 탄식한다는 의미로 중생들의 괴로움이나 슬픔을 깊은 이해와 연민의 정으로 품어 부처님의 대자대비(大慈大悲)한 가르침을 몸소 실천하라는 뜻이다.
 뒤의 미(味)는 순미(醇味)에서 따온 말로 자연 사물에서 나는 순수한 본성 그대로의 순수하고 진한 맛이라는 뜻으로 즉 인간의 본성을 있는 그대로 숨김없이 깨끗하고 진실하게 불가에 귀의하여 살라는 의미라고 한다.
 자비의 앞 자인 자(慈)와 순미(醇味)의 뒤에 자인 미(味)를 합쳐 자미(慈味)라는 법명을 지어주신 것이다.
 한편으로는 자비(慈悲)의 첫 글자인 자(慈)와 맛 좋은 음식처럼 육신과 정신이 배고픈 사람들의 굶주림을 이해하고 그들의 자양분이 되라는 의미의 미(味)를 붙여 화련은 자미(慈味) 스님이 되었다.
 혜선 큰스님께서 물으셨다.
 "불가에 한번 발을 들여놓으면 다시는 돌이킬 수 없으며 파계할 경우에 천년 지옥의 업보를 끌어안고 살아야 하거늘, 화련아. 그래도 괜찮겠느냐?"

"예! 스승님 제 스스로 꼬리를 자르는 도마뱀처럼 저의 살점을 도려내는 아픔으로 속세와의 연을 끊을 것입니다. 또한 모질고 질기게 이어 내려오는 무가(巫家)의 내력을 끊으려 합니다. 스승님 허락해 주십시오!"
 혜선 스님은 비에 젖은 한 마리 새처럼 연약하고 가련한 화련을 측은지심(惻隱之心)으로 바라보면서 말했다.
"네가 이곳에 와서 나를 처음 만난 것도, 내가 너를 만난 것도 전생과 현생의 인연이며 그 또한 너와 내가 함께해야 할 업보이며 이 모든 것이 부처님의 뜻이라면 할 수 없겠지! 그래, 우리는 이제 부처님의 가피로 스승과 제자가 될 터이니 너는 종래에는 부처님을 모시는 제자가 되겠구나!"
"스승님 감사합니다. 나무아미타불 관세음보살."
"이 세상에 믿고 의지할 너의 피붙이가 존재하지 않으니 이제 부처님을 공양하면서 몸과 마음을 갈고닦아 정진하도록 하라! 자미(慈味)야!"
 이렇게 혜선 큰 스님께서 법명을 하사하셨다.

 이제 고니와 화련은 서로 다른 세계의 길을 걸어가야 했다.
 화련이 자미(慈味) 스님이 되어서 세속의 마지막 미련과 연민이 남아있는 고니와의 관계를 잘라내지 않으면 두고두고 고니에게는 상처가 되고 화련은 자미가 되기 어렵기에 눈물을 머금고 화련과 고니의 상봉을 끝으로 세속을 등지고 불문의 세계로 걸어감으로써 대를 물려 내려온 무병의 고리를 스스로 잘라내려 했다.
 고니의 마음은 처음에는 사랑하는 감정 앞에 괴로워했지만, 화련이 겪는 고통을 들여다보면서 한 여인이 처절한 운명과 맞서 싸우며 새롭게 태어나려는 몸부림에 고개가 저절로 숙여졌다.
 사랑보다는 연민과 자애하는 마음으로 자신의 오랜 사랑은 접어야 했다.
 슬픔과 기쁨이 공존하는 묘한 감정이 이런 것이로구나, 화련 선배. 아니, 자미 스님 부디 성불하소서!
 고니는 뜨거운 눈물을 흘리며 깊은 마음으로 합장했다.
 길게 목울음을 삼키며 자미 스님이 진정한 자아를 발견하고 자신의 의지대로 살아가기를 진심으로 기원했다.

 산사의 밤은 빨리 찾아 든다.
 고니는 어둠이 산사로 내려와 땅거미가 밝음을 밀어내는 시간에 서둘러 하산했다.
 암자를 내려와 백담사를 거쳐 내려오는 길에 밤바람이 스산하게 불고 고니의 마음은 찹찹했으나 맑고 청량한 밤하늘에는 금가루를 뿌려 대는지 영롱한 별들이 눈부시다.

 별아! 별아 산사의 별아!
 어둠이 듬성듬성 밀려오면 하늘 한 모퉁이부터 풀꽃처럼 여린 별들은 달빛과 어우러지고 어둠은 조심스럽게 별들을 어루만진다.
 눈물처럼 물빛으로 그렁그렁 별빛은 곱기도 하지!
 별 무리가 산골과 능선 언저리로 달아난 후에 태곳적 전설의 별이 반짝인다.
 애절한 모습에 맨발로 달려 나와 별들의 그림자를 찾아 하늘을 올려다본다.

 밤바람이 국자 모양의 북두칠성 손잡이를 기울여 한 움큼 별들을 지상으로 뿌린다.
 세상 모든 일을 어둠으로 덮고 빛으로 수놓아 도시의 벌들도 일제히 날아올라 별이 되고 유성이 되었다.

한 줄기 바람이 얼굴을 핥고 지나가는 별들의 고향을 찾아 먼 하늘 칠흑의 숲에서 반짝이는 물길을 바라보며 은하에 강물이 출렁이는 착각에 빠진다.
물빛 하늘에 가득 고인 연정을 두레박으로 길어 올리며 손 내밀어도 만질 수 없는 거리에 절망하며 밤하늘의 별을 헤아린다.

적막을 흔드는 산사의 풍경소리가 깊어가는 밤공기에 촘촘하게 울리면 또 다른 시간이 다가온다.
달빛이 어둠의 등을 어루만지는 시간은 이별을 예고하며 엎드린 새벽이 밝아 올 때마다 고개 넘어 사라지는 별들의 꿈을 꾼다.
화련은 떠나고 별은 산사에서 무심하게 반짝였다.

고니는 깊은 생각에 잠겨 눈을 감는다.
운명이라는 기구한 굴레는 참으로 무심한 장난 같은 것인가? 자신의 의사와 상관없이 살다가 무녀의 대물림이라는 덫에 걸려 승려의 길을 걸을 수밖에 없었던 화련의 삶이나, 자신의 삶을 묵묵하고 성실하게 살아가는 길에도 작은 돌부리에 걸려 넘어지고 탄탄대로라고 생각했지만, 한순간에 실수로 팔자가 바뀌고 유복한 집안에서 태어나 아무 일 없이 살다가 우연한 사건을 계기로 사람의 운명이 바뀌는 불상사를 경험하게 된다.
조선시대 훌륭한 가문에서 태어나 총명하고 똑똑해 세간에 사랑을 듬뿍 받고 자랐지만, 불행한 사건으로 비운의 운명을 살아야 했던 조선의 여인 유감동의 일생이 화련의 운명과 겹치며 고니의 마음을 심란하게 한다.

6부.
복수의 화신

♣ 유감동

한여름의 태양이 뜨겁게 하루를 달구는 8월은 내당의 깊숙한 곳에서 기거해야 하는 여인들에게는 참기 힘든 계절이다.
"끝년아! 날씨가 참으로 덥구나! 시원한 물 한 잔만 다오!"
"예에! 아씨 마님!"
유감동은 단정한 매무새로 앉아 사군자(四君子)의 하나인 대나무를 화폭에 담고 있었다. 사군자 중에 감동이 가장 좋아하는 대나무를 그리고 시 한 수를 지어 그림 옆에 단아하게 써넣고 감동이라 방점을 찍고 붓을 막 내려놓았다.
가마솥처럼 달구던 더위는 해가 능선 너머로 기울면서 나아지긴 했어도 더위의 기운은 아직 가시지 않아 유감동은 이마에 맺힌 땀방울을 닦았다.
등잔불에 얼비치는 얼굴이 얼핏 보아도 상당한 미인으로 눈매가 곱고 적당한 콧등에 발그레하게 상기된 얼굴과 반쯤 벌린 입술 하며 곱게 흘러내린 턱 선이 매혹적인 미인임에 틀림이 없다.
"아씨 마님. 여기 물가지고 왔습니다."
"날씨가 덥다 해도 지금이 팔월 중순이니 곧 가을이 올 것 같아요?"
"그래! 더위도 이제 한풀 꺾이기 시작할 테지 곧 가을이 오겠구나!"
끝년이가 아직 먹물이 채 마르지 않은 화폭에 시선을 주며 말했다.
"그런데 아씨 마님. 어쩜 대나무가 밖으로 나와서 바람을 흔드는 것 같사옵니다. 까막눈인지라 시는 무어라 쓰여 있는 줄 모르겠고! 참으로 좋습니다."

"그래! 끝년아 그리 보이느냐?"
 여자의 몸이기는 하나 시화에 능하고 시를 짓는 것을 좋아해서 알 만한 사람은 유감동을 문인으로 인정할 정도로 재능이 뛰어났다.
 "한참 동안 붓을 잡고 그림을 그려서인지 요즘 몸이 나른한 것이 별로 좋지 않구나."
 "아씨 마님 너무 방에만 계시니 답답하여 더 그럴 것입니다."
 "그러면 후원에 더위도 식힐 겸 대숲에 나가서 산책이나 좀 하자구나!
 대감마님께서도 퇴청이 늦으시는 것 같으니 잘 되었다."
 "예! 안방마님 저도 덥기도 한참이었는데 잘되었사옵니다."

 유감동과 끝년이는 쪽문을 통해 후원 담 너머 집을 병풍처럼 에워싸고 있는 대숲으로 나갔다.
 보름이라 뽀얗게 살이 오른 달빛도 청아하고 탐스럽게 빛나는 밤이다.
 끝년아! 참으로 좋구나!
 유감동이 가장 좋아하는 것이 대숲을 거닐며 시를 짓고 사색에 잠기는 것이었다.

 유감동의 머리 위로 대숲에 바람이 일렁이고 이파리가 비처럼 우수수 쏟아져 내린다.
 대숲을 거닐다 보면 소리의 바다를 걷는 착각에 빠진다.
 바람 소리에 귀 기울이다 보면 댓잎이 서로 몸을 비비며 내는 소리는 먼 바다에서 밀고 올라오는 파도 소리가 들리는 것 같다.
 초록 대나무들은 하늘이 얼마나 높은지를 모르는가 보다.
 일직선으로 획을 그으며 곱게 뻗어 올라간 대숲에서는 선비의 고고한 절개와 단아함이 느껴진다.
 곱게 뻗어 올린 직선이 때로는 죽창이 되기도 하고 활과 화살이 되어 생과 사의 갈림길을 갈랐을 것이다.
 그래서인지 대숲에 가면 서늘한 기운이 감돌고 슬픈 울음소리가 바람 속에 잠겨 있는 것 같다.

 울음 끝에 매달린 많은 사연을 만들어 내기도 하였을 터이지만, 그래도 대나무는 스스로 악기가 되어 깊은 공명의 울림으로 사람의 심금을 울리기도 하고 사람들의 손때 묻은 살림 도구가 되기도 하며 한겨울 북풍한설을 막아주는 훌륭한 방풍림이 되었다. 몇 년을 땅 속에서 잠들어 있던 죽순이 숲의 지평 위로 대순이 나오는가 싶으면 어느 사이 쑥쑥 자라 마디를 한 걸음씩 키워내어 서로 이파리를 부딪치며 어깨를 나란히 의지해 커다란 대숲을 이룬다.

 대숲에서는 다양한 소리가 났다.
 이파리는 서걱거리며 날카롭고 뾰족한 잎 사이를 관통하는 청량한 소리가 난다. 하지만 바람이 불면 대나무끼리 부딪치는 소리는 둔탁하고 소소한 울림의 여운이 묻어나는 깊이 있는 소리를 품고 있다.
 두 소리는 서로서로 감싸 안아 밀고 당기기를 거듭하며 하나의 조화로움으로 태어나 대나무 마디마디에 소리의 혼을 불어넣었으며 저마다 다른 울림과 빛깔을 지닌 공명 소리는 대숲에서 영혼의 소리로 고여 있다.

 마디 속에 비어있는 공명 소리 저편에는 아직 정제되지 않은 소리의 비밀을 간직하고 있으나 장인의 손길을 거쳐 날라리가 되고 퉁소가 되면 소리의 완성은 비로소 세상 밖으로 나올 수 있다.

선비의 절개를 통해서 명명(明鳴)으로 울려 퍼지고 대나무 마디에 고통의 구멍을 뚫어 피리로 거듭나면 고통의 통로를 여닫음으로 인해서 드디어 화음의 울림으로 변신한다.
 모든 악기는 나무의 울림과 금속성의 울림, 현의 공명을 위한 소리통을 가지고 있다.

 대숲의 또 다른 완성은 매, 난, 국, 죽의 수묵화에서 일어난다.
 수묵의 검은색이 선과 면으로 맞닿아 이어질 때 여백의 미로 거듭나며 비어있는 공간 속에서 초록의 빛깔을 지닌 대숲으로 변신한다.
 감동은 화선지의 빈 풍경 속으로 대나무의 마디마디가 힘차게 뻗쳐올라갈 때 그 여백은 이미 검은색이 아니고 살아 꿈틀거리는 소리의 울림을 간직한 공명하는 소리통으로 변신하는 것 같았다.
 사람의 모든 시선을 집중시키는 대나무 숲길은 비어있지만 아득한 울림을 가진 거대한 소리의 통로인 것이다.

 빽빽하게 군집을 이루고 있는 대나무가 일제히 바람을 타고 일어나면 새로운 공명 소리를 향해서 수선스러운 바람을 일으키고 대나무의 육질은 단단하고 그 속은 비어있어 청아하고 간결한 피리의 애절함으로 태어나는 것처럼 사람의 본성 속에도 피리의 이치와 다르지 않은 것이 존재한다는 생각에 잠겼다.
 비어있어야 채움이 가능하고 비어있는 울림의 공간에서 비로소 맑고 고운 울림의 소리가 나는 것이다.
 비움의 공간이 넓고 깨끗할수록 소리의 빛깔은 청아하고 그 소리의 울림이 아름다울수록 많은 사람과 함께 공감하고 행복할 수 있다.

대숲에 시원한 지혜의 바람이 분다.

사각사각 공명의 선율로 흔들리고 꿈꾸는 욕망을 잠재우는 소리가 숲 전체의 울림으로 번져 간다. 드넓은 대나무 숲의 면적이 크면 클수록 대나무 속 공명 개수는 늘어만 간다.

완성되지 않은 숲은 숲이지만 숲이 아니고 악기이되 아직 악기가 아니다.

자연의 이치와 함께할 때 숲이 되고 장인의 숨결로 고통의 통로를 여닫을 수 있을 때 비로소 악기로 태어난다.

사람이 그러하듯이 무한한 소리의 바다인 대나무 숲에서 청량하고 맑은 울림의 가능성을 본다.

인간의 본성도 소리의 바다로 통하고 끝없는 비움을 배워 새롭게 채우고 또 다른 비움을 통해서 새로운 소리, 맑은 소리를 낼 수 있는 공명의 소리통으로 거듭날 수 있을 것이다.

유감동은 대숲의 정취에 취해 무아의 상태에서 숲을 걸었다.

자신도 숲에서 일어나는 바람이 된 것 같았다.

대숲을 바라보며 맑고 단아한 기운을 느끼며 싱그러운 이파리와 부러지지 않는 단단한 절개가 흐르는 아름다운 공간을 호흡하며 폐부 깊숙이 공명의 소리통을 부풀려 본다.

유감동은 온몸으로 대숲에서 불어오는 바람을 맞으며 더위를 식히고 대숲에서만 느낄 수 있는 청량감에 기분이 좋았다.

"비어있어야 채움이 가능하고 비어있는 울림의 공간에서 비로소 맑고 고운 울림의 소리가 나는 것이다.
　비움의 공간이 넓고 깨끗할수록 소리의 빛깔은 청아하고 그 소리의 울림이 아름다울수록 많은 사람과 함께 공감하고 행복할 수 있다."

♣ 깨어진 거울

"아씨 마님 너무 멀리 가시지 마시어요!"
 대숲의 정취에 취해 사색에 잠기다 보니 소피를 보고 온다던 끝년이가 미처 따라오지 못한 것도 모르고 혼자 숲을 거닐었었다.
 끝년이의 목소리가 아스라하게 들렸다.
 소소하게 불어오던 대숲에서 큰 물결이 일어나며 순간 검은 그림자가 성큼성큼 다가오고 있었다.
"거기 누구시오?"
"그렇게 묻는 거기는 시각이 야심한데 아녀자가 어찌 대나무 숲에서 배회하는 것이요?"
"여보시오! 배회라니? 여기는 우리 집 후원의 숲이요! 내 더위도 심하고 무료해서 잠시 산책을 나왔거늘 배회라니요! 당치도 않소!"
"나는 이곳을 순찰 중인 사람이오! 그렇다 하더라도 그것이 사실인지 내 조사를 좀 해보아야겠소!"
"조사라니 무슨 소리요! 보아하니 무뢰배는 아니고 도포와 행색으로 보아 양반님네 같은데 어찌 이리 아녀자에게 황망한 행동을 한단 말이오?"
"황망한 행동이 아니라 아녀자가 야심한 밤에 숲속을 홀로 헤매고 다니는 것이 더 황망한 일이 아니오?"
"이리 와 보라니까?"
 순간적으로 달려드는 남자의 완력을 버틸 수가 없었다.
 대나무 숲의 음침한 곳으로 감동은 끌려가고 말았다.
"왜 이러시오?"
"왜 이러기는 밤에 나돌아 다니는 것이 이렇게 해주기를 바라는 것 아니었어?"
 유감동은 부지불식간에 양반이라지만 이곳의 왈패들과 어울려 다니는 김여달이라는 자에게 강간당하고 말았다.
 감동은 하늘이 무너지고 정신은 혼미하여 아무 생각이 들지 않았다.
 외간 남자에게 능욕을 당하다니!
 서방님이 이 사실을 알게 되면 죽은 목숨이나 다름없을 텐데, 감동은 찬바람에 문풍지가 떨 듯 온몸이 백지장처럼 떨려왔다.
 유감동은 덕망 높은 가문의 여식으로 아버지는 한성 부사를 지낸 유귀수(兪龜壽)이며 남편은 무안군수 최중기(崔仲基)다.
 유감동은 무안군수로 부임한 남편을 따라 이곳에 와서 머물면서 김여달에게 남몰래 강간당한 것이다.
 어디선가 끝년이의 목소리가 가늘게 들려온다.
 "아씨 마님 도대체 어디 계셔요? 아씨 마님~~ 아씨 마~~~님!"
 끝년이는 소피가 급해 잠시 한눈을 파는 사이 사라진 아씨 마님을 찾는 목소리는 불안하고 두려웠다.

 유감동은 이날 이후 살아 있어도 사는 것이 아니었다.
 김여달의 협박이 도를 넘어서 야심한 밤에 대숲으로 나오라고 으름장을 놓으며 다시 만나기를 강요하고 만일 만나주지 않으면 군수인 최중기는 물론이고 무안 백성들의 입에 오르내리도록 소문을 내겠노라고 협박하였다.

 김여달이 만나자고 협박한 그날따라 서방님 무안군수 최중기가 함께 잠자기를 청하며 사랑채에서 안채로 건너왔다.
 평상시 같으면 반색하며 서방님을 지극정성으로 모셨을 유감동이지만 거부할 수도 없는 일이고 이날은 모든 것이 좌불안석으로 초조하여 근심 걱정으로 머리가 무거웠다.
 김여달이 나오라고 한 시간은 점점 다가오고 나가지 않으면 온 동네 소문을 낸다고 하니 이 사태를 어찌하여야 하나 조바심이 났다.
 "부인 어찌 그리 잠을 못 이루고 뒤척이시오? 어디 몸이라도 불편한 게요?"
 "서방님 다름이 아니오라 속이 불편하여 측간에 잠시만 다녀오겠습니다."
 "어허! 무얼 잘못 드신 게요? 밤이 야심한데 조심해서 다녀오시오!"
 감동은 측간을 다녀온다는 핑계를 대고 후원으로 나갔으나 발이 후들거리고 떨려서 간신이 김여달이 있는 대숲으로 나갈 수 있었다.

 "오호 나오시었소? 안 나왔으면 내 내일부터 온 동네에 소문을 내고 다니려 했소만."
 김여달은 음탕하게 다가와 유감동의 허리를 안았다.
 순간적으로 유감동은 은장도를 빼 들었다.
 "오늘 내가 당신을 죽이고 나도 죽으러 나왔소!"
 "이런 어리석고 고약한 일을 보았나!"
 은장도를 휘둘렀으나 힘이 세고 왈패들과 어울려 다니는 김여달에게는 역부족이었다.
 가볍게 몸을 피하고 유감동의 팔을 비틀어 은장도를 빼앗아 버리고 말았다.
 죽을 각오를 하고 다시는 찾지 말라 하려고 어렵사리 나왔으나 또다시 능욕만 당하고 말았다.
 하늘도 무심하지, 양반가에 태어나 금지옥엽 살다가 가문 좋은 집으로 시집와 안온한 생활을 하였거늘 청천벽력도 아니고 이게 무슨 한심한 일이란 말인가!

감동은 기가 막혀 눈물도 나오지 않았다.

훗날 조선왕조실록에는 유감동이 외간 남자와 간통하여 음란함과 욕정을 참지 못하여 남편과 잠자리에서조차 소피를 본다고 거짓을 말하고 김여달을 만나러 나갔다고 기록할 줄은 꿈에도 몰랐다.

이후에도 김여달의 협박은 지속되었고 뻔뻔하게도 대낮에도 남편 최중기를 만나는 등 집안을 드나들기까지 하였다.

유감동은 살얼음판을 걷는 심정으로 하루가 다르게 말라갔다.

유감동은 하루하루가 지옥이었다. 이렇게 사느니 차라리 죽어버릴까도 생각했으나 죽기에는 너무도 억울하였다.

그렇다고 이렇게 손을 놓고 살아가자니 더는 할 짓이 못되었다.

남편 최중기가 일찍 들어온 날 유감동은 사랑채로 건너갔다.
"아니 부인께서 이 시각에 사랑채에는 어인 일이오?"
"잠시 드릴 말씀이 있어 왔사옵니다."
"안색이 별로 좋지 않소! 요즘 어디가 안 좋은 게요?"
"그렇지 않아도 서방님 그 일 때문에 왔습니다. 요즘 몸이 별로 좋지 않아 피접을 갔으면 해서요!"
"그래요! 그러면 내 의원에게 연락해서 약 처방을 하고 피접하기 좋은 곳을 알아봐 드리리다."
"서방님 그런 것이 아니고 친정이 있는 한성으로 갔으면 합니다."
"아니 한성이요?"
"예! 서방님 아무래도 친정이 있으니 다급할 때는 도움도 청할 수 있으며 한성에는 좋은 약재들도 많이 있으니 한성으로 갈까 합니다."
"어허~~ 그래요. 한성까지 부인 혼자 괜찮겠어요?"
"서방님만 허락하신다면 아무 일 없습니다."

"그래요! 알겠습니다. 그리하도록 하세요!"
 유감동은 그다음 날로 짐을 꾸려 한성으로 출발하였다. 한 시각이라도 빨리 이 지옥 같은 무안과 김여달에게서 멀리 달아나고 싶었다.

 그러나 그것은 유감동의 착각이었다.
 한성에 올라와 자리 잡은 지 얼마 되지 않아 김여달이 따라 올라와 남편도 없는 집이니 이제 마치 제집처럼 유감동의 집을 들락거렸다.
 "여보시오 부인 잘 계시었소? 나 김여달이오! 아무리 샛서방이라지만 서방 얼굴도 못 알아본단 말이오?"
 김여달은 빈정거리며 눈웃음을 흘렸다.
 "이게 무슨 짓이오? 양반 체면에 이리 무뢰배처럼 행동하는 것입니까?"
 "나야 뭐 서출로 반쪽짜리 양반이니 별로 잃을 것이 없소이다."
 유감동은 얼굴에 핏기가 가시고 분해서 몸을 벌벌 떨었다.
 "어디로 숨었는지 궁금했소? 여기 찾아오는데 참으로 힘들었소이다. 헌데 손님 접대를 이리하는 법이 어디 있소?"
 안하무인 막무가내로 이제 마치 서방이나 된 것같이 저리 나오니 난감하기 이를 데가 없었다.
 유감동은 관아에 고발할 수도 없고, 고발해 봐야 여인의 행실이 단정하지 못하여 그런 것이니 오히려 여인의 책임을 물을 것이 뻔하고 그렇지 않다고 하더라도 사대부의 아녀자가 외간 남자와 간통하고 죄책감도 없이 살아있다고 손가락질할 것은 불 보듯이 자명한 일이다.
 유감동은 눈물을 머금고 김여달의 수모를 속수무책으로 겪어야 했다.

그러나 한성이 어떤 곳인가?
 양반댁 아녀자가 남편을 버리고 도주하여 뻔뻔하게 그것도 한성에서 김여달과 간통하고도 모자라 아예 동거까지 하고 있다고 소문이 파다하게 나기 시작했다.
 이러한 사실이 도성에 있는 친정과 남편인 무안군수 최중기에게 안 들어갈 리 없었다.
 "아니 이런 해괴하고 망측한 일이 있나? 병이 깊어 피접 간다하여 허락을 해주었더니 한성에 가서 그리 요망한 짓을 하고 다닌단 말인가? 이는 조상에 대한 불효요, 있을 수 없는 일이거늘! 에이 이런 괘씸한 것들을 요절을 내든지! 요란하게 떠들어 보았자 이는 가문에 누가 되는 일일 것이고 참으로 하늘을 보기가 부끄럽구나!"
 최중기는 소식을 듣고 대로하여 펄펄 뛰었으나 이제 돌이킬 수 없는 일이 되었다.
 이미 한성 장안에 소문이 파다할 것이고 주상전하의 귀에 들어가는 것도 시간문제일 것이니 이를 어찌한단 말이냐?
 다음날로 최중기는 한성으로 급히 말을 몰아 요란하게 유감동이 기거하는 집으로 들이닥쳤다.
 유감동은 최중기를 보자 염라대왕을 만난 것처럼 몸이 얼어붙었다.
 "당신이 사대부의 아녀자로 어찌 이렇게 해괴한 짓을 저질러 놓고도 하늘 아래 버젓이 살아 있는 것이오?
 당신의 죄를 뉘우치고 자결을 하시오! 그리하지 않는다면 내 당신을 절대로 용서할 수 없으니 우리 가문에서 파하여 당신을 버리겠소! 내 말 알아들으셨소?"
 양반가의 사람들은 기별(이혼)을 하기 위해서는 임금의 어명이 있어야 이혼을 할 수 있으나 유감동이 간통을 한 것은 패륜적 행동과 강상의 도리를 더럽힌 죄로 일방적으로 이혼을 통보한 것이다.

강간을 당했다고 하더라도 부녀자가 몸을 함부로 놀려 당한 것으로 간주하여, 간통한 것으로 인정하여 교형에 처하는 것이 법이다.
그러나 정작 강간을 한 남자는 부녀자에 비해 비교적 가벼운 벌인 곤장을 맞는 태형에 처하는 것이 대부분이다.
유감동은 최중기가 어떠한 말을 해도 할 말이 없었다.
그저 두 눈에서 뜨거운 눈물만 강물처럼 넘쳐흘렀다.

유감동은 이 일로 인하여 남편 최중기에게 버려진 것은 물론이고 친정집에서조차 부모 자식의 연을 끊자고 통보해 왔다.
유감동은 김여달을 생각하면서 피눈물이 났다.
내 인생을 송두리째 앗아가 버린 그자를 용서할 수가 없었다.
또한 남자들은 기생집을 들락거리며 그것도 모자라 처첩을 두고도 큰소리치며 잘살고 있으면서 부녀자가 억울한 일을 당했는데도 강간을 한 자는 별로 문제 삼지 않아 죄의 경중을 약하게 묻고 오히려 강간당한 부녀자에게 죄를 뒤집어씌워 죽임을 당하거나 아녀자가 정조를 잃은 것은 가문의 수치라 여겨 스스로 자결해야만 하는 말 같지도 않은 남성 중심의 법 자체가 싫었다.
임금이 궁녀를 건드리면 은혜를 입은 것이며 여염집 처자가 강간을 당하면 간통을 한 것이고 죽을죄를 지은 것이니 이런 법이 만고에 어디 있단 말인가!
유감동은 이러한 생각에 이르자 죽자니 너무 억울하고 분해서 죽을 수도 없었다.
유감동은 새롭게 태어나기를 갈망했다.
죽고 싶어도 용기가 나지 않아 죽을 수 없고 억울한 죽음이나 의미 없는 희생으로 헛되이 죽기는 더욱더 싫었다.
유감동은 눈물을 흘리며 신세 한탄을 하며 스스로 위로하며 읊조렸다.

고단한 삶이 흔들리는 것은 바람 탓이 아니라
　나를 흔드는 내 안의 울음이 고통과 결별하지 못하고 있음을 알지 못하는 까닭이다.

　나를 부여잡고 놓아주지 않는 욕망이 바람보다 세차게 나를 흔들고
　별이 쏟아지는 새벽을 기다리며 추위에 몸을 떨었던 그날은 바람이 많이 불었어!
　그냥 거친 바람이 지나갔을 뿐이다.

　울적한 마음이 드는 건
　고고히 흐르는 달빛을 탓하는 나약한 심경 때문이라고 스스로 묻고 다짐하고 생각에 잠긴다.
　그날 대밭의 서늘함이 목덜미를 쓸고 지나간다.

　누구를 미워할 수 없고 탓할 수 없는 거지
　칭얼거리는 어린아이 하나 마음에 키우는 탓에
　뜬금없이 심술부리는 철없는 아이
　성장통 겪는 계집아이 심성을 아직도 마음에 품은 탓이지
　스스로 마음을 굳게 먹고 위로하여 마음을 달랜다.

　몸은 늙어도 아이는 자라지 않는 철부지인 여린 마음이라 슬픔이나 외로움이 주변을 어지럽혀 내 삶의 이야기를 주섬주섬 벽에 걸어놓고 외면해도 슬픔과 외로움이 도사리는 언저리는 항상 파랗게 멍 자국이 선명하다.

　눈물이 흐르는 것을 지나가는 바람 탓이라 여긴 건
　슬픈 오해일 뿐이라는 것을 아는 순간 분노와 좌절보다 부끄러워 몸을 떨었다.

이제는 눈물이 나거들랑 이유 없는 눈물 일지라도 왈칵왈칵 쏟아내고
 겹겹이 쌓인 서러움을 토해
 내 안의 나를 어둠이 극대화된 고독의 늪에서 잡아당긴다.

 치유 받지 못할 영혼이 어디 있는가?
 내 안의 나를 울려서 강이 되고 바다가 되면 서럽게 울다 울어서 한 많은 심정 가슴에 묻고 다시 산다면 삶의 끝자락에서 잘 살았다 한마디 할 수 있으면 행복할 것이다.
 어렴풋하게 알 수 있을 것 같은 상념에 찬 밤이야 기억한들 무엇하고 인제 와서 무엇을 주저할까? 바람이 불면 불어오는 대로 물이 흐르듯 세월도 갈 것이니 나 이제 다시 태어나 나만의 삶을 살아야 한다.
 그날 유감동은 눈물이 흐르는 대로 펑펑 울었다.

♣ 유감동 스스로 창기가 되다

 그간에 친정과 남편에게 생활비를 받아 살아왔으나 남편 최중기에게도 버림받고 친정집에서도 쫓겨났으니, 살길이 막막하였다.
 그 누구도 유감동을 가족으로 인정하지 않으니, 앞으로 살길이 안개 속을 걷는 것 같아 한 치 앞을 분간할 수가 없게 되었다.
 스스로 목숨을 끊어 행실을 바로 하지 못해 강간당한 잘못을 인정하든지 사람들의 손가락질을 받으며 살길을 찾아야 하든지 선택의 기로에 서 있는 신세가 되었다.
 그러나 억울하고 분해서 잘못된 법을 인정하고 죽을 수는 없었다.
 유감동은 세간에 이르기를 자신을 창기라 말하고 기방을 열어 사람들을 불러들였다.
 먹고사는 일도 일이지만 원수 같은 김여달과 자신을 버린 최중기 그리고 세상 남자들에게 복수를 하고 싶었다.
 "저는 창기 유화랍니다. 나으리!"
 유감동은 독하게 마음먹고 스스로 창기가 되었다.

 찬바람이 살을 벼리는 심정으로 유곽을 열고 앞만 보고 길을 걸었다.
 정월의 찬바람을 등에 업고 언덕을 거슬러 오르는 바람은 거침이 없으며 활시위처럼 팽팽하게 울고 있는 **빨랫줄**에서 칼바람이 갈라져 파열음을 토해낸다.
 바람 앞에 대지의 저항은 거세게 넘어지지 않는 의지로 당산나무를 곧추세운다.

당산나무 그림자가 길게 드리우며 창기 유화를 덮쳐오는 것 같아 두려웠다.
남산골 골목길에서 내려다보이는 궁궐과 고래 등 같은 기와집이 범 아가리처럼 크게 벌리고 있어도 달빛 아래 가장 높은 곳에서 내려다보는 유감동의 쾌감은 짜릿하였다.
저들을 응징하리라 독한 마음도 먹어본다.
여인이 한을 품으면 오뉴월에도 서리가 내린다고 했나? 몸에 한기가 들면서 나뭇잎이 바람에 날리듯 부르르 떨렸다.
세상을 줄자로 재려는 남성 중심의 독선과 관념적 사고는 위선의 탈을 쓰고서 주변의 일탈을 용서치 않는 검은 살쾡이 눈빛으로 번뜩이는 것 같았다.

북악산 자락에서 암회색 구름이 몰려온다.
희미한 호롱불 밝혀 놓은 초막 쪽방에 불시착한 아이의 울음이 달동네 허공을 가르고 세간의 풍문은 머지않아 기생 유화의 소문과 함께 배고픈 노인은 치매를 앓다 언덕을 어슬렁거리던 삭풍에 몸을 실었다는 소문처럼 무성할 것이다.
산 자와 죽은 자를 추모하는지 빈 하늘이 구름의 속살을 흩날리며 소담스러운 눈발을 날린다.
검은 구름이 드리워진 궁궐 위를 무채색의 나비가 깃발처럼 펄럭이며 북풍을 무기 삼아 한성 전체를 정벌할 기세로 눈발이 허공에 흩어진다.
나비의 춤사위가 천지를 제압하며 연착륙을 시도하는 곳마다 백색의 세상은 무장해제를 시도한다.

검은 구름 아래 한성의 부패한 일상의 풍경을 얼음 왕국으로 장식할 무렵 팽팽하게 부풀어 오른 방광에 힘을 주자 극도의 요의는 반란을 일으켜 은빛 저잣거리를 향해 뜨거운 방사를 한다. 그들의 위선에 오물을 뿌리고 싶었다.

눈발로 덥혀 있는 세상의 추악한 것들을 들추어내는 유쾌한 상상은 세상을 점령한 나비를 도살하며 궁궐의 검은 속살을 들추어낸다.

세상을 향한 유감동의 발칙한 상상 속 도발은 거침이 없다.

눈꽃이 꼬리를 자르고 사라진 뒤 언덕 위로 불어오는 비릿한 바람을 온몸으로 품어 세상을 내려다본다.

나무의 잔가지를 이탈한 눈발이 간헐적으로 흩어지고 눈 녹은 저잣거리는 아무 일 없이 침묵으로 일관하며 아이의 울음만 달밤을 맴돈다.

감동은 창기 유화로 다시 태어났다.

유화의 빼어난 미모와 시화에 능하고 재주가 많으니, 도성의 남자들이 침을 흘리며 달려들었다.

유화의 집에 드나들던 세도가 중에 우의정 정탁은 일등 개국공신으로 유화에게 한눈에 반하여 가까이하며 유화에게 말하기를 "내 너를 어여삐 여겨 첩실로 삼고자 마음먹었다. 그대는 내가 알기로 유감동이라 들은 것 같은데 내 너를 취해도 되겠느냐?"

"대감마님 저는 유감동이 아니라 이미 유화랍니다."

"내 너를 내 곁에 두고 싶은데 어찌 생각하는고?"

"대감께서 그리하고 싶다면 그리하셔야지요! 제가 어찌 이 나라의 개국공신이자 나라의 대소사를 쥐락펴락하시는 대감의 명을 거역하겠사옵니까."

"네가 나의 첩실이 된다면 내 너와 너의 식솔들을 모두 편안하게 돌보아 줄 것이다. 알겠느냐?"

"대감마님 저 같은 천한 것이 근본은 무엇이며 식솔이 어디 있겠습니까! 저는 아비가 누구인지 어미가 누구인지도 이제 모르옵니다."

"어이구! 불쌍한 것 그런데도 이렇게 어여쁘니 참으로 대견하구나! 허긴 그것이 무슨 소용이 있겠냐! 네가 내 옆에 있으면 그만인 것을 내 너에게 호의호식을 시켜주마!"
 정탁은 호탕하게 웃으며 유화를 첩실로 자신이 온전히 소유하고 싶었다.
 유화는 권력의 중심에 있는 정탁의 첩실 노릇을 하면서 한편으로는 첩실 자리도 나쁘지 않으나 그와 상관없이 기방의 행수로 자신이 마음먹은 대로 살았다.
 유화는 자신의 신분을 철저하게 감추며 유화라는 이름으로 세간에 이름을 알렸다.
 기방에는 유화의 소문을 듣고 은밀하게 찾아오는 고관대작들이 줄을 이었다.
 행수님 손님이 찾아오셨습니다.
 그래 누가 야심한 밤에 나를 찾는단 말이냐?
 "예! 우의정 정탁 대감의 조카 정효문 나리입니다."
 "그래, 어서 모시도록 하여라!"
 "나는 정효문이라 하오!"
 "어서 오시와요 대감님!"
 유화는 둥근 갓에 천을 둘러 늘어트려 얼굴이 보이지 않는 갓모자를 쓰고 손님을 맞이하였다.
 "그대가 정녕 이 기방에서 그렇게 유명한 유화라는 기생이란 말이요? 그런데 어찌하여 얼굴을 가리고 손님을 맞이한단 말이야?"
 "그렇지요. 그것은 손님에 대한 법도가 아니지요! 호호호."
 "내 장안에 소문이 파다한 유화라는 기생이 있다고 하여 찾아왔소이다."
 "대감께서는 어찌하여 소문을 듣고 이리 달려오셨습니까? 실망하시면 어찌하시려고요?"
 정효문은 점잖은 체 문장을 읊조렸다.

"꽃은 사시사철 그대로이고 꽃향기 그윽하건만, 사람들의 마음이 간사하여 벌 나비 꽃을 찾아 날아다니는구나!
 너는 누구이관데 이리도 아름답고 절세 미녀 양귀비 부럽지 않은 미모로 사람의 마음에 애간장을 녹이는구나!
 이 마음 다하여 너를 사랑하고자 하니 유화야 너는 내 마음에 꽃이 되어라!
 봄날에 피어나는 꽃을 바라보나니 너는 내 마음에 아직 꺾이지 않는 꽃이로다."

 글줄깨나 읽었다는 선비라는 걸 과시하듯 주절거렸으나 유화의 입장에서는 모두가 발정 난 수캐일 뿐이었다.
 "내 사랑 놀음 한번 질탕하게 하려고 찾아왔다."
 정효문은 호탕하게 웃었다.
 "그러하시다면 소인도 그리 한 번 놀아보아야겠습니다."
 유화는 천천히 갓끈을 풀었다.
 정효문은 유화의 아름다움과 매력에 빠져 어찌할 수가 없었으나 자세하게 들여다보니 유화의 실체를 알고서 깜짝 놀라지 않을 수 없었다.
 이미 작은아버지 우의정 정탁이 애지중지 아끼는 첩실이었던 것이다.
 "어서 오시와요, 대감님!"
 "오호라 이럴 수가! 요즘 장안에서 뛰어난 미모와 재기발랄하여 모두가 한 번쯤 만나고 싶어 하는 기녀가 숙부님이 그토록 어여삐 여기는 유감동 바로 당신이었소?"
 작은아버지 우의정 정탁이 아끼는 기생을 위하여 머리를 얹어 준다고 하여 사람들을 불러들이고 연회를 할 때 참석하여 먼발치에서 본 적이 있었다.
 "아니! 어찌 이 야심한 밤에 정탁 대감의 첩실인 저를 조카님께서 찾으신 연유가 무엇일까요?"

"아! 내 그저 지나는 길에 숙부님이 계시면 뵈옵고 인사라도 드리고 드릴 말씀도 있어 찾은 게요!"
"그러셔요? 아까하고는 말씀이 정말 많이 틀리시는군요!"
유화는 비꼬듯이 간드러지게 웃었다.
"지금은 대감께서는 아니 계시오만은 이왕지사 들리신 걸음이시니 술이라도 한잔하고 가시오!"
"어~ 흠! 흠!" 정효문은 마른기침을 하며 "내 그리하여도 괜찮겠소?"
"당연히 되고말고요! 이곳은 기방이 아니 옵니까? 사내대장부가 기방에서 술 한잔하였기로 누가 뭐라 하겠습니까?"
정효문은 못 이기는 체 유화가 이끄는 대로 별실로 들어갔다. 한 잔 두 잔 술기운이 무르익어 거나하게 취해 갈 무렵 정효문이 유화의 아리따움에 반하여 말하였다.
"유화 그대는 참으로 아름답소! 내 익히 소문을 들어 알고 있었지만, 당신을 보고 있자 하니 마음이 동하여 어찌할 수가 없소?"

유화가 간드러진 웃음을 흘리며 정효문의 수작을 받았다.
"그래요 그렇다면 사내가 어찌 그 마음을 멈추어 죽일 수 있겠습니까? 마음에 드는 꽃을 꺾지 못하면 사내도 아니지요! 호호호. 벌 나비가 꽃이 있는 곳에 날아들기 마련이거늘 어찌 망설인단 말이오?"
"허나 숙부의 여자인 그대를 내 어찌할지 그리해도 되는지?"
"조카님 다 아시면서 이 방에까지 들어와 눌러앉은 것을 알거늘 무엇을 망설이십니까? 저는 숙부의 첩실이기도 하나 창기이기도 하니 신경 쓰지 마셔요! 그리고 계집은 품어야 맛이고, 고기는 씹어야 맛이지요! 그리고 저는 유감동이 아니고 창기 유화가 아닙니까?"

유화는 시 한 수를 읊조리며 정효문을 끌어당겼다.

 세상사 흐르는 물결 같아서 이런들 어찌하고 저런들 어떠하리오!
 사람이 사는 모습은 거기서 거기인 것을
 이내 마음 세상의 시류에 흘려보내 너도 흐르고 나도 흐르면 그뿐인 것을
 어찌하여 이리도 힘들게 사는 것인지요

 세상사 모든 것이 내 마음에 있거늘,
 뉘라고 내 마음을 갈대숲에 이르는 바람이 흔들고 가는 것이요!
 임을 애정하는 마음 중심 잡지 못하니
 미욱하고 철없는 이 마음을 갈거나 닦아서 새롭게 태어나길 갈망하나이다.

 이 밤이 한 떨기 꽃으로 지고 나면 세상의 어제는 과거가 되고
 눈뜨고 세상을 바라다보니 어제의 절망이 희망이 되고
 흐릿한 기억 속에 살아온 인생은 무상이라
 앞으로 살아갈 인생 그 누가 뭐라 해도 억지로 누르지 말고
 물욕에 헌신하여 마음과 두 눈을 가리지 않을 것이요
 온 세상 사람들 즐겨 기쁨으로 만나기를 소망합니다.

 누가 내게 다가와
 그대를 사랑하노라 말하기 전에 누군가 사랑에 빠져서 웃고 울어서
 지난날의 기억이 지워진들 어쩌랴?
 이 밤이 지나면 그뿐 아니겠습니까?

유화는 거리낄 것 없이 세간의 이목은 신경 쓰지 않고 날아오는 벌 나비를 품어 꿀을 주고 회포를 풀었다.
작은아버지의 여자를 범한다는 것은 아무리 기생이라고는 하지만 있을 수 없는 일이었으나 이미 그들은 유화의 눈빛과 혀에서 놀아나는 자들이 되었다.

어느 날 어둠이 서산 언덕에서 밀고 내려올 무렵 유화의 소문을 듣고 은밀하게 찾아온 이효량이 여종의 안내를 받으며 별실로 들어서고 있었다.
"여봐라? 유화가 대체 누구이관데 이리 장안에 소문이 파다한 것이야? 내가 누구인 줄 알고 마중도 나오지 않는 것이냐?"
"아이고, 나으리. 조용하셔요! 제가 행수님께 미리 기별을 넣었으니 곧 나오실 겁니다. 이 방에서 한잔하고 계시면 곧 나오신다고 하지 않습니까!"
이미 한잔 술을 거나하게 걸친 이효량이 거드름을 피우며 유화를 찾았다.
잠시 후 방문이 열리고 유화가 들어서자, 호기를 부리며 큰 소리를 치던 이효량이 화들짝 놀라 정색하였다.
"아니 이게 누구요? 처남댁이 아니요? 유화가 처남댁이었소?"
"거드름을 피우시는 것도 여전하고, 허세가 심하시고 말씀이 많으신 것 또한 여전하시군요! 그래, 오늘은 작정하고 오신 것 같으십니다."
"아니! 그것이 아니라 내 유화가 처남댁일 줄이야 꿈에도 몰랐소!"
"그래서 어찌하시게요? 그냥 가시렵니까? 사내대장부가 칼을 뽑았으면 무엇이라도 베어야 하지 않겠습니까? 그래야 사내라 말할 수 있지요? 그리도 간이 작아서야 어찌 사내라 합니까?"
"그것은 아니요만, 내가 어찌 처남댁을?"

"가시는 것은 자유이기는 하나 저는 이제 남편인 최중기가 나를 버리겠다고 하여 기별하였으니 남남이요, 그러니 이효량 나리와는 아무 관계도 아니지 않습니까? 상관없는 남남끼리인 걸 어떠합니까? 그것도 기방이고, 창기인 것을요!"
"내 그리 생각하여 보니 그 말이 맞는 것 같소! 그렇다면 내 오늘 여기서 거나하게 대취하여 놀아봅시다."

고관대작이나 공신의 자제할 것 없이 유화의 말에 체통과 위신을 내던지고 너도나도 달려들었다.
감동이 스스로 창기임을 자임하며 자신을 간통한 김여달과 동거를 시작으로 일등 개국공신인 우의정 정탁의 첩실 노릇을 하였으나 숙부의 여자인 것을 알면서도 조카 정효문은 유감동과 간통하였다.
이효량은 최중기의 매부로 유감동이 아직은 법적으로 처남댁이었으나 그들은 서슴없이 간통한 것이다.
이후로 유감동은 한성에서 내로라하는 고관대작과 공신의 자재 등 혈연과 친족에 관계없이 간통하기 시작하였다.
유감동이 그들을 불러들인 것이 아니라 감동이 꽃향기를 피우면 자연스럽게 벌 나비가 꽃향기에 취해 날아들었고 꽃을 사랑하고 꿀을 빨고 화류에 취한 사내들이 탐하고 주변을 맴도는 벌이였고 나비였던 것이다.
이성이 유감동을 첩실로 들이고자 수작하여 곁에 두고 간통하였는데 이성의 친구인 변상동이 간통했으며 권격은 고모부와 유감동의 관계를 알면서도 정을 통했다.
그뿐 아니라 대낮에 아전인 황치산은 길거리에서 유감동의 미모에 반하여 길섶의 음침한 골목에서 정을 통하는 것도 모자라 관아로 끌고 들어가 여러 차례 간통하였고 해주 판관을 지낸 오안로는 유감동을 관아에 기거하도록 하며 간통하고 관아의 물건을 불법으로 빼돌려주는가 하면 전수생은 공문서를 위조하여 군량미를 착복해 유감동에게 주기도 하였다.
 세종의 사돈 간인 권격도 유감동과 간통했으며 이승과 이돈은 친구 사이로 서로 알면서 간통하고 유감동의 아버지 집을 드나들기도 하는 뻔뻔함을 보였다.

 고관대작을 상대로 은밀하게 이루어졌다고 하나 유감동의 행각은 사람들의 입에 오르내리며 도성 안에 소리 없는 말이 되어 퍼져나갔다.
 "남산골 근처 언덕 위 유각에 유화라는 기생이 있는데 상당한 미인이라 하더라고!"
 "미인이다 뿐인가! 시화에도 능하고 소리 또한 일품이어서 사람을 홀리는데 사내들이 맥을 못 춘다지 아마!"
 "그래 그 정도야? 나도 유화라는 기생을 한번 보고 싶소이다."
 "이 사람아! 어림도 없는 꿈은 꾸지도 말게! 그곳이 아무나 갈 수 있는 곳이 아니야!"
 "아니 색주가를 돈이 있으면 갈 수 있지 왜 못 간다고 하는가! 이 사람아?"
 "어허! 당최 이 사람은 뭘 모르는구먼! 그곳은 말이여, 돈이 억만금이 있어도 못 가는 곳이여! 왜 그러냐 하면 그곳에 드나드는 사람들은 당상관 이상 벼슬아치들이나 개국공신과 도성에서 행세깨나 하는 고관대작의 자제들이 드나든다니 우리 같은 사람들은 상대도 안 해준다고 하네!"
 "그 정도란 말이여?"
 "그뿐인 줄 아는가? 유화가 하도 미인이고 유명해서 작은아버지와 조카가 서로 몰래 출입하고 형제들이나 친인척이 서로 번갈아 출입하여 정을 통하니 그 촌수가 어찌 되겠나? 형제나 친인척이 뻔히 알면서 모두 간통을 했으니 위아래 좌우로 모두가 유화의 서방이나 다를 바 없지 않겠나. 기가 막히는 일이 아닐 수 없지 않은가, 이 사람아? 짐승도 그리하지는 않는 것을."

"어~허 그런가? 이 일을 어찌한단 말인가? 이 나라 강상의 도가 다 무너지는 소리가 들리는구먼! 말세로다 말세야!"

"그러니 이 사람아. 객쩍은 소리 하지 말고 그 근처는 얼씬도 하지 마시게!"

"그래도 유화 얼굴 한번 보고 죽으면 여한이 없을 걸세! 하하하."

"예~끼, 이 사람아!"

 도성에 남정네들이건 여인네들이 삼삼오오 모이면 최고의 화젯거리는 당연히 유화에 대한 이야기로 꽃을 피웠다.

 말은 말에 꼬리를 물어 이야기는 보태지고 가공되면서 눈덩이처럼 불어났다.

"북악산 자락에서 암회색 구름이 몰려온다.
희미한 호롱불 밝혀 놓은 초막 쪽방에 불시착한 아이의 울음이 달동네 허공을 가르고 세간의 풍문은 머지않아 기생 유화의 소문과 함께 배고픈 노인은 치매를 앓다 언덕을 어슬렁거리던 삭풍에 몸을 실었다는 소문처럼 무성할 것이다."

♣ 음녀라 불리는 여인

 장안에 온통 유화의 이야기가 불길처럼 번져 나가니 대신들의 입에도 오르내리며 급기야는 사헌부에까지 유화의 행각이 알려지게 되었다.
 "전하 지금 한성에서 유화라는 자가 유곽을 차려놓고 입에 담을 수 없는 행태로 음란한 짓을 자행하여 풍속을 어지럽히고 있다는 소문이 백성들 사이에 파다하여 민심을 어지럽히고 있사오니 철저하게 조사하시어 미풍양속을 바로잡아야 할 것이옵니다."
 상소문이 올라오고 이에 관한 논의가 편전에서 공론화가 되었다.
 "전하 작금의 해괴한 풍문이 도성의 풍속을 어지럽히고 대명률에 의거하여 법과 질서를 지키고 착실하게 본분을 다하고 정숙하게 살아가는 부녀자나 미거한 아녀자들에게 이르기까지 허황되고 입에 담을 수 없는 행위를 본받을까 저어됨으로 하루속히 철저하게 조사하시어 이를 바로 잡아야 하는 줄 아옵니다."

 "전하 항간에 떠도는 소문은 그저 미천한 기생의 이야기로 창기가 기예를 파는 것은 당연한 것으로 일부 백성들이 과장되게 표현한 헛된 풍문일 뿐이니 너무 신경 쓸 일이 아닌듯 합니다. 별일도 아닌 것으로 전하의 심기를 어지럽히는 일은 없어야 할 것입니다."
 "아니옵니다. 전하 지금 도성에서 벌어지고 있는 사안이 그리 쉽게 넘어갈 일이 아니옵니다."
 "어~허 도성에 창기 하나가 방자한 행동을 하는 것으로 그리 어심을 불편하게 해서야 되겠습니까?"
 대신들의 강력한 주청에도 불구하고 이미 뒤가 구린내가 나는 자들은 별일 아니니 그냥 넘어가자는 쪽으로 언로를 막았다.
 우의정 정탁이나 공조판서 성달생 등은 몸이 달아 서로 눈치를 보며 무마하려 애를 썼으나 이미 올라온 상소나 감동의 작태를 간과하고 넘어갈 수 없다고 생각한 대신들은 뜻을 굽히지 않고 주청을 드렸다.
 "전하 이는 반드시 조사하여 그 진상을 소상히 밝혀 한 줌의 의혹도 없어야 할 것이며 진상이 드러나면 엄벌에 처해야 하옵니다. 통촉하여 주시옵소서!"

 대간들의 이야기를 경청하던 세종이 골똘하게 생각에 잠기다 말문을 열었다.
 "내 경들의 뜻을 잘 알았노라! 고려조의 일부 여인들이 품행이 방정치 못한 풍속이 전하여 내려와 성리학의 나라인 조선에 아직도 여인들의 행실이 바르지 못하여 생긴 사건이 많이 남아있으니 이러한 일들을 뿌리 뽑아야 할 것이다. 모름지기 나라의 안정은 가화만사성(家和萬事成)이요! 수신제가치국평천하(修身齊家治國平天下)라 하여 가정이 평안하고 수신을 제가 한 연후에 나라의 안녕도 있는 것이다. 그리하여 나라 안녕의 근본은 가정에 있고 가정의 안녕은 집안 부녀자들의 정숙함에서 시작하는 것이니 미풍양속을 해하는 행위는 용서할 수 없는 중죄이니 이를 간과할 수 없다.
 해서, 사헌부에 명하노니 항간에 문제가 된다는 기생 유화를 추포하여 사건의 진상을 고하도록 하라! 사안이 위중하다면 내 친국하여 죄상을 밝힐 것이다.
 그리 알고 대신들은 모두 물러가도록 하시오!"
 세종은 간결하고 엄히 명하였다.
 "성은이 망극하여이다."

물러가는 대신들의 표정이 천차만별이라 시국을 개탄하며 혀를 차는 자가 있는가 하면 표현을 하지 못하지만, 유화와 결부된 자들은 좌불안석이 되어 얼굴이 화끈화끈 달아올라 꽁지가 빠져라 달아나 대책을 세우기에 급급하였다.

 세종 9년 8월 17일 유감동의 유곽에 사헌부 관리들이 들이닥쳤다.
 "죄인 유화는 속히 나와 오라를 받아라!"
 "아이고! 행수님 큰일 났사옵니다."
 "왜 이리 호들갑이더냐?"
 "호들갑이 문제가 아니고 사헌부에서 관리들이 왔습니다. 어찌하면 좋아요?"
 "그래. 내, 올 것이 오고야 말았구나! 내 이런 날이 올 줄 알았다만, 빨리도 왔구나!"
 "죄인 유화는 어명을 받들라!"
 사헌부 관원의 호통이 이어지고 한낮의 햇살 아래 창검이 번뜩이며 서슬이 파랗게 앞마당에 긴장감이 돌았다.
 "아니! 대낮에 관군들이 유곽에 술을 자시러 온 것은 아닐 테고 아녀자 하나 잡겠다고 이리들 호들갑이십니까? 유곽에서 술 팔고 웃음을 파는 것이 죄는 아닐 터인데 무슨 죄목으로 누굴 잡아가겠다는 것입니까?"
 "저년이 터진 입이라고 음탕하고 음란한 요설을 늘어놓는구나! 죄인 유화는 음란하고 요사스러운 행동으로 도성의 미풍양속을 어지럽혔으며 그로 인하여 나라의 도덕과 질서와 규범을 지키지 않아 국태민안(國泰民安)한 나라의 근간을 흔들어 성과 도덕을 문란하게 한 죄를 물어 추포하노라!"

 유화는 사헌부 관원들에 추포되어 의금부 옥사에 갇혀 추국당하기에 이른다.

"기녀 유감동은 들어라! 이미 여러 방면으로 너에 대하여 조사한 바에 의하면 반가의 출신인 것으로 드러났다. 너의 이름과 본관은 무엇이며 무안군수를 지낸 최중기가 너의 전남편이 맞더냐?"

"기녀가 본관이 어디 있으며 아비가 누구인지도 모르는데 전남편이 누구이면 무엇하고 부모가 누군들 무슨 의미가 있겠습니까? 무안군수 최중기는 이미 나를 버렸고 나의 친정 집안에서조차 내 몸이 더럽혀지고 남편과 기별(이혼)을 하였다 하여 저를 헌신짝처럼 내쳤는데 그들이 나의 친정이며 남편이란 말입니까? 죽지 못해 사는 삶이니 먹고살기 위해서 궁여지책이요 호구지책일 뿐입니다."

"너의 죄상에 대하여서는 네 스스로가 잘 알고 있으렷다. 그 말인즉 최중기가 너의 남편이라고 시인하는 것과 다르지 않구나! 도성에 소문이 파다한 것은 네가 이미 여러 사람과 간통하였다는 물증이기도 하거니와 설령 그러하지 않았다고 하더라도 풍속에 저해되는 풍문을 만들어 낸 것조차도 크게 벌을 받아야 할 것이다.

항간에 떠도는 이야기가 정령 네가 저지른 죄가 맞더냐? 너는 이미 민심을 문란하게 하고 많은 사람을 요사한 얼굴과 혀로 현혹하여 간통을 저지른 죄가 미풍양속을 넘어 강상의 죄를 범하였으니 그 죄는 죽어 마땅하니 모든 것을 소상하게 이실직고하라."

"추국관 나으리! 제가 죄를 지었다면 응당 죗값을 치러야 하는 것은 알겠으나 나의 죄상이 요설로 뭇 남자들을 현혹하여 간통을 저질렀다 하였습니다.

그렇다면 묻습니다. 간통은 저 혼자 저질렀다는 말씀이십니까? 간통이라 하면 상대가 있어야 하거늘 어찌하여 제가 상대한 남자들은 잡아들이지 않고 저만 불러 추국하시는 겁니까?"

"그렇다면 너와 사통한 자들의 이름과 정황에 대하여 소상히 말하라?"
"그야 어려운 일이 아니지요! 어떤 분부터 고변을 해드릴까요? 하도 많아서 말입니다. 호호호."
"저런 방자하고 요망한 것을 보았나! 어느 안전이라고 농 짓거리를 하는 게냐? 어서 사통한 자들의 이름을 말하라!"
 추국은 밤을 새우도록 이어지고 유감동의 입에서는 나오는 거침없는 말이 추국관의 입장을 난처하게 만들었다.

 3일 후에 사헌부에서는 그간의 정황을 정리하여 세종께 보고서와 함께 상소를 올렸다.
 편전에서는 이른 아침부터 장안의 기생 유화의 일로 술렁거리기 시작했다.
"전하! 기녀 유화에 대한 사헌부의 장계 내용을 보고하겠나이다. 기녀 유화의 본명은 유감동으로 본래 양반가의 여식으로 아비는 한성 유수를 지낸 유귀수(兪龜壽)이며 남편은 무안군수를 거쳐 지금은 평강 현감 최중기(崔仲基)입니다. 얼마 전 도성에 들어와 유곽을 차려놓고 갖은 요설로 뭇 사내들을 현혹하여 사통한 정황이 확실하옵니다."
"뭐라? 그러한 풍문이 사실이라는 말이렷다. 그런데 어찌하여 양반가의 딸이요, 관리의 아내가 기녀가 되어 남정네들과 정을 통하였다는 말이냐?"
"그것은 남편인 최중기가 무안군수로 재직하고 있을 당시 피접을 핑계로 한성으로 홀로 올라와 품행이 방정치 못한 일로 인하여 최중기로부터 버림을 받았다 하옵니다."
"그렇다면 최중기는 짐의 허락도 없이 기별(이혼)을 하였단 말이냐? 그러하면 아직은 양반가 부녀자의 신분인 것이로구나?
 그러하다면 최중기는 어떠한 연유로 유감동을 음부라 칭하여 일방적으로 부인을 버렸다는 것이냐?"
"예! 전하 사간원 김학지의 보고에 의하면 무안군수로 있을 때 무뢰배들과 몰려다니는 김여달에게 강간당한 연후에 도성으로 올라와 김여달과 동거하며 유곽을 차려 그러한 추잡한 행동을 한 것으로 추정 하나이다.

또한 아뢰옵기 황송하오나 전하의 귀를 더럽힐까 우려되어 입에 담기 송구하오나 유감동의 입에서 고관대작들의 이름이 거론되어 추국하기에 민망한 것이 많사옵니다."

"고관대작이라니? 이런 요사스러운 자를 보았나!" 사간원의 김학지가 앞으로 나서며 고하였다.

"전하! 유감동과 통정한 간부들의 직첩(職牒)을 거두시고 모두 잡아들여 국문하고 추후에라도 더 나타난다면 모두 잡아들여 그들의 죄를 엄하게 물어 조정의 기강을 바로잡아야 할 것입니다."

"짐이 사헌부의 상소를 통하여 일부 대신들이 연루된 것을 알고 있다. 그러하더라도 음부와 간통한 정황과 물증이 정확하게 드러나기 전에는 우의정 정탁과 이효량, 정효문 등 공신들의 직첩(職牒)은 거두지 말라!"

세종은 공신과 고관대작들이 연루된 사안을 크게 키우고 싶은 생각이 없었다.

김종서가 나서서 고하기를 "전하 아니 되옵니다. 정효문의 범죄는 그의 숙부 정탁이 감동과 간통을 했다는 사실을 인지하고 있으면서도 고의로 간통의 죄를 범하였고 효량은 최중기의 매부이면서 처남댁과 정을 통하였다는 것은 그들의 행실이 금수만도 못한 것이니 그들의 죄를 강상의 죄로 엄히 다스려야 합니다. 이러한 죄상은 이미 사헌부에서 취조한 내용으로 모든 사실이 이미 백일하에 드러났사옵니다."

"참으로 통탄할 노릇이로다. 어찌하여 이 나라의 일등 공신인 정탁 같은 신하가 모범은 보이지 못할지언정 체통을 잃고 그리 무분별한 행동을 하였단 말인가!"

세종은 공신과 그의 자제들이 연루된 작금의 간통 사건에 관하여 크게 한탄하였다.

"그러하다면 내 직접 친국을 할 것이다. 허니! 사헌부에서는 추국장을 세우도록 하라!"

"근자에 편전에서 이러한 논의가 많은 것은 이 나라의 미풍양속을 바로 세워 나라의 근간을 안정되게 하려 함이다.

짐이 일전에도 말하였던 바와 같이 고려 말 전 왕조에 있어 성도덕이 문란하고 부녀자들의 성적수치심이 없어 나라의 미풍양속을 어지럽혀 바로잡고자 함이며 유교의 나라인 조선에서 성리학의 근본을 굳건히 하고자 관습과 제도를 정비하여 원칙을 바로 세우고자 한다.

대명률에 근거하여 법을 정비하여 왕실의 지엄함을 보이고 유교적 이념을 널리 보급하고 가정의 기본을 마련하기 위하여 삼강행실도(三綱行實圖)를 편찬한 것이다. 따라서 부녀자들의 정조 관념을 법으로 정하여 규제할 것이다.

그러나 가정의 풍속을 강화하여 벌을 주려는 목적보나 이혼과 간통 등의 사안을 나라가 직접 개입하여 유교의 기틀을 바로잡고 그들을 교화하고 순화하려는 목적임을 밝혀두는 바이다."

세종은 유감동을 친국하려는 목적과 풍속에 관한 죄를 직접 다스리려는 결연한 의지를 보이며 그에 부합한 목적과 배경을 설명하였다.

♣ 세종의 친국

 세종 9년 8월 20일 폭염이 서서히 물러갈 시기이기는 하나 막바지 더위가 꼬리를 잡는 계절이 넘어가고 있다.
 추국장이 세워지고 세종이 정좌하였다.
 커다란 화로에 불꽃이 타오르고 형틀이 준비된 마당 한가운데 유감동은 파리하지만, 눈에는 핏발이 서고 의기양양한 모습으로 앉아 있다.
 "죄인 유감동은 얼굴을 들라! 전하께서 친국하는 자리임에도 불구하고 반성하는 기미가 전혀 보이지 않는 것은 참으로 발칙하다."
 추국관의 목소리가 의금부 뜰에 울려 퍼진다.
 "전하 소인은 죄를 지었으되 잘못된 관행과 바르지 않은 법으로 인한 희생양입니다. 사내들의 죄는 가벼이 하고 여인들만을 죽음으로 단죄하려는 것은 부당하옵니다. 내 일찍이 남편인 최중기가 무안군수로 있을 때 철천지원수 같은 김여달에게 강간당하여 죽기를 마음먹었으나 그리하지 아니하였습니다.
 건장한 사내의 완력에 의하여 정조를 잃었음에도 불구하고 여인의 행실이 올바르지 못하여 벌어진 일이니, 강간도 서로 정을 통하여 간통한 것으로 간주하여 여인에게는 극형에 처하고 강간한 남정네에게는 관대한 법도는 부당하다 생각되옵니다. 이는 어느 나라 법이란 말이옵니까?
 하여! 소인 죽기를 작정하였으나 도저히 억울해서 죽을 수가 없었사옵니다. 아니요, 악착같이 살아서 그들을 응징하고 싶었습니다."
 "아니! 감히 어느 안전이라고 전하 앞에서 입을 함부로 놀리는 것이야? 그 입 닥치지 못할까? 네가 죽기를 작정한 모양이구나?"
 추국관이 엄포를 놓아 유감동의 입을 막았다.

 이어서 세종이 무겁게 입을 열었다.
 "너는 어찌하여 반가의 아녀자로 몸가짐을 바로 하고 정숙한 여인으로 살아가야 함에도 그토록 해괴하고 음란한 행위로 항간의 미풍양속을 어지럽힌 것이냐? 너는 아녀자의 몸으로 나라의 근간인 법을 부정하고 요설로 너의 죄를 면하려 하는 모양이구나!
 하지만 법은 나라의 근간이며 질서이다. 너처럼 추악한 행동을 서슴없이 저질러 삼강의 행실을 어지럽히고 도덕을 땅에 떨어트린 자가 입에 담을 말은 아닌듯하구나!"
 "여인의 말이고 음란한 음부의 말이라 하여 어찌 만백성의 어버이를 자처하는 전하께서 귀를 닫으려 하십니까?"
 "그래 짐이 사헌부로부터 너의 행실에 관하여 보고를 받았다. 너는 조정 신료들의 마음을 흔들고 현혹하여 사통하였다고 들었다. 그렇다면 너와 관계된 자들의 이름을 말하여 보라!"
 "전하께서 하명하시니 저와 관계된 자들의 이름을 고변하겠나이다. 이 나라 일등 공신인 우의정 정탁, 그의 조카인 정효문, 공조판서 성달생, 전 남편 최중기의 매부가 되는 이효량, 이효례와 그의 고모부 권격, 이성과 그의 친구인 변상동, 아전 황치산, 김약회…"
 "그만! 그만하라. 너의 죄는 그것으로도 크고 무겁다. 하니 그만 말하라!"
 세종은 도저히 들을 수가 없었다.
 유감동의 입에서 나오는 이름마다 고관대작이요 공신이나 그의 자식들로 참담함을 금할 수가 없었다.
 "전하 어찌 벌써 그만하라 하십니까? 아직 십분지 일도 고변하지 못하였사옵니다.

이돈, 박호순, 김이정, 설석, 송복리, 안위, 여경, 유승유, 이구상, 이견수, 전수생, 주진자. 정중수, 남궁계…"
"그만, 그만하라 하였거늘 어찌하여 입을 계속 놀리느냐?"
세종은 언성을 높여 유감동의 말을 제지하였다.
"전하! 어찌하여 조정대신과 그들 자제의 이름이 나오자 소인의 말을 막는 것이 옵니까? 천한 기생 하나가 세간을 어지럽혔다고 하여 모든 일을 저에게 뒤집어씌워 축소하려는 저의는 알겠사오나 이는 올바른 처사가 아닌 것 같사옵니다.
아울러 간통하였다 하심은 상대가 있을 것이요, 음부가 있다면 함께한 음란한 자가 있을 것인 것을 어찌하여 소인에게 모든 것을 전가하여 처벌하려 하십니까?"
"저런 당돌한 년 같으니라고 여기가 어느 안전이라고 말대꾸를 또박또박하는 것이냐? 그 입 닥치지 못할까? 발칙한 요설을 일삼는 저년의 주리를 틀어라!"
보다 못한 추국관이 큰소리로 유감동을 제지하였다.
그러나 유감동은 있는 힘껏 소리쳐 말했다.
"전하! 고관대작이나 양반만 이 나라의 백성이 아니지 않사옵니까? 천한 노비도 백정도 음부라 칭하는 저와 같은 사람도 모두가 전하의 백성이며 이 나라의 백성이 아니옵니까? 양반들만의 나라가 아니고 사내들만의 나라가 아닌 여인도, 남녀노소 가릴 것 없이 전하의 백성이오니 부디 공평하신 잣대로 처벌하여 주시길 바라옵니다."
유감동은 어전에서도 자신의 억울함과 여인들이 천대받는 법과 제도에 대하여 당당하게 이야기하였다.
가정과 사회로부터 버림받고 외면당하며 잘못된 법으로 인하여 차별받는 여인들의 목소리를 대변하였다.
처음 시작은 억울한 심정에서 복수를 하려는 생각이었으나 성폭행 피해자의 가련하고 힘없는 아녀자로서 시대의 구조적 모순에 대한 저항이라고 볼 수 있었다.

세종은 머리가 무거워지는 것을 느꼈다.
 유감동의 말이 틀린 것이 없으나 그를 인정하면 기존의 법과 질서를 무시하는 것으로 인정할 수 없는 사안이고 마음이 답답하였다.
 "그래! 짐이 그대의 마음을 알고도 남음이 있으니, 정상을 참작하여 연루된 자들의 경중을 따져 처벌할 것이니 그리 알라!
 더 이상 추국을 한다고 하여 저 여인이 어찌 다 기억하겠는가! 지금까지의 자백만으로도 죄를 묻기에 충분하다.
 일단 저 음부에게 장형을 가하여 생각을 바르게 하고 반성토록 하며 추후에 사헌부에서 좀 더 면밀하게 조사하도록 하라! 하여! 오늘의 추국은 이것으로 끝내도록 하겠다."
 사헌부에서 아뢰기를 "전하! 저 여인의 진술만으로는 죄의 진상과 저 여인과 간통한 자들의 진위를 알기 어려우니 간부(姦夫)들을 모조리 잡아들여 취조하는 것이 합당할 줄로 아옵니다."
 그러나 초점은 간통한 간부들의 경위와 사실 여부보다 유감동을 어떻게 취조하느냐에 신경을 더 곤두세웠다.
 법률로 정한 바에 의하면 양반의 부녀자와 간통한 자는 극형으로 다스리게 되어 있으나 사안이 복잡하였다.
 그도 그럴 것이 유감동과 간통을 한 자들의 대부분이 지체 높은 양반으로 개국공신과 그들의 자제들로 그들에게 벌을 내리는 일은 세종으로서도 쉬운 일이 아니었다.

 유감동은 여한이 없었다.
 비록 죄인의 몸이 되어 의금부에 갇히는 신세가 되었을지라도 남자만을 위한 세상에 고관대작이니 공신이라고 거들먹거리는 자들을 마음껏 조롱하고 항간에 웃음거리로 만든 것만으로도 통쾌하였다.
 겉으로는 공자를 논하고 맹자를 말하면서 성리학에 기본을 두고 사람의 도리며 윤리와 도덕을 운운하는 위선자들을 희롱한 것으로도 좋았다.
 다만 억울한 것은 갈수록 여인들의 삶이 힘들어지고 나라의 안정을 기본적으로 가정이라는 울타리에서 시작해야 한다는 이념과 법의 잣대가 모두 여인들을 옥죄는 것이 마음이 아팠다.
 의금부 옥사로 은은하게 비추는 만월이 오늘따라 처량하게 느껴지는 것은 내 신세가 한탄스러워 그리고 달빛이 고울수록 눈물은 멈출지 모르고 흘러내렸다.

 유감동은 몸 깊은 곳에서 불같은 것이 끓어오르는 것을 참으며 다짐하였다.
 이것이 내 운명의 길이라면 담담하게 걸어가야겠다.
 모질게 연결된 영혼의 탯줄로 이어진 삶을 이어왔으니 사금파리 같은 달빛이 머리 위에 쓸쓸하게 비추고 있다.

 두려움 없이 길을 가자!
 가시밭길을 걸을지라도 길게 드리운 죽음의 그림자가 내려앉을지라도
 영혼을 지키는 육신에 평안을 주리라!

 거칠게 울리는 야생의 소리가 들려오는 날
 달빛에 머리 조아리며 영혼의 노래를 불러라
 사랑의 이름으로
 어둡고 좁은 통로를 지나 넓은 대지의 모성에 기대여 가자!

 두려움에 집착하지 말고
 양들의 평안을 노래하고 자유를 방목하여
 푸른 초목을 먹게 하리라!

 사랑의 이름으로

내 인생길을 깊게 껴안아 존중하며 사랑하라!
이제 그 길을 두려움 없이 가야 한다.

 유감동은 스스로 위로하고 자신의 운명에 대하여 겸허하게 받아들였다.
 어느 순간 꼬여버린 인생이지만 인생 일장춘몽 달빛에 구름이 흘러간다.
 눈을 감으면 인생의 마지막 종착역이 보이는 것 같았다.

 별이 흐르는 강이다.
 황금빛 노을이 구름을 끌고 숫처녀 수줍은 생리통처럼 붉게 물들어 서해로 장엄한 침강 의식을 치르고 있다.
 내 생이 그러하듯이,
 또 하루는 역사 속으로 소멸하고 노을 끝에 머물던 나의 여생은 막을 내린다.
 청량하던 대기는 숨 가쁘게 하루를 정리하고 땅거미가 검은 발을 드리우며 숲을 지나 마을 어귀로 내려오자 바람이 세차게 불었다.
 골목길을 걸어가는 감동의 무표정이 구름이 뻥 뚫린 하늘에서 쏟아져 내리는 노을 속으로 걸어 들어가고 세상은 고요와 침묵을 선택해 밤으로 스며들었다.
 산허리에 옹기종기 돋아나는 소박한 별빛이 일제히 하늘로 날아올라 하늘의 별과 땅의 별들은 하나가 되었다.

 은빛 부서지는 강이 흐르고 유성은 돛단배 꼬리가 되어 밤하늘로 끝없이 떠가는 고독의 강을 건너고 있다.
 반짝이는 물길은 시야 가득 떠돌다 은하의 강으로 밀려든다.
 꿈꾸던 시절 유년의 별들도 능선에서 돋아나 밤새워 어둠을 밝히다 새벽이 오면 소리 없이 달빛으로 스며들었고 암청색

빛을 튕겨내는 숲에서 기진하고 소멸했다.
 눈을 감아도 눈을 크게 뜨고 있어도 별은 아름다운 세상 끝에서 말없이 떠돌다 내 마음에 꿈으로 잦아들어 반짝이던 유랑의 별들은 추억을 장식하는 붙박이가 되었다.

 유감동은 깊고 푸른 꿈을 꾸었다.
 달빛이 흐르고 유난히 맑은 밤하늘에 빛나는 별을 바라보았다.
 유년 시절과 지나간 세월이 날아오르는 풍등처럼 빛나고 별빛이 흐르는 강으로 걸어가고 있다.

♣ 판결

　유감동이 의금부 옥사에서 꺾어진 꽃잎처럼 시들어 갈 때도 계절이 변하고 아스라한 풀잎 사이로 구름이 두둥실 흘러간다.
　여름의 절명은 서늘한 바람 끝에서 시들고 흐드러지던 밤꽃 끝에서 가시 돋친 가을이 성큼성큼 영글어가고 있었다.
　안개를 따라가던 고샅길 끝에서 가을이 오고 계절이 나이를 먹고 유감동의 생의 마지막 물줄기는 실낱같이 가늘어지고 언제 생명의 물줄기가 멈출지 모르는 신세다.
　속절없는 풍경은 상큼하게 불어오는 바람이 창공을 날아가는 새 등에 내려앉아 은빛 햇살이 잘게 부서진다.
　유감동은 생의 종말을 고하며 침묵하고 길가에 흐드러진 코스모스가 시심을 흔들어 풍요로 유혹하는 계절이 오고 있는 것을 멍하니 바라보았다.
　찬란한 빛으로 번뜩이는 계절은 성스럽고 경건하다.
　들판에 가득 자라난 황금빛 풍요와 농부의 해맑은 미소가 논두렁을 가로지르는 초동의 발걸음 따라 추수를 시작하고 또 한 계절이 등이 보일 때쯤 들꽃 향기 흐드러진 노을이 선홍빛 구름을 끌고 한 해를 넘는다.
　추수가 끝난 텅 빈 들녘에 허수아비 바람을 흔드는 계절을 따라 가을이 무르익어 가고 있어 낙엽도 제 갈 길을 가는 것조차 서러웠다.
　유감동이 처지도 끈 떨어진 연이나 낙엽처럼 바람에 날릴 것임을 안다.
　유감동의 결연한 의지도 이제는 두려움 없이 미련을 버리고 계절을 뛰어넘으리라 마음을 굳게 먹는다.
　한 줄기 바람 앞에 허공을 잠시 머물다 예기치 않은 곳으로 날려가거나 풀잎으로 드러누워 찬 바닥에 억척스럽게 들러붙어 모질게 짓밟히더라도 가을 끝에 떨어지는 이파리 하나 또 하나 하찮은 행위가 계절을 변화시키고 있었다.
 감동이 세상을 변화한 것은 무엇일까?
 하찮은 여인의 몸이 바람으로 삶의 일순간 머물다 갈진대 무엇을 변화할 수 있었을까? 지난 시간이 꿈결같이 흘러갔다.
 미약하나마 이 목숨 바쳐서 여인들의 삶이 조금이라도 나아지기를 바랄 뿐이다.
 유감동이 살아온 생의 끝자락이 낙엽 줄에서 한 계절이 시들어 가고 있었다.

 세종 9년 9월 16일 사헌부에서 유감동 사건을 추국하고 급기야는 세종이 친국까지 해야 하는 초유의 사태가 막바지로 치달아 유감동에 대한 처결을 논의하기 위해서 편전에 대신들이 모여들었다.
 "전하! 신 사헌부 감찰 윤수미 아뢰옵니다.
 유감동의 죄가 실로 무겁고 도성의 미풍양속을 어지럽힌 것은 물론이요, 이 나라의 법과 질서 도덕을 실추시킨 죄가 크다고 할 수 있으나 그보다 더 한 것은 주변의 친족들과 서로 간통을 하여 근친상간이라는 금수만도 못한 죄를 저질렀사옵니다. 이는 강상의 죄를 물어 극형에 해당하는 교형으로 다스려야 할 것입니다."
 "전하! 신 김학지 아뢰옵니다.
 유감동이 오늘날 항간의 음녀이자 요부가 된 사유인즉 지난날 무안군수 최중기를 따라 무안 지방에 내려가 있을 당시 양반이라 하나 서출로 무뢰배나 다름없는 김여달에 의해서 강간을 당하고 계속해서 공갈 협박으로 유감동을 위협하여 오늘날 음부로 낙인찍히게 되었사옵니다.
 김여달에게 강간당하지 않았다면 오늘날 저 여인이 그리 음녀가 되지는 않았을 것이옵니다. 하여 정상을 참작하여 교형만을 피하여 목숨만은 부지하게 하심이 옳은 줄 아뢰옵니다."
"아니 될 말이옵니다. 신 김종직 아뢰옵니다.
 지금까지 사헌부에서 조사한 내용만 보더라도 유감동과 간통한 음부들이 무려 40여 명에 달합니다. 이는 아직도 더 많은 자들이 연루되어 있을지도 모르는 사실이며 지금까지의 죄상으로 보아도 이는 중죄로 다스리는 것이 마땅하다고 사료되옵니다."
"전하! 통촉하여 주시옵소서!
 전하 얼마 전에 양인인 근비와 박종손이 혼인을 치르지 않은 상태에서 서로 정을 통하였으나 근비를 좋아하던 차경남이 근비에게 매파를 통해 청혼하여 사주단자를 보낸 일이 있었는데 이를 박종손이 알고 차경남을 살해한 사건이 있었사옵니다.
 금비와 박종손이 비록 먼저 알고 지냈다고 하나 이는 중매 절차 없이 간통한 것이고 차경남은 나중에 근비를 알았더라도 매파를 통하여 사주단자를 보냈음으로 두 사람은 잠정적인 부부로 인정하여 살인은 한 간부(姦夫) 박종손은 장형에 처하고 관노로 삼아 멀리 유배를 보냈습니다. 또한 남편 차경남을 배반하고 박종손과 간통한 근비 또한 교형에 처한바 있습니다.
 하여 양반가의 부녀자로 음부가 되어 풍속을 어지럽힌 유감동 또한 엄벌에 처하여 문란한 풍속을 바로 잡으소서 전하! 유감동을 교형에 처하지 않는다면 이 또한 형평성에 어긋나는 일이옵니다."
"전하 신 사헌부 감찰 윤수미 아뢰옵니다.
 애당초 관리의 부인인 유감동을 간통하여 양반가의 부녀자가 음부가 되도록 단초를 제공한 김여달에게도 그의 직을 파직하고 엄벌에 처해야 할 것입니다."

세종은 고개를 끄덕이며 천천히 말문을 열었다.
"경들은 들어라! 경들의 의견이 여러 가지로 나뉘어 서로 의견이 분분하니 처결하기가 난감하나 짐이 심사숙고하여 국법에 의하여 판결 내릴 것이다.
우선 음부 유감동으로 하여금 연루된 간부(姦夫)들이 정승판서는 물론 공신과 그 자식들에게까지 이르러 이는 참으로 개탄할 노릇이며 부끄러운 일이다. 하여 유감동과 간통한 그들의 죄상에 따라 처결하되 유감동이 양반가의 부녀자인 것을 알고 간통한 간부(姦夫)들은 국법에 대한 도전이며 성리학의 근본을 어지럽히고 양반에 대한 모욕이라 할 수 있다. 따라서 죄를 가중하여 황치산, 이효례, 정효문 등은 곤장 80대를 쳐서 변방으로 귀양 보내도록 할 것이며 유감동이 창기로 알고 간통한 관리와 그의 자제들은 곤장 60대를 쳐서 죄의 경중에 따라 분리하여 죄를 물을 것이다. 아울러 유감동의 아비 유귀수는 자식의 훈육을 잘못하여 나라의 근간을 흔들고 미풍양속을 어지럽힌 유감동 같은 딸을 키웠으니 연좌의 죄를 물어 그 직을 면하여 봉고파직하고 장형으로 다스릴 것이다. 그리고 그의 일족들 또한 추포하여 장형을 선고한다. 더불어 애당초 유감동을 강간하여 반가의 부녀자를 파멸의 길로 이르게 한 김여달 또한 그 직을 면하여 봉고파직 함은 물론 몸에 낙인을 찍는 자자형을 선고하여 관노가 되게 하라!
마지막으로 음녀 유감동의 처결을 명하겠다. 음녀 유감동은 양반가의 아녀자로 태어나 품행이 방정하지 못하고 옳지 않은 생각과 행동으로 무려 40여 명의 간부(姦夫)들과 간통하였으니 그 죄가 실로 크다. 유감동의 죄가 크다고는 하나 그 주변의 간부들과 백성들의 모범이 되어야 할 관리나 공신들의 죄 또한 가볍지 않다.
짐이 앞서 말하였거니와 처벌보다 교화와 순화를 통하여 백성들의 미풍양속이 아름다워지기를 바란다. 따라서 무안군수 최중기와 함께 있으면서도 소피를 본다는 핑계로 간부 김여달을 찾아가는 행위로 남편을 배반하고 개가한 죄를 물어 곤장 형에 처하며 외방에 부처 하여 관노로 살게 하라!"

세종은 일사불란하게 모든 판결을 마무리 지었다.

일부 대신들은 유감동을 사사하자는 목소리를 높였으나 변방에 관노로 살게 하라는 어명으로 목숨을 부지하게 되었다.

세종은 유감동을 교형에 처한다면 상대적으로 간부로 이름을 올린 고관대작들에게도 법률에 따라 양반가의 부녀자와 간통한 자들을 모두 극형에 처해야 하는 법을 적용해야 하는데 상대적으로 부담이 컸다.

유감동을 장형과 외방으로 안치하여 상대 간부(姦夫)들의 처벌 또한 경감하여 장형, 태형, 유배형, 몸에 낙인을 찍는 자자형 정도로 죄의 경중에 따라 처결하였으나 죄에 비해 비교적 약한 처결을 하였다.

"음녀 유감동은 어명을 받들라!"

세종 10년 4월 1일 음녀 유감동은 양반의 첩지를 거두고 천역을 면제하여 3천 리 밖에 먼 지방으로 안치하여 관노로 삼으라는 명을 받고 세간의 주목을 받던 유감동은 사람들의 기억 속에서 사라졌다.

바람꽃이 되어
창틈에 달빛 스러져 찰나에 스치고 지나가니
꿈은 그림자와 같고

아침 햇살 반짝임에 영롱한 이슬이 사라지니
설운 목숨
번개와 같은 칼날의 끝을 보노라

삶은 흐르는 물과 같고
한여름 지나는 실바람같이 덧없는 것이
인생이라더냐

활시위를 떠나는 화살은 빠르기가
빛이라
무사의 칼날이 섬광에 번뜩임이
바람과 같으니

삶과 죽음이 빛과 바람인 것이요
찰나의 삶이라
자웅을 겨루어 본들 도토리 키 재기라!
인생은 한 떨기 피고 지는 바람꽃이어라

한줄기 스치는 바람에 낙화이거늘
너 잘났다 나 잘 났다 하늘 아래 매인 것을
밀고 당긴들 무슨 깊은 뜻 있으랴

엊그제 뛰어다니다
한순간에 다리 절고 허리 굽어
운신도 못 하는 신세 생각이나 했을까

아침에 눈 뜨면 감사하고
운신의 폭이 넓어 아직은 세상 구경할 수 있으니
발길 닿는 곳마다 바람 따라 사는 거지

덧없는 인생 신세 한탄한들 무엇 하리
구름 떠가고 물 흘러가는 곳이 고향인걸
너 절로 나 절로

한 서린 세월은 펄럭펄럭 잘도 간다.

 유감동은 이름 모를 들판에 흔들리는 바람꽃이 되었다.
 유감동이 지은 글이나 시 그림은 요부의 작품이라 하여 한 편도 남아있지 않고 세월 속으로 사라졌으며 모진 목숨 부지하여 낯설고 물설어 척박한 땅에 풀뿌리를 내리고 살아가야 하는 관노 신세가 되었다.

"유감동은 깊고 푸른 꿈을 꾸었다.
달빛이 흐르고 유난히 맑은 밤하늘에 빛나는 별을 바라보았다.
유년 시절과 지나간 세월이 날아오르는 풍등처럼 빛나고
별빛이 흐르는 강으로 걸어가고 있다."

7부.
풍등

♣ 비련의 여인

 한해가 바뀌고 설날이 막 지난겨울은 봄기운이 감도는가 하지만 아직도 매서운 칼바람이 불었다.
 유난한 추위와 폭설이 많은 겨울이다.
 고니의 휴대전화가 진저리를 치며 부르르 떨었다.
 "형! 저 민철입니다. 그동안 잘 계셨지요? 연락 자주 못 들여 죄송합니다."
 "죄송하기는 민철아! 사업도 바쁘고 사는 게 다 그렇지 뭐!"
 "구멍가게 하나 하는 거지요, 사업은요, 괜히 부산만 떠는 겁니다. 하하하."
 "그래 어쩐 일이야? 전화를 다 해주고!"
 "아~예! 실은 명절도 지나고 나니 괜히 마음도 울적하고 적적한 것이 화련 누나가 느닷없이 보고 싶어서 암자에 다녀왔어요!"
 민철이 여러 경로로 수소문하여 지난해 가을에 이제 스님이 되어 있는 누나 화련의 거처를 알아낸 것이었다.
 "아 그래 화련 선배, 아니 자미 스님은 잘 계시냐?"
 "잘이야 살고 있는 것 같습니다. 형! 중앙도서관 근처 카페 '그날'이라고 아세요? 거기서 있다 5시쯤 만나시지요!"
 고니는 민철의 전화를 받고 사무실에 계속 앉아 있을 수가 없어서 서둘러 나왔더니 40분 정도 시간이 남았다.
 근처 중앙도서관에 들러 책을 몇 가지 검색하고 느긋하게 시간을 맞춰서 민철과 약속한 카페로 부지런하게 발걸음을 옮겼다.
 입구부터 아기자기한 소품으로 장식하고 유럽풍의 거실처럼 꾸민 카페는 여자들이 즐겨 찾을만한 예쁜 곳이었다.

고니는 찬바람을 몰고 카페 문을 열고 들어서는 순간 안경에 김이 서려 사람들의 형태가 희미하게 보였다.

"고니 형! 여기요!"

민철이 먼저 자리를 잡고 손을 들어 고니를 불렀다.

고니는 의자를 끌어당겨 앉으며 "그래 자미 스님은 잘 지내셔? 어디 아픈 곳은 없고? 아직도 백담사 근처 암자에 계시나?"

"어휴! 고니 형! 숨넘어가겠어요, 그리고 한 가지씩 질문을 해야지 답을 하지요!"

"아! 내가 그랬나!"

"하여간 화련 누나 말만 나오면 이러시니 나 참! 누나, 아니 자미 스님은 좀 마르기는 한 것 같은데 잘 지내고 계시더라고요! 그리고 작년에 백담사 암자에서 오대산 월정사 위에 상원사 쪽 근처 암자로 옮기셨더라고요!

누나가 보고 싶어서 불원천리 마다하지 않고 달려갔는데 빈 가워하기는커녕 소 닭 보듯 하면서 다시는 찾아오지 말라 하시더라고요! 옛날의 화련은 이제 죽고 없으니 이제 속세의 연은 끊는 것이 마땅하고 불문에 귀의한 자미가 있을 뿐이라고요!"

민철의 눈에서 물기가 어리며 금방이라도 눈물이 흘러내릴 것 같은 것을 억지로 참으면서 말을 이어갔다.

"산길을 내려오면서 얼마나 서럽던지 한없이 울면서 내려왔습니다. 부모님이 계시는 것도 아니고 일가친척이 있기를 하나 이 세상에 달랑 누나하고 나뿐인데 하나밖에 없는 누나가 인연을 끊고 스님이 되어 다시는 찾아오지 말라고 하는데 억장이 무너지더라고요!"

"아! 그랬구나! 민철이 마음이 많이 상했겠다. 어찌하겠냐! 이제 불가의 사람이니 인연을 끊으려 하는 자미 스님의 마음인들 편했겠어?"

"그러게요, 고니 형 그 마음을 헤아리니 더 마음이 아파서 혼났어요!"
 기어코 민철의 눈에서 눈물이 흐르고 설움이 복받쳐 오르는지 꺼억 꺽 소리를 삼키며 목울음을 울었다.
 고니도 안타까운 마음에 민철의 등을 토닥여 주었다.
 민철의 눈물이 조금씩 진정되자 고니는 조심스럽게 물었다.
 "저~어 기! 딸 수미라고 했던가? 수미는 지금 학교 잘 다니고 있나?"
 "아! 우리 수미요!"
 민철은 길게 한숨을 몰아쉬며 말했다.
 "수미한테 어머니의 혼이 빙의되기 시작하면서 저는 너무나 절망적인 심정에 사업이고 뭐고, 다 때려치우고 수미만큼은 어머니나 누나처럼 되는 걸 막아야겠다고 다짐했어요! 고니 형도 아시다시피 하나밖에 없는 혈육인데 수미마저 잃는다면 제가 무슨 낙으로 살겠어요! 그일 이후로 고등학교를 간신히 졸업하고 2년을 전국의 사찰이나 용하다는 곳을 찾아다니며 퇴마의식을 하고 유명하다는 곳을 다 돌아다녔어요! 그래서 그런지 점점 정상으로 돌아오고 무엇보다도 수미가 자신의 마음속에 도사리고 있는 제3의 의식과 힘겹게 싸우고 이기려는 노력을 엄청나게 했지요! 옆에서 바라보는 부모 심정은 어떻겠어요?"
 고니도 그 마음을 이해할 것 같아 고개를 끄덕이며 참 힘들었겠다고 말하자 민철도 다시 한 번 깊은숨을 몰아쉬었다.
 "고니 형! 이게 무슨 말도 안 되는 운명의 장난이지요? 다행히 지금은 남들보다 2년 늦게 대학에 다니고 있어요! 형! 그런데 항상 언제 또 그런 증세가 나타날지 살얼음판 같이 사는 게 제 심정입니다."
 "이제 그럴 리가 없을 거야 힘내고, 사업도 잘된다면서?"
 "예! 사업이야 그럭저럭 꾸려가고 있어요!"

고니는 민철과 헤어지고 돌아오는 길에 그냥 집에 들어가기가 뭐해서 동네 포장마차에서 술을 한잔했다.
 술을 마실수록 정신이 또렷해지는 건 무엇인지 생각이 깊어지는 것은 술로 해결될 일이 아니었다.
 조만간 휴가를 내서 화련 선배가 아닌 자미 스님을 한 번 찾아가야겠다고 생각했다.
 화련 선배와 인연이 그리워서가 아니라 자미 스님을 만나 이 땅을 살아온 비운의 여인들을 위해서 불공이라도 드려야겠다고 생각했다.

 고니는 휴가를 내고 평창군 진부로 가는 고속버스에 몸을 실었다.
 인제터널을 지나자 새로운 세상이 펼쳐졌다.
 진부에서 오대산 방향으로 밤사이 폭설이 내려 지구 밖을 한 바퀴 돌아 시베리아 툰드라 설원에 서 있는 풍경이 펼쳐져 세상이 마법 속에 갇혀 얼음 궁전으로 순간 이동한 것 같다.
 백화로 피어난 눈송이가 눈부시게 꽃망울 터트리면 계곡 돌아드는 개여울도 온통 봄날 산 벚꽃 같은 함박눈으로 뒤덮였다.
 겨울은 점차 춘삼월 풍경과 겹치며 사춘기 소년 같은 두근거림과 자미 스님을 만나러 간다는 마음에 더 그런 것 같았다.
 산내들에 눈과 꽃송이들이 함박눈으로 내리고 은 백의 세상을 누비는 무희의 춤사위는 포근하고 찬란했다.
 설원은 온통 무중력상태처럼 고요하고 눈 덮인 순결 위로 얼어붙은 강을 건너온 사내 숨결이 거칠게 내려앉았다.
 산자락에 걸린 하오의 마지막 햇살이 빛을 튕겨내며 창으로 들어오는 나른한 여인의 실루엣처럼 풍만하고 고혹적인 자태가 드리워진다.

　고니는 꿈을 꾸었다.

　순간의 절정에 몸을 떨고, 깊고 끈질긴 애무에 몸을 뒤트는 오르가슴 비현실적이고 선명한 아름다움이 전율하고 그해 겨울 폭설이 등골을 타고 오르는 쾌감을 느끼며 뜨거운 입맞춤 같이 짜릿하고 달콤했다.

　진부에서 다시 시내버스로 갈아타고 월정사 초입에서부터는 걸어 올라가야 했다.

　겨울 눈 산을 즐기기 위한 관광객들의 등산복이 폭설로 인해 눈 속에서 더욱 선명한 원색으로 돋보였다.

　고니는 늦은 점심을 산나물비빔밥으로 속을 채웠다.

　아주머니가 밥과 산나물이 담긴 음식을 식탁 위에 내려놓으며 고니에게 말을 걸었다.

　"월정사 관광 오셨어요?"

　"아니요! 상원사 근처에 있는 암자에 가려고 왔습니다."

　"그래요, 그럼. 지금 시각에는 늦어서 올라가기 전에 날이 어두워져서 오늘은 힘들 것 같아요! 거기다 눈이 많이 와서 그냥 등산화만 신고 올라가면 위험하기도 하고요! 월정사를 지나 상원사 근처에 있는 조그만 암자가 하나 있기는 한데 그곳으로 오르는 길은 특히 험해서요!"

　고니로서는 어쩔 수가 없었다.

　"그러면 어찌하지요?"

　"편하고 좋은 곳을 원한다면 다시 진부 근처로 내려가시면 민박집들이 많이 있고요, 저 아랫마을에도 민박집이 더러 있기는 해요!"

　고니는 월정사 반대 방향으로 걸어 내려갔다.

　식당 아주머니가 알려준 근처 초입 마을에서 민박을 정하고 아이젠과 스틱을 준비하고 아침 일찍 올라가기로 마음먹었다.

다음 날 새벽 음력설이 막 지난 산골 마을에는 아직도 칼바람이 귀를 벼리는 것처럼 따가웠다.
　어둠이 아직 잠들어 찬바람이 부는 거리로 걸어 나오자 드센 바람이 불었다.
　진눈깨비가 지나간 새벽 거리가 반질반질하게 얼어 도로는 가로등 불빛을 투명하게 반사하고 있다.
　이른 새벽 날씨는 아직 영하권에 머물러 있지만 산골 마을의 청정지역은 한결 가벼워진 공기가 상쾌하다.
　암청색 새벽길 따라 오르는 먼발치 오대산 능선에 아직 녹지 않은 눈이 면사포를 쓴 것같이 하얗게 빛을 튕겨낸다.
　연일 냉기 가득한 영하 날씨도 며칠 지나면 훈풍에 스며들어 영상날씨를 회복하며 자연 만물의 움직임이 기지개를 켜겠지, 생각하니 마음이 포근해지는 것 같다.
　일상의 삶은 한결같은 지루함을 팽팽하게 잡아당기는 긴장 연속이지만 자미 스님을 만나러 가는 오늘은 느슨한 하루이고 싶다.
　허기진 삶을 재충전하고 몸과 마음을 바람에 맡기고 여행 떠나는 마음으로 자미 스님을 만나러 가야겠다고 마음먹으니 오히려 편했다.
　파란 겨울 하늘에 걸려있는 낮달이 하얗게 얼어있는 겨울 설산이 아름답고 능선마다 가지런하게 정리된 겨울 나목은 정갈하게 보였다.
　탁 트인 들판에서 불어오는 바람에 눈감고 풍욕을 즐기는 것은 산길을 걷는 즐거움이기도 하다.
　찬바람이 얼굴을 간질이는 느낌이 좋아 맑고 청량한 공기를 빨아들이듯 크게 숨을 쉬어 오감을 열어 품에 안아본다.
　추위보다 세상 근심 다 버리고 자연인이 된 것 같다.
　오대산을 병풍처럼 두르고 있는 월정사로 가는 길은 지난 기억 속 폭설과 함께하는 소설 속 주인공이 된 것 같은 설렘으로 가득하다.

 오대산 준령이 나지막하게 자진하는 햇살 바른 자락에 실개천이 흐르고 초입에 옹기종기 모여 있는 촌락이 소설 속 배경처럼 정겹다.

 정갈한 밥상 같은 진부면 소도시 풍경은 캔버스에 정물 같은 수채화로 그려진다.

 어딜 가나 여행객을 자극하는 것은 맛집 기행을 빼놓을 수 없듯이 산골 마을답게 산나물비빔밥 거리가 아침을 거른 뱃속에서 침샘을 자극한다.

 때 이른 시간이라 마른침을 삼키고 오대산 공영 주차장에 도착하여 본격적으로 산에 오르기에 앞서 굳어진 몸을 가볍게 풀고 걷기를 시작한다.

 고니는 주차장 근처 음식점이 모여 있는 곳에서 월정사 방향으로 3백 미터쯤 올라간 지점에서 환상적인 풍경에 입이 떡 벌어졌다.

 월정사 전나무 길 표지판을 지나 일주문에서 금강교까지 1km가량 환상의 꿈길이 이어지는 전나무 숲길이다.

 그 위로 월정사에서 상원사까지 8.9km 울창한 숲은 선계로 향하는 깨달음에 이르는 선재 길을 따라 피톤치드 에너지 가득한 길이 눈앞에 펼쳐진다.

 하늘 높은 줄 모르고 자란 전나무는 대부분 3백 년 이상 수령을 자랑한다. 이 땅의 역사를 기억하는 빼곡한 전나무 숲길은 월정사가 품고 있는 도량의 정갈함이 마음으로 먼저 다가와 아늑하고 고즈넉하다.

 고니는 눈 덮인 설원을 바라보고 있노라니 예전의 화련 선배와 동아리 활동하던 때 오대산 설원에서 영화 대사를 흉내 내던 아련한 순간이 기억난다.

 일본 작가 이와이 슌지 소설을 영화로 만든 애절한 첫사랑 이야기 러브레터에 나오는 주인공 히로코가 설원을 향해 그리움에 목말라 외치던 명대사가 귓전에 맴돈다.
"오겡끼데스까~~ 와다시와 겡끼데쓰. (잘 지내나요, 저는 잘 지내요)" 설원의 풍경 앞에서 소설같이 아름다운 대사와 느릿한 추억이 영상처럼 흘러간다.

 월정사를 거쳐 상원사로 이르는 길에 기대했던 눈 대신 안개비가 내리는가 싶더니 시간이 지나자 점차 눈꽃을 피우며 하늘은 춤사위를 자랑하는 나비의 무대가 된다.
 오대산 깊은 골짜기에서 발원한 물길은 두꺼운 얼음이 풀어지며 청정수가 흐르고 계곡에는 이미 봄을 예고하는 물소리가 곡을 연주하듯이 들려온다.
 바람이 월정사 처마 밑 풍경을 흔들어 낭랑한 소리가 은은하게 울리고 구도를 위한 노승의 염원과 고뇌의 독경 소리가 산사에 풍경을 흔들고 경내를 맴돌아 조용히 고개 숙여 합장한다.
 경내에 날리는 눈발을 바라보고 있노라니 마치 시간이 멈춰버린 느낌으로 한참 넋을 놓고 바라본다.
 "너무 아름답지 않아요? 정말 좋은 풍경이지요."
 등산객인 듯한 여인의 감탄에 고니도 절로 고개를 끄떡여 눈길을 마주한다.
 고요한 사찰과 아름드리 전나무 숲이 어우러진 계곡을 무대로 흩날리는 흰나비의 군무를 바라보는 일은 자연이 빚어내는 황홀한 경험이다.
 오늘은 어제의 하루와 겹치고 또 하루는 내일이 된다.
 "그저 걸어라! 걸음이 가벼이 느껴지는 순간 숲과 동화되는 것이고 숲이 내면에 들어오는 순간 마음은 이미 무거운 짐을 내려놓은 것이다."
 오늘 걸음이 끝나는 날까지 걷고 또 걷자!
 고니는 상원사를 향해서 쉼 없이 걸었다.

처음에는 숨이 턱까지 차오르더니 세속에 더럽혀진 몸과 마음을 정갈하게 수행하는 것이라는 생각을 하자 호흡도 안정되고 등에서는 땀이 흐르지만, 발걸음은 오히려 가벼웠다.

대부분이 3백 년 이상의 수령을 자랑하는 전나무 숲길에서 만난 풍경을 감사와 오늘의 보람으로 느끼며 아침 노을빛이 충만한 시간을 뒤로하고 암자를 찾아가는 고행이 마음을 맑게 하였다.

자미 스님의 암자는 산비탈에 커다란 늙은 소나무에 의지해 위태롭고 작은 새집처럼 소박한 모습으로 눈비를 피하고 있었다.

고요와 적막이 무서우리만치 서늘했다.

행자 승이 앳된 모습으로 다가와 "손님이 어찌 오셨습니까? 혹여 길이라도 잃은 건 아닌지요? 이 깊은 산골 암자에요."

맑은 눈이 호기심 가득한 표정으로 물어보았다.

"아! 여기 자미 스님이라고 기거를 하시나요? 자미 스님을 뵙고자 해서 왔습니다."

"아! 그러시군요! 누구시라고 말씀드릴까요?"

"고니라고 말하면 아실 것입니다." "잠깐만 기다리세요!"

행자 승이 안으로 들어가자, 자미 스님의 낮은 목소리가 바람결에 묻어나며 두런거리는 소리가 잠시 들리는가 싶더니 곧바로 밖으로 나온다.

"저어 처사님. 자미 스님께서 지금은 수행 중이오니 만날 수 없다고 하십니다. 그리고 속세와의 연을 끊은 지 오래인지라 만남과 인연 모두가 번뇌라 말씀하시었습니다. 원로에 험한 길 오시느라 힘드셨을 터이니 부처님께 기도를 드리고 차나 한잔하시고 내려가시라 말씀하셨습니다."

고니는 쿵 하고 마음 한구석이 내려앉는 것 같았다.

연인이 아니라 스님을 뵙는 마음으로 왔건만, 그마저도 허락하지 않는 자미 스님의 깊은 마음을 헤아릴 수는 있으나 얼굴 한번 보여주기가 어려운 것도 아닐 터인데 이렇게 냉정하게 외면하는 것이 서운했다.

문지방 넘어 창호지로 바른 얇은 종이 문을 열면 볼 수 있는 것을 마음의 문을 굳게 닫았으니, 종이 한 장이 아니라 철갑으로 두른 성문보다 두꺼운 벽을 느꼈다.

하지만 두꺼운 벽이 단단하고 견고할수록 자미 스님의 여린 마음을 고니는 알 수 있었다. 얇고 허술한 문을 여는 순간 자미 스님의 마음이 봇물이 터지듯 무너질 수 있다는 것을 고니는 잘 알고 있었다.

그동안 인고의 시간을 이곳 외딴 암자에서 버티며 용맹정진하며 참선한 것이 일거에 무너질 수도 있을 것 같았다.

산다는 것이 고행인가 이렇게 사랑하고 좋아하는 사람들이 서로 등을 돌리고 살아야 하는 것인지?

사랑했기에 헤어질 수밖에 없다는 말이 이런 것인가?

얼마나 독한 마음을 먹어야 깊은 산속 오지에 있는 암자를 찾아온 사람에게 등을 돌릴 수 있단 말인가?

민철이 하던 말과 눈물을 이해할 것 같았다.

민철의 심정이 이러했겠구나! 안타까운 마음이 물먹은 눈덩이처럼 내려앉았다.

얼마나 모진 마음을 먹어야 그것이 가능한 것인지, 그런 생각을 하는 사람의 마음은 얼마나 힘들고 괴로울지 생각하니 그 또한 마음이 더 쓰리고 아팠다.

"고니는 꿈을 꾸었다.
 순간의 절정에 몸을 떨고, 깊고 끈질긴 애무에 몸을 뒤트는 오르가슴 비현실적이고 선명한 아름다움이 전율하고 그해 겨울 폭설이 등골을 타고 오르는 쾌감을 느끼며 뜨거운 입맞춤같이 짜릿하고 달콤했다."

♣ 풍등 꽃으로 날다

 고니는 어쩔 수 없이 그리움도 미련도 모두 암자에 내려놓고 산을 내려올 수밖에 없었다.
 지난 꿈결 같은 세월을 돌이켜 생각하니 기가 막혔다.
 화련 선배가 일류 대학을 나와 교사를 했던 사람이 다시 신딸이 되고 무당이 되어 대물림이라는 운명의 굴레에서 신음하다 자신의 운명을 극복하며 자미 스님이 되기까지 참으로 한 여인의 기구한 운명을 고니는 생각했다.
 엄마가 무녀인 것이 그렇게 싫었던 과거는 다시 본인을 무녀로 만든 알 수 없는 힘으로 좌우되는 운명이 이해되지 않았다.
 고니는 지난날 화련이 말했던 조선 여인들의 삶이 칼날 같은 삭풍이 불어오는 것처럼 아련하게 떠올랐다.
 운명적으로 부조리한 것들을 거부하기 위하여 여성운동가를 자처했던 화련이었는데, 그녀의 시선으로 바라본 조선시대의 여인들과 시대와 신분을 뛰어넘어 자신의 삶을 살고자 했던 여인들의 기구한 운명 앞에 고니는 고개를 숙였다.

 성종 임금은 나라의 법과 질서를 바로 세워 법치국가를 만드는 데 크게 공헌하여 『경국대전』을 완성하였다.
 그러나 나라의 기틀을 세운 훌륭한 왕이 되었을지 모르나 『경국대전』은 조선의 여인들을 지옥에 가두는 악법이었을 뿐이다.
 여인들의 재가를 금지하고 남녀칠세부동석이라는 남녀가 유별해야 한다는 금기를 만들어 어린 시절부터 내외했으며 아녀자들의 외출을 금하게 하여 행동의 자유를 박탈하였다.

필연적으로 여인들이 외출하려면 쓰개 치마를 둘러쓰고 외부인들에게 얼굴을 노출하면 안 되는 법을 만들었다.

또한 남편이 죽으면 평생을 수절해야 하며 그렇게 수절한 여인들을 높이 평가하여 열녀문을 세워주고 그 가문에게는 많은 혜택을 주었다.

나라의 국법이 그러하니 명문가라는 양반들은 여인들에게 앞 다투어 수절을 강요하고 심지어 외간 남자가 손을 잡았다고 하여 손목을 자르는 일까지 벌어지는 기가 막히는 일들이 빈번하게 일어났으니 이는 모두 여인들의 희생과 정절을 핑계로 한 악법일 뿐이었다.

또한 개가하거나 간통하였을 경우에는 자녀안이라는 문서에 이름을 올려 자식들의 출사를 막는 한편 관직에 나가 있는 자식들에게는 승차의 기회를 박탈하였다.

유감동의 행동은 그렇게 폐쇄적이고 불평등한 사회에 일침을 가하는 행위였는지도 모른다.

외간 남자에게 강간당해 남편과 친정에서 버려지고 외면당한 유감동의 삶에서는 남성 중심의 사회에서 그들의 비리와 신분이 높은 자들의 위선을 날카롭게 비판하며 그들과 간통을 한 것은 남성들에게 복수한 것이라기보다 잘못된 법과 제도에 대한 항거이자 한 사람의 인격체로 당당하게 살아가고자 했던 비운의 여인이었을 뿐이다.

스스로 원하는 삶을 선택할 수 없다는 것은 슬픈 일이다.

유감동의 생애가 슬픈 파도처럼 아련하게 밀려온다.

시대와 신분의 격차를 뛰어넘어 지고지순한 사랑을 하고자 했던 왕실의 여인 이구지의 사연은 또 어떠한가? 사노비 천례와 이구지의 숭고한 사랑은 죽음으로도 그들을 갈라놓지 못했다.

끝까지 서로를 지키기 위하여 침묵했던 그들의 항거와 순교는 아름다웠다.

화련의 가족들 운명 또한 기가 막힌다.
 어머니 강 씨는 강원도에서 내로라하는 집안의 여식으로 태어나 강간을 당하고 보쌈을 당하다시피 낯선 곳으로 끌려와 평생 고생하며 살았다.
 심지어 무녀가 되어 자식들에게까지 무녀의 피를 물려줘야 하는 피맺힌 절규 같은 운명의 사슬은 서럽고 서럽다.
 아직 꽃다운 나이 수미는 삼대의 진혼곡을 울리며 무병을 떨쳐버리려는 안간힘을 쓰며 살아야 하고 그의 아버지 민철은 운명의 사슬에 걸려 쓰러지는 딸과 어머니 그리고 누나를 생각하면 오늘도 억장이 무너질 것이다.
 한 시대를 살다 갔고 또 살아갈 들꽃 같은 여인들의 기구한 운명과 그러한 운명에 당당하게 맞서 자신의 삶을 살아가려는 그녀들의 노력은 숭고하고 아름다웠다.

 고니의 귀에 어머니 강 씨, 화련 선배 그리고 꽃도 아직 피워보지 못한 수미 삼대의 진혼곡이 들려오는 것 같다.
 운명의 사슬로 엮인 삶을 살아온 사람들의 운명을 생각하며 가부좌를 틀고 앉아 깊은 생각에 잠긴다.
 삶과 죽음은 무엇인가? 이승과 저승의 간극을 살아가고 있는 지금 산자의 숙명은 자연으로 돌아가 한 줌 티끌로 돌아가는 것을 나는 지금 무엇을 두려워하는 것인가?
 산다는 것과 죽는다는 것 모두를 겸허하게 받아들여야 하는 것을 알지만 마음대로 되지 않는 것이 사람의 마음이다.
 고니는 자신 주변의 사람들을 하나하나 더 올린다.
 나와 함께 살아가고 있는 사랑하는 사람들 그들과 함께 울고 웃고 살아가지만 결국은 각자의 삶을 살아갈 수밖에 없다.
 아무리 사랑하는 사람이라 할지라도 대신 살아 줄 수 없는 일이다.
 창을 흔드는 소리에 고개를 돌려 창밖을 바라본다.

먹구름이 낮게 깔리기 시작하더니 창밖에는 가랑비가 내리기 시작했는지 유리창에 이슬이 맺혀 흘러내리기 시작한다.

비가 오고 바람이 불어오는 날 우산을 쓰고 길을 걷거나 어떤 사람은 조용한 방에 앉아 창밖을 내려다보며 비 오는 풍경을 즐긴다.

창밖에 사람들이 검은 우산, 파란 우산을 들고 각자의 길을 걸어간다.

서로 갈 길이 다르듯 다른 꽃으로 피어나서 시들고 때로는 거친 바람에 꺾이기도 하지만 운명이라는 등짐을 지고 주어진 시간만큼 살아가는 것이 운명인가 보다.

일엽편주 돛단배에 나를 싣고 흘러가는 세월은 무한하지만, 세월에 무임승차 한 내 삶은 유한하고 짧은 뱃놀이일 뿐이다.

누구는 한평생 무탈하고 만복을 누리면서 살아가는 사람이 있는가 하면 어떤 이는 하루하루가 지옥인 사람도 있다. 그것은 운명 앞에 공평한 것인가?

산다는 것은 그런 것인가 보다.

고니는 아직 살면서 한 번도 생각해 본 적 없는 삶과 죽음이라는 화두를 던져 놓고 생각과 생각의 꼬리를 물어 묻고 물으니, 만감이 교차한다.

이미 예견된 시간을 살아야 하고 저마다 주어진 삶을 운명이라는 이름으로 정해진 궤도를 따라 살아야 한다는 것을 미리 알고 산다면 그것은 잔인하고 슬픈 일이다.

운명을 극복하려는 노력은 궤도를 이탈한 열차처럼 왜 대가를 치러야 하는지, 만일 가혹한 형벌을 받은 사형수처럼 자신의 운명을 미리 알고 살아간다면 누군들 온전하게 살 수 있을까? 그들에게 희망이라는 것은 존재할 수 없을 것이다.

이 세상 소풍 왔다 떠나가는 여행이라 하지만, 오랜 시간 물길 흐르는 대로 떠밀려 가는 것이 중요한 것이 아니라 스스로 노 저어 가고 싶은 곳으로 가고 짧은 여행길 이나마 의미 있는 삶을 즐기고 떠나가는 것이 중요하다고 어느 시인은 말했다.

그러나 누군들 그러한 진리를 모를까?

세상이 내 뜻대로 되지 않는 것을 한탄할 뿐이다.

고니는 법과 관습 시대적 환경이라는 운명의 덫에 걸려 평생을 음지에서 불행한 삶을 살다 떠나간 가여운 그들의 삶을 추모하고 기도한다.

고니는 불행이나 행복이 나에게 약속하고 찾아오는 것이 아니듯 자신의 의지와 상관없이 살아간 비운의 여인들을 생각하면서 삶이란 깊고 푸른 강을 건너는 슬픈 여행이라는 생각이 들었다.

노트를 꺼내 마음이 흘러가는 대로 산 자와 죽은 자들의 영혼을 위로하며 그들의 기록을 일기장에 적어 내려갔다.

운명과 삶은 무엇인가?

산자의 숙명은 깊고 푸른 강을 건너는 슬픈 여행을 떠난다.

삶은 끝이 보이지 않는 여행이다.

끝없는 자아를 발견하고 생사의 갈림길에서 언제나 선택과 결정을 해야 하는 것.

산자가 걸어가야 하는 길은 아무도 가르쳐 주지 않는 길을 향해 저마다 생각으로 미지를 찾아 떠나야 하는 고독한 순례자다.

일탈의 시간은 정해진 괘도가 없으나 일상의 삶은 동심원에 가두어 놓고 사육하며 길들이고 길드는 삶을 살아가는 과정을 운명이라고 혹자는 말한다.

시간을 사육하는 시간 속 동심원 안에서 각자의 임무로 돌아가는 시간의 역할은 정밀하다.

시침과 분침, 빠르게 돌아가는 초침, 그들은 지칠 줄 모르는 일사불란함의 상징으로 예리한 바늘 끝으로 시간을 지배하고 현재와 미래를 예고하며 세상에 시공의 좌표를 찍는다.

 산 자의 현재 시각을 관리하며 밀고 당기는 시간을 무감각한 일상의 시간으로 내몰고 무의식의 세상을 살아가면서 어제와 같은 오늘을 살라고 강요한다.
 조직적인 것들은 규칙적이며 날아가는 새는 뒤를 돌아보지 않는다는 것을 안다.
 일정한 궤도를 도는 것은 그들의 의무이며 지켜야 할 정확성인 거지!
 일탈의 시간을 걷는다는 것은 익숙함으로부터 탈출이며 안전한 곳에서 위험을 자초하러 떠나는 일상의 반란이다.

 정해진 궤도를 잠시 이탈하는 순간 삶은 새로운 직면을 맞이하며 여행이라는 이름으로 포장한 낭만이자 자유로움을 찾아 떠난다.
 일정한 틀에서 순간 멀어지는 일탈의 시간을 여행이라 하지만, 먼 길을 돌아가야 하는 척박한 길 위를 떠도는 부초 같은 삶으로 가는 불행을 자초하는 길일 수도 있다.
 삶의 궤도에서 멀어져 기약 없는 유랑의 길을 떠나야 하는 여행자는 외로움에 몸을 떤다.
 우리의 인생이 그러하듯이 길 떠나는 나그네의 안식을 위하여 무와 유가 혼재하는 삶의 끝자락을 여행하는 유랑의 시간을 걸어야 하는 순례자는 오늘도 고독한 성배를 마신다.

 유랑이 길을 떠난다는 것은 고비사막을 횡단하는 낙타의 눈이 필요하며 티베트고원의 비탈을 오르는 나그네는 극한의 아름다움을 비집고 시야에 들어오는 풍경보다 빙하의 투명한 만년 설산 절체절명 바람 앞에 누더기 같은 것 일지라도 고산 야크의 털과 한 조각 빵이 필요하다.

먹고 사는 일상의 행위가 여행이라지만 그래도 여행은 아름다운 것이다.
 어둠이 끝없이 내려앉은 사막이나 고원에서 하늘을 바라보면 수 없는 별 무리가 은하수를 이루어 강이 되고 꿈이 된다.
 아름다움 속에서도 끝없이 빛으로 어둠으로 질주하는 빛의 무리.
 그것을 바라보는 속수무책인 시야는 그저 바라만 볼 뿐 궤도를 벗어난 유성이 비처럼 내리는 별들의 죽음은 숙연하고 찬란하다.

 여행자의 죽음 또한 어느 골짜기 산맥이 내려앉은 이름 없는 마을에서 이방인의 모습으로 들꽃처럼 시들어 무명의 꽃이 되려나?
 그래도 길을 가야 한다.

 이정표 없는 고원을 걷거나 아득한 산맥의 척박한 땅에서 햇살이 동전만 하게 드리워지는 태고의 언덕에 올망졸망 마을을 이루고 사는 따뜻한 얼굴!
 길 위에서 만나는 수 없는 사람과 사람들, 만남과 헤어짐은 운명이자 필연인지도 모른다. 사람이 사는 곳에서 이별과 그리움이 지나고 아련하게 오래된 풍경 속에서는 늘 각별한 이별을 한다.

 이제 어디로 가야 하나 길이 끝나는 곳에서부터 시작하는 여행.
 지도 없는 땅 위에 좌표가 지워진 부랑의 길을 걷는 것은 순례자의 고행이자 의무다.
 여행의 목적은 새로운 세상을 눈에 담고 체험하는 느긋한 치유를 위한 낭만의 여행만이 아니다.

차마 고도나 옥룡설산에서 만난 마방의 발걸음은 생과 사를 넘나드는 생존을 위한 필사의 길이다.

티베트고원에서 만난 라마승이나 불심이 깊은 촌부의 영생을 향한 오체투지는 구도의 길을 떠나는 깨달음의 길로 온몸으로 걷고 또 걷는 갈라진 굳은살을 본다.
바람처럼 일어서는 무지의 산맥 언저리에서 흙먼지 날리는 오지의 광활한 비탈에서 살아가는 사람들을 만나고 헤어진다.
고목처럼 단단하고 메마른 뒷모습에서 쓸쓸한 바람이 작은 어깨 넘어 불어온다.

그들의 환경이 미거하다고 무한 경쟁의 삶을 살아가며 문명의 이기를 내세워 그들의 척박한 삶을 비웃는 탐욕스러움 앞에 그들은 이미 신선의 경지에 올라 극락에 사는 선인에 가깝다는 것을 알지 못한다.
속인의 눈으로 바라보아도 설산의 맑은 햇살처럼 부드럽게 풀어지는 미소는 평안과 안녕 때 묻지 않은 행복한 삶이 고즈넉하게 묻어난다.
일정한 궤도를 이탈하는 별똥별의 뒷모습이 쓸쓸하게 어둠을 가른다.

그들의 삶이 이름 모를 산하 어딘가에 곤두박질하며 무명의 생을 마감이라 할지라도.
장강을 흐르는 시간이 퇴적된 하구에서 이름 없는 전사의 죽음 위에 찬란한 꽃이 아니라도 들꽃 한 송이 피어나면 유랑의 삶이라도 행복하다고 말할 수 있었으면 좋겠다.

고니는 일기장을 덮었다.

아! 자미 스님. 글을 적고 있는 고니의 눈에도 방울방울 이슬이 맺힌다.

창밖에 어둠이 밀려온다.

눈물방울 속으로 투명하게 건너온 물빛 어둠이 낮게 깔리며 빗속에 가려진 노을이 구름을 끌고 서쪽으로 저물어가자, 산 아래 내려다보이는 촌락에서 불빛이 하나둘 꽃으로 피어오른다.

하늘의 별은 산골 마을로 내려앉고 땅의 별들은 도시에 모여들어 짙은 어둠을 향해 날아오른다.

아련한 불빛이 드넓은 하늘에서 점점이 흩어지고 모이며 화련 선배, 자미 스님, 이구지, 유감동, 어머니 강 씨 그리고 수미는 별이 되고 꽃이 되었다. 그들은 모두 꽃으로 피어난 풍등이 되어 하늘 가득히 날아올라 하나둘 반짝이는 찬란한 별이 되리라!

지상에서 피어난 별꽃이라 할지라도 뜨거운 삶의 열망으로 활활 타오르고 높이 더 높이 날아오르는 풍등처럼 하늘의 꽃이 되고 영원히 꺼지지 않는 별이 되기를 고니는 두 손 모아 간절하게 기도했다.

화련 선배 안녕, 자미 스님 성불하소서!